嫌われ妻は、英雄将軍と離婚したい

いきなり帰ってきて溺愛なんて信じません。

JN046081

柊 一葉

illustration 三浦ひらく

ICHIJINSHA IRIS NEO

CONTENTS

この作品はフィクションです。
実際の人物・団体・事件などには関係ありません。

嫌われ妻は、英雄将軍と離婚したい！　いきなり帰ってきて溺愛なんて信じません。

【プロローグ】十二歳で結婚しましたが、夫が私を嫌っています

春らしい、穏やかな光が降り注ぐ朝。

着飾った私は、初めて父と二人きりで馬車に乗って出かけていた。

「ソアリス、寒くないかい？」

「はい、大丈夫です」

宝石をちりばめた薄桃色のドレスは、今日初めて袖を通した特別な衣装。

母親譲りのキャラメルブラウンの長い髪はメイドたちの手で丁寧に編み込まれ、ドレスと揃《そろ》いのリボンで結ばれている。

明らかに、普通のおでかけではない。それを感じ取った私は、やや緊張気味に父に尋ねた。

「お父様、今日は一体どちらへ向かうのですか？」

「ルクリアの街にある、友人のお邸《やしき》だよ。ソアリスは初めて会う人だけれど心配いらない」

馬車で一時間ほどかかるその街には、何度か行ったことがある。父の商会の事務所があるからだ。

私が生まれたリンドル子爵家は、祖父が一代で築いた大商会を経営する新興貴族。社交界ではそこそこ幅をきかせているが、裏では「成金」と揶揄《やゆ》されている。

リンドル商会で扱っているのは贅沢《ぜいたく》品ばかりで、顧客は貴族が大半を占め、幼い頃からパーティーやお茶会に家族揃って顔を出すのはよくあることだった。

けれど、友人宅に行くのにこれほど着飾るものかしら？

「お誕生日パーティーかお茶会でもあるの？」

「それは着いてからのお楽しみだよ」

父はまるでいたずらをするように期待に満ちた目をして微笑《ほほえ》み、何も教えてくれない。

「あぁ、今日はまた一段とかわいらしいね。お姫様みたいだよ」

「お父様。現実を見てください」

一言でいうならば、平凡。それが私である。

髪だけは艶があって美しいと褒められるけれど、この国ではありふれている碧《みどり》色の瞳に、高くも低くもない鼻梁、美人にはある華というものがない。

両親が褒めてくれる「愛嬌《あいきょう》のある顔立ち」は、上品で気位の高そうな美人の基準とはズレている。

十二歳でも、自分が特別に好まれる容姿でないことは自覚していた。

とはいえ、平凡だからこそ『友達に似ている』『妹に似ている』『どこかで会ったことがあるような気がする』と初対面の人からも親しみを抱いてもらえることが多く、それはとても助かるのでこれといって大きな不満はない。

「今日はどうして私だけなのです？　ニーナとエリオットも一緒ならよかったのに」

七歳の妹、五歳の弟は自分たちも行きたいとねだったが、結局連れてこられたのは私だけ。行きたくないとは言えず、「長女だから仕方ない」と自分に言い聞かせておとなしくついてきた。

「また今度、皆で一緒に来よう。これからいくらでも機会はあるから」

父は眉尻を下げてそう言うと、窓の外を見た。

「さぁ、そろそろ着くよ」

家を出てちょうど一時間。とある大きな邸の敷地内へ、馬車はゆっくりと入っていった。

窓から見えるそのお邸は、見たこともないほど広くて立派だった。

正門に掲げられているエンブレムは、馬と盾をモチーフにした厳かなもの。子どもの私にも、ここが由緒正しい貴族家であることはわかる。

ところが、馬車が進んでお邸に近づくにつれ、その全貌が古く廃れていることに気づき始めた。

蔦《つた》が絡み合う外壁。昔は白だったと思われる壁はくすんでいて、劣化しているとひと目でわかる。

見上げた空は高く澄んでいてとても気持ちがいいのに、ここだけ不気味で淋《さび》しげに感じた。

でも父はこの惨状を知っていたようで、あっけらかんと言う。

「さすがにまだ修繕が済んでいないかぁ。まぁ、数ヶ月できれいになるよ」

馬車は緩やかに速度を落とし、大きな扉のある正面玄関の前で停まった。父が私を連れて降りていくと、待ち構えていた執事らしい初老の男性が恭しく礼をした。

「ようこそおいでくださいました。リンドル子爵、ソアリスお嬢様」

「あぁ、出迎えありがとう」

重そうな扉を執事が開き、お父様と私は邸へ足を踏み入れる。

ところどころ床が軋《きし》む玄関には、出迎えのメイドがたった二人。上質な盛装を着た父と豪華なドレスを纏《まと》った私は異質な存在で、何だか居心地が悪かった。

「やぁ、よく来てくれたね！　リンドル子爵」

朗らかに声をかけてきたのは、背の高い黒髪の紳士。この人がお父様の友人らしい。

彼の隣には、よく似た黒髪の男の子が立っていた。私より少しだけ年上だろう。

二人ともとてもきれいな顔立ちで、明らかに高位貴族らしい品がある。

「お久しぶりです、ヒースラン伯爵。お元気そうで何よりです」

「ありがとう。君のおかげだよ。今日は二人に会えるのをとても楽しみにしていたんだ」

父たちは親しげに握手を交わし、笑顔で挨拶をした。

「こちらがお嬢さん？　とてもかわいらしいね」

「ええ、自慢の娘なんですよ！」

社交辞令に本気の親ばかで返す父に、私は恥ずかしくなって俯《うつむ》いてしまう。

ところがその直後、私の肩にポンと手を置いた父がとんでもないことをさらりと告げた。

「ソアリス、ご挨拶を。明日からソアリスは、こちらのアレンディオ様の妻になるんだよ」

信じられない言葉に、私は目を丸くした。

今、確かに『妻』って言葉が聞こえたような……。少しの間の後、私は父を見上げて尋ねる。

「妻？」

どうか聞き間違えであって欲しい。

「うん、二人は結婚するんだ」

「結婚？」

「そう。明日ね」

「明日!?」

一体どういうこと!?　結婚って、私はまだ十二歳なのよ!?

茫然《ぼうぜん》としていると、柔らかな笑みの紳士が私を見下ろして挨拶を始める。

「はじめまして、ソアリス嬢。突然のことで驚いただろう？　私はヒースラン伯爵家当主、ルドルフ・ヒースラン。こっちは一人息子のアレンディオ。十五歳で、将来は騎士を目指しているんだ」

ヒースラン伯爵家といえば、建国以来の忠臣として有名な由緒正しい貴族家だ。

この辺り一帯の領主様でもある。

私でも知っているくらいだから、その血筋の尊さはリンドル子爵家なんて足元にも及ばない。歴史の教科書にも載っている、建国時の英雄を輩出した家柄だ。

そんな名家のご子息がどうして私と!?　混乱しつつも挨拶だけはかろうじてする。

「は、はじめまして……」

スカートを握る手が、プルプルと小刻みに震えている。あぁ、口元がヒクヒクし始めた！

そんな私に対し伯爵はとても温かな笑顔で頷《うなず》いてくれて、いい人そうなことは伝わってくる。

でも、問題は隣にいるご子息だ。

むすっとした顔つきや態度からは、この結婚に納得していないことがわかる。

「さぁ、アレンディオ。挨拶を」

伯爵に促され、渋々といった雰囲気で彼は私を見た。睨《にら》まれているように思えて、ちょっと怖い。

アレンディオ様は、十五歳にしてはか細く儚《はかな》げな体格で、背丈は私より少し高いくらい。艶やかな漆黒の髪はすっきりと整えられていて、まるでお人形か彫刻みたいにきれいな顔をしていた。これほどの美男子は、これまで出会ったことがない。

透明度の高いサファイアみたいな蒼《あお》色の瞳は、じっくり観察すると紫がかった深みのある蒼で神秘

的。剣のような鋭い雰囲気は、騎士を目指していると言われて納得した。

「アレンディオ・ヒースランだ」

声変わり途中なのか、高くも低くもない声。でも、容姿に劣らぬ涼やかな声だった。

私は慌てて姿勢を正し、挨拶を返す。

「ソアリス・リンドルです。どうぞよろしくお願いいたします」

「…………」

よろしくする気はないらしい。

彼は無言でずっと私を見ていた。目を逸《そ》らしたら負け、とかあるのかしら？

「あの……？」

何か言いたいことでもあるのかと尋ねようとすると、ふいと目を逸らされた。

アレンディオ様はぎゅっと拳を握り締めていて、ひたすら屈辱に耐えているように見える。だから
私は、この結婚がどういうものかすぐに理解した。

——お父様、お金でアレンディオ様との結婚を買ったのね。

見るからに困窮しているヒースラン伯爵家。おそらく、援助してくれる家を探していたのだろう。

そこへ、お金はあるけれど歴史や名声のないリンドル子爵家が名乗りを上げた。

事情は容易に想像がついた。彼はこの結婚に納得していないのだろう。

戸惑っていると、父が私の背をそっと押した。

「さぁ、まずは仲良くなるためにお話でもしようか」

父は上機嫌だ。続いて、ヒースラン伯爵も黙ったまま動かない息子を急《せ》かす。

「アレンディオ、ソアリス嬢を案内してあげて」

ちらりと彼を見ると、不機嫌さが伝わる声音で一言だけ告げられた。

「……こっちだ」

「え？　あ、はい」

アレンディオ様はすたすたと歩き始め、どうやら応接室へ案内してくれるらしい。

私は重いドレスの裾を両手で持ち上げ、急いでその背を追った。


突然に舞い込んだ、名家のご子息との結婚。

手続きはあっさりと済み、私の名前はソアリス・ヒースランになった。

まだ十二歳なのに……と困惑したけれど、このノーグ王国には結婚年齢の制限はない。貴族の中には、赤ちゃんのときに婚約者が決まる人もいると聞く。

だから私とアレンディオ様の結婚は、家同士が合意してしまえばすぐに成立した。

唯一の救いは、法律上、同居するのは双方が十五歳になってからであること。私の場合、これから三年はまだリンドル家の家族と一緒に暮らすことができる。

だから、私の暮らしぶりはほとんど変わらない。定期的にアレンディオ様には会いに行かなきゃいけないけれど、それ以外は特に生活の変化はなかった。

私だって、いつかは父の決めたお相手と結婚するんだろうとは思っていたし、それに逆らうつもりはまったくなくて「結婚とはそういうものなのだ」と納得していた。

でも、夢見る気持ちはあったわけで……。年頃になったら社交界デビューして、素敵な人と知り合って恋をするかもしれないなんていう漠然とした憧れは持っていた。

それがまさか、恋をするどころかお金で名家のご子息との結婚を買うことになるとは……！

アレンディオ様からすれば、突然現れた成金の娘なんて到底受け入れられないと思う。

伯爵家が困窮した理由は、初めてヒースラン家を訪れた帰り道に父から説明された。

『亡くなられた伯爵夫人は、アレンディオ様を産んでから体調が思わしくなくてね。長く臥《ふ》せっておられたんだ。伯爵はどうしても奥様を助けたい一心で、異国から薬を取り寄せたり、高名な医師を呼び寄せたり、治療に惜しみなくお金をつぎ込んだそうだよ』

何不自由なく暮らしてきた私にとって、家が困窮するほど妻の治療費に財産をつぎ込んだ伯爵の行動は衝撃的だった。

しかも、それほどまでに愛した奥様は五年前に流行《はや》り病で亡くなっている。

残ったのは借金だけ。それでも、領地からの税さえ定期的に入れれば返済できるはずだった。

しかし、昨年領内で水害が発生し「このままでは領民が飢えてしまう」という危機に瀕し、そこでリンドル家が支援を申し出たのだという。

ヒースラン家は金銭や物資を援助を受ける。リンドル家は娘に名家の伯爵令息との良縁を。

双方の利益は、見事に一致した。

アレンディオ様と結婚して数日が経《た》ち、私は再びヒースラン伯爵家へ向かっていた。

馬車の中、私が沈んだ雰囲気を放っているのを感じ取った父は機嫌を取ろうと話しかけてくる。

「ソアリス、急なことで驚いただろうけれど、これはとてもいいご縁なんだ。大丈夫、きっとアレンディオ様もソアリスのことを気に入ってくれるよ」

「本当にそう思っています？」

じとりとした目で、真向かいに座る父を見る。

「あぁ～、いや、どうだろう。こういうのは時間が解決してくれるって言うから」

狼狽《うろた》えた父は、アレンディオ様の反応が芳しくないことはさすがにわかっているみたいだった。

貴族というより商家の二代目という方がしっくりくる父は、いつも笑顔で人付き合いが得意で、商才はあまりないけれど堅実なタイプだと評判は悪くない。

家族を大事にしてくれる人だから、本気でこの結婚が私のためになると思ったのだろう。

「お父様はね、成金の二代目だって昔からばかにされてきたんだ。だからソアリスには、名家のご子息と結婚して幸せな人生を送ってもらいたいんだよ」

「だからと言って、こんな急に……」

「勝手に決めてすまない。でももう結婚しちゃったから、これから少しずつ仲良くなっていこう。ね？」

あんなに不満げなアレンディオ様と、これからどうやって仲良くなっていけばいいの？

打開策がまったく見えず、私はずっと頭を悩ませていた。

お邸に着くと、伯爵がさっそく歓迎してくれた。

自分のことは父と呼んで欲しいと言ってくれて、その雰囲気からとても優しい人なんだと思った。

けれどアレンディオ様は今日も不機嫌そうに眉間に皺《しわ》を寄せていて、挨拶はしてくれたものの笑顔も歓迎の言葉もまったくない。

親子で顔立ちはよく似ているけれど、その表情や口数はまったく似ていなかった。

「ほら、アレン。ソアリス嬢を案内して」

父親同士はこれから仕事の話があるそうで、着いて早々に私はアレンディオ様と二人きりにされた。

彼の部屋で、私たちは二人向かい合ってお茶を飲む。

「「…………」」

この人が、私の夫かぁ……。じっと見つめるも、彼は無表情で何を考えているかわからない。

目の前の彼について、今のところ名前と身分、騎士を目指している以外のことは知らない。

私たちの初めてのお茶会は、重苦しい空気が居座ったまま。会話はもちろん弾まなかった。

「お茶、おいしいですね」

「……あぁ」

今、テーブルに並んでいるお茶やお菓子、食器はすべて、リンドル家が用意したものだ。我が家の分家筋からやってきたシェフがおいしいお菓子を厨房《ちゅうぼう》で焼いて、それをテーブルに並べてくれている。

ヒースラン伯爵家の貧しい暮らしは、私との結婚によって一転した。

すでに邸の中は美しく整えられ、使用人も増え、わずか数日で驚くほどの変化が起こっている。でも、ここで私が「随分と邸の印象が変わりましたね」なんて言えるわけもなく、どうでもいい言葉だけが口から漏れる。

「お菓子、こちらもおいしいですね」

「……あぁ」

アレンディオ様からすれば、私は金にモノを言わせてやってきた成金の娘。話しかけても反応は薄い。反応してくれるだけマシかしら。

今は焦らず、少しずつ親しくなっていけたら……と秘かに思った。

不本意だけれど、お父様が言ったようにもう結婚してしまったのだ。せっかくの縁だもの、私は成金の娘だけれど、夫となる人とは仲良くしていきたい。

うん、そうよ。がんばればこれから仲良くなれるかも。私は、私にできることをしよう。妻として、アレンディオ様に対して優しく接しよう。

そう、優しく。優しく…………と思っていた矢先。優雅な所作で紅茶を飲んだアレンディオ様は、ソーサーにカップを戻すと思わずといった風にため息を漏らした。

「なんで君なんだ」

驚きのあまり、私はひゅうっと息を呑《の》む。まだロクに会話もしていないのに、「なんで君なんだ」と言われれば、彼が私を疎ましく思っていると誰にでもわかる。

ショックだった。

互いに何も知らないのに、彼は私のことを嫌っているのだ。

ただ、私にはここで笑い飛ばせるほどの強い心も、怒れるほどの気の強さもなかった。

「…………そうですよね、私もそう思います」

曖昧に笑ってごまかすことで、自分が傷ついたことに見て見ぬふりをした。

彼は「しまった」という顔をしたが、謝罪も弁解もなく、会話はそれきり弾まぬまま、一時間あまりを過ごして私は帰路に着く。

それからもお茶会は定期的に続いたが、私たちの仲が深まる兆しは見えなかった。


アレンディオ様と結婚して、会うのは今日で六回目。

私はまたもや気合の入った衣装を纏い、キャラメルブラウンの髪をくるくるに巻かれている。

本音を言えば、もうアレンディオ様に会いたくない。会って傷つきたくない……！

あぁ、でも両親には本心を言えない。この結婚を喜んでくれている母には、特に言えない。

アレンディオ様は先日初めて我が家に来て、母はすっかり彼を気に入った。

『ねぇ、ソアリスが十七歳になったら結婚式を挙げてくれないかしら？　私たち夫婦も十七歳で結婚したの』

母は天真爛漫《らんまん》な性格で、アレンディオ様がいるときはずっと浮かれて幸せそうだった。この結婚を決めてきた父に対し「すごいわ、さすがあなた」と感心していたくらいで、何の疑問もないらしい。

彼からすれば、嫌いな妻とその家族との食事はさぞ苦痛だっただろう。

私に彼を救ってあげることはできないから、せめて従順で静かな妻として振る舞い、空気になろうと思った。

今日もまた、彼の邸で名ばかりの夫婦は短い時間を共に過ごす予定になっている。

「お、おはようございます」

「おはよう」

アレンディオ様は伯爵家の懐事情がよくなったことで、顔つきもややふっくらし、ただでさえ美男子だったのがさらに輝きを増した。

相変わらずにこりともしないけれど、彼は間違いなく女性にモテる顔立ちだ。

これからますますかっこよくなるだろうし、そのとき隣に立つ勇気がないわ。使用人たちは「お似合いのかわいいご夫婦です」と褒めてくれるが、自分が普通だという自覚があるから本当に気まずい。

今日もまた、この不機嫌そうな顔を見て過ごさないといけないなんて……。

なぜこんな朝早くから？　こればかりは、二人とも同じ考えだろう。

でもアレンディオ様のお父様が、剣術指南を受けている姿をぜひ見学してやってくれと言ってきたのだ。息子のかっこいい姿を、私に見せたいんだなとすぐにわかった。

「午前中に来ても構ってやれないが、それでもいいのか？」

まるで、私に構ったことがあるような言い方だわ。

「はい、十分です」

アレンディオ様が剣術をやってくれていた方が「会話しなくちゃ」と気を遣わずに済むのだから、こちらとしてはありがたい。

さっさと歩いていく彼に続き、私は中庭へとやってきた。

「うわぁ、きれいなバラ」

そこは色とりどりの花が咲き誇る庭園で、真っ赤な大ぶりのバラがひと際きれいだった。

思わず目を輝かせると、アレンディオ様はピタリと足を止めて振り返る。

「バラ、好きか」

「はい」

アレンディオ様は、じろりと睨むようにして私に詰め寄る。

「どれだ」

「はい？」

「どれが好きだ。赤か黄色か」

怖い！　美形がすごむとものすごい迫力で、私は怯《おび》えながら答える。

「あ、赤いバラです」

すると彼はバラに目をやり、何かを考えているようだった。

「…………」

たっぷり沈黙が続いた後、彼はまた何も言わずに歩いていってしまった。

えーっと、ついていってもいいのかしら？　いいよね？　だって、そのために来たんだから。

木々がアーチになっている門を抜け、中庭から続く開けた場所に出る。

しかしそのとき、長い髪が枝に引っかかってしまった。

「きゃっ……！」

慌てて右側を見ると、ハート形の葉と細い枝に髪が一房絡んでいる。

私は顔を顰《しか》め、それを解こうと手を伸ばした。

「触るな」

険しい声で制されて、私はびくっと肩を揺らす。

気づけばすぐそばにアレンディオ様が戻ってきていて、私の髪が絡んだところに指を伸ばしていた。

彼は何も言わず、優しい手つきで私の髪を解いてくれる。

「ありがとうございます」

「あぁ」

そっけない言葉。彼から嫌われているとわかっているから、私はついマイナスの方向に考えがいってしまう。

あぁ、こんな派手な髪形はやっぱりやめてもらえばよかった。

歩くために背を向けられていることすら、全身からの拒絶に思えてくる。こんなことで、アレンディオ様とうまくやっていけるのかな？　時が過ぎれば、この人と家族になっていける？

この日、結婚を決めたお父様のことを少しだけ恨みに思った。


アレンディオ様と結婚して二ヶ月半ほど経った頃、ヒースラン伯爵家を訪れた私に衝撃的な知らせがもたらされた。

「実は、来月からアレンが兵役に出ることになったんだ」

お義父《とう》様は、ため息交じりにそう言った。

アレンディオ様は剣術の師匠のおうちにいて、今日はいない。

憔悴《しょうすい》しきったその姿から、どれほどお義父様が反対したかが伝わってくる。そして、息子を説得できなかったことも。

国境で戦が始まったことは、噂《うわさ》で聞いている。この街は国境から遠いから、まさか身近な、しかも形ばかりとはいえ夫である人が兵役に出るなんて思いもしなかった。

「まだ十五歳なのに、アレンディオ様はどうして」

この国の成人は十六歳。十五歳は後見人なしでは爵位を継ぐこともできない年齢だ。

成人前から兵役に行くのは、よほどお金がない貴族家の次男三男以下か、平民で仕事がない者、騎士として成り上がりたい一部の好戦的な男の子くらいだろう。

由緒正しい伯爵家の一人息子であるアレンディオ様が、戦場へ行くのはどう考えてもおかしい。

「どうしてそこまで……？」

ロクに話したこともない夫。私たちは、友人でもなく夫婦でもなく、「無理やり結婚させられた二人」という関係から脱却できていない。

いくら嫌いだからって、逃げたくなるほど私のことが嫌？

一緒に住んでいるわけでもないのに。

私との結婚生活よりも戦場がいいって、さすがにショックが大きすぎる。

「アレンは騎士になるって……武功を上げるんだって言って聞かなくてね」

お義父様は淋しげな声で嘆いた。

「免除金を収めれば、一人息子だから兵役を回避することはできますよね？　そんなに私と結婚させられたことが嫌だったんですか……？」

今にも泣きそうな声でそう言うと、お義父様は慌ててそれを否定した。

「違うんだ！　私が不甲斐《ふがい》ないばかりに、あの子にこれまでたくさん苦労をかけてきた。それなのに、アレンは自分が武功を上げてこの家を再興するんだって思っていてくれて。ソアリスのことが嫌だとか、そういうことじゃない」

「だとしても、戦に出れば死んでしまう可能性だってありますよね？　いくら剣が得意でも、人を斬るって……斬られる可能性もありますよね？」

アレンディオ様に特別な愛情があるわけではない。だからといって、戦に行くと言われて「はい、いってらっしゃい」なんて言えない。

「アレンは、頑固だからね。妻もそうだった。私だってできればアレンに行って欲しくないが、すでに手続きを終えてしまっていて……」

どうやら彼は勝手に手続きを終えていたらしく、そうなってくるとお義父様でもどうにもできない。

「とはいえ、免除金のことは当然頭にあるだろうね。これ以上、リンドル子爵家にお金を貸して欲しいと言えないというのがアレンの本音かもしれない」

「でも、私と結婚したのはこういうときにお金を援助してもらうためではないのですか？」

自分で言って、ちょっと悲しくなるけれど。

そんな私を見て、お義父様は申し訳なさそうに項垂《うなだ》れた。

「もうアレンも十五だ、自分の道は自分で決めると言われたら強く出られなかった。私は息子を信じて腹を括《くく》ろうと思う。ただ幸運を祈ることしかできない」

気まずい空気の中、私は言いようのない悲しみを抱えてアレンディオ様の帰りを待った。

その日、結局アレンディオ様が剣の師匠の家から戻ってくることはなかった。

すぐに手紙を書いて「行かないで欲しい」と伝えたけれど、彼からの返事はない。

お金を払えば兵役は免除できる。政略結婚で得たお金を今使わずにいつ使うの？

ありがとうって感謝してなんて思っていない。「とことん利用してやる」って思ってくれれば、それでいい。

彼のことを説得してと私の両親にも訴えかけたけれど、アレンディオ様の意志は固かった。

気持ちは変わらない。という返事が戻ってきたときには、ため息も出ないほど気落ちした。もう何もする気が起きなくて、毎日ぼんやりしては手慰みに刺繍《ししゅう》をする。

こういう運命だったんだ。私にできることは、無事を祈ってハンカチに刺繍をするだけ。そう言い聞かせているうちに、アレンディオ様がルクリアの街を発《た》つ日がやってきてしまった。

「元気にしていたか？」

「……おかげさまで」

見送りの際、久しぶりに会った彼は少し背が伸びていた。

彼のにこりともしない冷たい雰囲気は初めて会った日と同じ。

私は持ってきた刺繍入りのハンカチを握りしめ、彼の前にそっと差し出す。

「これを」

俯きながら差し出したハンカチを、骨ばった手が受け取った。

「刺繍は、君が？」

「はい」

アレンディオ様はまじまじと刺繍を見て、ポケットにそれを押し込む。小さな声で「ありがとう」と聞こえた気がした。

よかった。ハンカチを受け取ってもらえなかったら、私はもうこの場に崩れ落ちていたと思う。

「けがしないでくださいね？　あと、死なないでくださいね？」

何も知らない、他人より他人な夫。私より三つ年上とはいえ、まだ大人と言い切れないアレンディオ様を見送るのは悲しかった。

「わかっている。生きて帰る」

「どうか、ご無事で」

「あぁ」

それだけ？　とは思わなかった。しょせん、彼の中で私の位置づけというのは「あぁ」で片付くものなのだろう。それだけがストンと胸に落ちる。

アレンディオ様は、堂々とした雰囲気で馬に跨《また》がった。

彼は出立直前、馬上から私を見下ろして何か言いたげな目をする。

「……………」

見つめ合うこと数十秒。彼はときおり苦い顔をするだけで、最後まで何も言わなかった。

太鼓の音が鳴り響き、ついに別れの時間はやってくる。

アレンディオ様は見送りの者に右手を上げてそれを挨拶とした後、お付きの者たちと共に颯爽《さっそう》と駆けていった。

あっという間に小さくなる、形ばかりの夫の姿。

たった七回会っただけ。思い出せるのは、不機嫌そうな顔とそっけない相槌《あいづち》くらい。

結婚して三ケ月。一体この結婚は何だったんだろう。土埃《つちぼこり》の立つ景色をぼんやりと眺める。

このとき私は、まさかこれから十年もアレンディオ様と会わないままになるなんて知る由もなかった——

【第一章】嫌われ妻は離婚したい

突然の政略結婚から十年の月日が流れ、私は二十二歳になった。

今の私は成金の娘ではなく、元・成金の娘。戦が十年も続いたせいで、父が営んでいたリンドル商会はすっかり寂れ、実家の子爵家は没落。かつて住んでいた邸《やしき》は売り払い、庶民的な小さな家に引っ越し、母と弟妹は内職や日雇いの仕事に励む日々だ。

私はというと、家計を助けるために王都でお城勤めをしている。

「ソアリス様、こちらが寄付金の申請書になります」

「わかりました。すべて手筈《てはず》を整えておきます」

まだ幼い二人の王女様が住まう王女宮が、私の職場。

もう五年半、ここで金庫番を務めている。

金庫番は、単純にいうとお金の管理をする仕事だ。

王女様のための予算は三ヶ月に一度の間隔で支給されるので、それを預かり、適切かつ臨機応変に予算を組んで配分するのが私たちの役目。

王女様のお姿を見ることもめったになく、華やかな仕事でない完全なる裏方である。

計算が得意で本当に助かった！　事務仕事もやってみたら意外に向いていた。几帳面《きちょうめん》な性格が役立ったと思う。

白いシャツに青いタイ、細身の上着に黒のスカートというシンプルな制服も気に入っている。キャラメルブラウンの長い髪はいつも右側で一つに結んでいて、装飾品なんて一切つけない（というより持っていない）地味で平凡な金庫番が今の私だ。

この仕事は若い女性でも計算ができれば務まるが、結婚してすぐに退職されては面倒なので、既婚者はそういう意味で喜ばれる。

金庫番は既婚者であり、身分がしっかりした女性に任されるのが慣習で、ヒースラン伯爵家という名家との政略結婚がここにきて活躍した。

城勤めの保証人になってくれたヒースランのお義父《とう》様は、『アレンディオがいなくても君は息子の妻なんだから働かなくてもいい』と言ってくれたけれど、没落したリンドル家の家族を見捨てて自分だけぬくぬくと暮らすわけにはいかず、家計を助けるために毎月仕送りをしている。

この十年、家が没落したり、詐欺師に狙われたり、食べるものにも困る状況で身売りの話が来たり……と、とにかく大変で。

弟妹にいたっては家にお金があった頃の記憶があまりなく、人情深い借金取りにお菓子をもらったり遊んでもらったり、正義の騎士より借金取りに憧れるというおかしなことになっている。

金利が間違っていると、帳簿と借用書を片手に金貸しの店に乗り込んだことさえある私も、おかしな育ち方をしてしまったのだけれども。

おとなしく遠慮がちだった子爵令嬢のソアリスは、どこかへ行ってしまった。

弱音を吐く暇があったら自分で何とかする、そんな逞《たくま》しい女に成長した。

この十年を振り返れば話題には事欠かないけれど、ここ二年ほどは貧乏の底からやや浮上し、今は貯金もできるようになってきた。

仕事は安定していて、同僚は優しい。気の合う友だちもできた。

豪華なドレスも宝石も、見るだけで心が華やぐような靴もないけれど、それでも家族が無事で職があって、たわいもないことで笑い合える日々はかけがえのないものだ。

今が一番平和！　こんな日がずっと続けばいいのに、なんて思ってしまうくらい。

しかしそれは、昼休みの何気ない会話で脆《もろ》くも崩れ去った。

「ねぇ、ついに全軍が戻ってくるらしいわよ！」

隣に座ってパンを手にしているのは、金庫番の同僚・メルージェ。蒼《あお》い髪の美しい二十四歳だ。寮では私と同室で、ずっと仲良く暮らしてきた親友である。

彼女の夫もまた、司令官として戦地へ赴いている。

「全軍って、戦後交渉も終わったってことよね」

私は驚きを隠せなかった。だって、終戦したとはいえ、まだまだ戦後処理で軍は戻ってこないと思っていたから。

「それが、あっちが完全降伏したらしいわ。うちの第二王子が王位に就いて、属国になるそうなの」

「それで交渉が早かったのね。これからはどちらもうちの国だから」

「ええ、それにヒースラン将軍の力が圧倒的で、敵が戦意喪失したことも影響してるって」

その名を聞いた私は、遠い目になる。

アレンディオ・ヒースラン将軍、二十五歳。

今、わが国で知らぬ者はいない常勝将軍の名だ。そして、私の夫の名前でもある。

「なぁに？　うれしくないの？　せっかく夫が活躍して帰ってくるのに」

いたずらな笑みを浮かべるメルージェ。

でも私は乾いた笑いしか出ない。

「手紙は半年に一回。それも『まだ生きている』とか『敵を片付けて砦《とりで》を占拠した』とか、そんな話が三行ほど書いてあるだけの内容よ？　しかも、彼がどこにいるかは軍事機密だってことで教えてもらえなくて、こちらからは一度も返事を出せなかったわ。十年間、一方的な業務連絡だけの夫婦が今さら会っても、何を話していいかわからないわよ」

情報漏洩《ろうえい》になるといけないから、誰に見られてもいいような内容しか書けないのは理解できる。

まぁ、知りたいとも思わないし、彼だって私のことには興味がないんだろう。半年に一度くるあれは、手紙というより生存の報せと呼んだ方が正しい。

「そういえば、ソアリスが金庫番で働いているってことも知らないんだっけ？」

「そうよ～。今もまだリンドル家で暮らしていると思っているんじゃないかしら」

七年前に急激に我が家の家計は傾き始め、しばらくは田舎で内職をしていたけれど、このままでは弟妹の学費が用意できないと思った私は十六歳で王都へ出稼ぎに出た。

最初の半年間は、ヒースラン伯爵家が懇意にしている侯爵家で、五歳の双子の教育係をしていた。

その後、縁あってお城勤めになったのだが、アレンディオ様はこちらのことは何も知らない。

ちなみに、極貧だったヒースラン伯爵家は今ではしっかり持ち直した。立場は逆転し、うちが援助される側になっている。

つまり、この結婚の意味はまったくなくなってしまった。

それどころか、彼は救国の英雄で、そんな人が私と結婚しているメリットはない。

「ソアリスったら、せめて生活費くらい将軍に出してもらえばいいのに。こうして自分で働いているんだから損な性格よね」

アレンディオ様のお給金は、お義父様から私にきちんと渡されている。けれど、戸籍上だけの夫のお金を使うのは憚《はばか》られ、手つかずの状態で全額を残していた。

「実家の商会には、ずっと伯爵家から援助してもらっているの。その上で家族のことも養ってもらうなんてできないわよ。うちの父にだって誇りとか見栄はあるだろうし……」

「まぁ、確かにね。けれど将軍が帰ってきたら、さすがにびっくりするわよ？　それに将軍ともなれば、妻が働くのをよしとしないかも」

「ええっ、それは困るわ！」

確かに、生活のために妻が働いているって知ったらプライドが傷つくかも。

あいにく、私は絶対に仕事を辞めたくない。今の平穏を乱されたくない。

「戻ってきたら、話し合いの時間を取ってもらうわ。さすがに避けては通れないでしょうし」

「そうね。逃げるのは無理ね～」

「はぁ……今から憂鬱だわ。はっきり言って他人より他人だから、今さら帰ってこられてもどう接していいかわからないのよ。多分、向こうも同じことを思っていると思う」

成長した今はもう、道ですれ違ってもお互いに誰だかわからないのでは。

「でも噂《うわさ》はすごいじゃない？　戦場を駆け抜ける王国一の美丈夫だとか、敵も見惚《みと》れる軍神だとか。一度くらい近くで見てみたいわ～」

メルージェはうっとりとした表情で語る。

私も、二十五歳のアレンディオ様を想像してみた。

きっとものすごく素敵になっているんだろうな。

「ふふっ、信じられないわよね～。そんな人が私の夫だなんて。この十年、どうしていたかほとんど知らないんだもの」

「えー？　でもいくら国境にいても、出入りの商人に頼んで誕生日の贈り物くらい皆しているわよね。司令官になったらそういう特権があるんだから」

この国の貴族女性の間では、夫からの誕生日プレゼントは特別なものだ。

いかに自分が愛されているかの基準とも言え、うちの父も昔は盛大にお金をかけて母へ贈り物をしていたのを覚えている。

ただし、私たちの政略結婚にそんなものはない。

「贈り物なんて一度もなかったわ。私の誕生日を知らないんじゃないかしら」

名ばかりで、愛はない夫婦。

贈り物がなくても、ないことに納得こそすれ、腹立たしい気持ちなんて一切湧いてこない。

それに将軍にまでなるほど武功を上げる人だから、厳しい戦場での日々に政略結婚相手のことなんて考えている暇はないんじゃないかな。

「世の中には仲睦《なかむつ》まじい夫婦もいるけれど、ソアリスのところはあっさりしたものね」

恋愛話が大好きなメルージェ。残念ながら、私は彼女の期待に応えられるような話を持っていない。

「どう考えても、離婚に一直線よね」

「もう、ソアリスったら」

「将軍なら、これからいくらでも縁談があると思うの。地位も名誉も何もかもが揃《そろ》った今なら、名だたる高位貴族の娘さんたちが彼との結婚を望むだろうし。十年前の援助と引き換えにした、愛のない結婚を引きずる必要はないわ」

　お金で買われて誇りを奪われた結婚なんて、英雄将軍にとっては汚点でしかない。

「ソアリスはそれでいいの？」

「うん。苦労したアレンディオ様には幸せになって欲しいもの。私が身を引くのが一番いいわよ」

　十年も戦地でがんばった彼には、親に強制された結婚ではなく、心から愛せるお相手と幸せな家庭を築いてもらいたいと思っている。

　けれど、私の気持ちを聞いたメルージェは嘆く。

「これから再会して、恋に落ちて……っていう展開は？」

　メルージェの言葉に、思わず笑いが漏れた。

「ふふっ、そんなのあるわけないでしょう？　十年前に『なんで君なんだ』って失望されているんだから、今さら恋に落ちるなんてありえないわよ。私だって一度くらい恋っていうものをしてみたかったけれど、どうにも縁がないみたい。この十年、お金のことしか考えてこなかったし」

　没落貴族に、ときめく余裕なんてない。

「大丈夫、仕事があれば恋や愛はなくても生きていけるの。嫌われ妻は早々に退散いたしますよ～」

　遠い目をして現実逃避する私を見て、メルージェが肩を抱くようにして揺さぶった。

「戻ってきて、戻ってきてぇぇぇ！　大丈夫よ、私はソアリスの味方だから！」

「メルージェ、痛いわ！」

あぁ、ついにアレンディオ様が帰ってくる。

こんなにわくわくしない再会があるとは……。

そろそろ準備をした方がいいか、と私は秘かに決意するのだった。


それからしばらくの後、アレンディオ様は王都へ戻ってきた。

私は仕事があったので、城へ入ってくる長い騎馬の行列は見ていない。

目撃した同僚によると、アレンディオ様は雄々《おお》しい顔つきに涼やかな蒼い目で、どの騎士よりも威圧感があったという。

「オーラがあるっていうの？　その神々しいまでのお姿が美しすぎて、倒れるかと思ったわ！」

メルージェがほぅ……っと吐息交じりにうっとりするほど、二十五歳になったアレンディオ様はかっこよかったらしい。

「へぇ、そうなんだ〜」

私は、適当に相槌《あいづち》を打つ。

「もう！　自分の夫のことなんだからもっと興味を持ったら？　実物を見たら絶対にソアリスも好きになるわよ。あんな素敵な人、放っておいたらすぐに横取りされちゃう！」

「横取りって」

そもそも私のものではありません！

戸籍上、同じ枠に収まっているだけで私たちはほぼ他人ですからね！　向こうにいたっては、帰ってきても私の顔なんて見たくないんじゃないかしら。

「雰囲気は鋭くてちょっと怖いんだけれど、蒼い瞳が凛々《りり》しくて……！　将軍だっていうからもっと大きな身体《からだ》で荒々しい人を想像していたのに、王子様って言われたら信じちゃうくらい気品に溢《あふ》れた人で本当に素敵だったわ!!」

「メルージェったら、そんなにはっきり見えるくらい前列に並んだの？」

「当たり前よ。英雄なんだから一度くらい近くで見てみたいじゃない。で、ソアリスはいつ将軍と再会するの？」

あぁ、メルージェのキラキラした目が気まずい。

私はふいっと目を逸《そ》らした。

「書類仕事って楽しいな〜」

「楽しいわけないじゃない！　本当にソアリスって困った子ね」

「これから起こる面倒なことに比べたら、仕事の方がよほど楽しいわ」

「ええっ、やっぱり離婚するの？　将軍の姿を見たらそんな考え吹き飛んじゃうかもしれないわよ？」

いくら王国一の美丈夫だって噂でも、容姿だけで結婚生活を続けたくなるものかしら。

今のところ、私のポケットには『離婚申立書』がばっちり入っている。

「戦場へ行って十年よ？　今さら妻の顔なんてできないわ」

さも健気《けなげ》に待っていたような顔をして出迎えるのは気が引ける。

大人になったアレンディオ様がどんな性格かはわからないけれど、今さら優しく接してもらいたいだなんて思わない。戸籍上の妻である私に、酷《ひど》い扱いをしないでくれたらそれでいい。

苦笑いの私に、メルージェは言った。

「仕事が終わったら、騎士団の執務棟へ行ってみたら？」

「相手は救国の英雄よ？　いきなり行っても、会ってもらえないいんじゃないかしら」

「いくらなんでも、妻なんだから追い返されたり居留守を使われたりはしないと思うわよ」

「だといいけれど。でも何から切り出せばいいのか、未《いま》だに考えが纏《まと》まらないの」

彼が帰ってきたらというのは、これまでまったく想像していなかったわけではない。

最初の頃は、すぐに終戦になって帰ってくるものだと思っていたくらいだ。

けれど五年ほど経《た》った頃から、王都でアレンディオ様の活躍を耳にするようになり、「これは帰ってきそうにないな」と予感した。そしてそれは当たり、十年間も会えずにいる。

「まぁ、離婚するんだからそんなに長い話は必要ないわよね」

戦場では、つらいことがたくさんあったと思う。

いくら志願して向かったとはいえ、苦しみや悲しみ、葛藤は尽きなかっただろう。

あのか細いアレンディオ様が将軍になるまでには、とてつもない努力と辛酸があったはず。じっくり考えた結果、がんばった彼へのご褒美はこの離婚申立書がいいと思ったのだ。

うちの両親は嘆くだろうから、事後報告でいい。邪魔されたくないしね！

それに私には仕事もあって友人もいる。もういい大人なんだし、ほぼ他人の夫の功績におんぶに抱っこで暮らすつもりは毛頭ない。

アレンディオ様が、戦場へ向かった理由が今ならわかる気がする。金で買えない、誇りが彼にはあったのだ。今の私に、仕事があるように。

「お茶でも飲もうかな」

休憩時間はまだ始まったばかり。私がそう言うと、メルージェがさっと席を立った。

「私が淹《い》れるわ。今日は、室長から差し入れにナッツバターをもらったの」

「ありがとう」

おいしいお菓子と温かい紅茶。七人分のお茶を淹れたメルージェがそれぞれの席にカップを配っていると、金庫番室に来訪者がやってきた。

――コンコン。

「誰かしら」

今日は誰かが来る予定はない。もしかして書類の不備でもあったのだろうか。そう思った私は、ゆっくりと扉まで歩いていく。

「どなたですか？」

まずは、扉を開けずに尋ねてみた。

見知った人ならノックと同時に入ってきそうなものなのに、律儀に声がかかるまで待っているということは王女宮の文官ではないのかも。

しばらく沈黙が続いた後、聞き慣れない低い声が返ってきた。

「ソアリス、なのか……？」

私を呼び捨てにする人は限られている。こんな声に思い当たる名前が浮かばない。

どうする？　とりあえず扉を開けてみる？

王女宮の警備は手厚いから、部外者は入ってこられない。まず危険はないだろう。私はドアノブに手をかけ、そっと扉を開いた。

内開きの扉を引くと、目の前には無機質な鎧《よろい》がドンと立ちはだかっている。

視線をゆっくりと上げていくと、そこには黒髪に蒼い目の騎士がいた。

騎士団の上層部だけが身につける黒い隊服に、比較的薄くて簡素なプレートメイル。今まさに訓練場からやってきたばかりという雰囲気だった。

「金庫番のソアリスは私ですが、何かご用ですか？」

交わる視線。凛々しい目に高い鼻梁、引き結んだ唇は気難しそうだけれど、見惚れるほど美しい。

多分、この人とはどこかで会ったことがある。それはわかった。

けれど、この人は一体なんていう名前だったかしら。

「えーっと」

まじまじとその人を観察していると、向こうもじっくり私を見てから口を開いた。

「ソアリス……、なのか」

「はい？」

なぜ呼び捨てなの？　親しくもない女性を名前で呼ぶのは、明らかにマナー違反だ。

どういうつもりなのか、と首を傾《かし》げる私。

ところがその瞬間、彼は感極まったように表情を歪《ゆが》ませ、私のことを掻《か》き抱《いだ》いた。

「ソアリス！　戻ったぞ！」

「きゃぁぁぁぁ！」

長い腕に捕らえられ、私は反射的に悲鳴を上げる。

「ソアリス！　会いたかった‼」

締めつける腕が痛い！　なぜこの人は私を抱き締めているの⁉

逞しい胸に抱き寄せられ、冷たい鎧に頬を軽く打ちつけた。

「うぐぅっ……！　だ、誰か……‼」

必死でもがいていると、悲鳴を聞いて駆けつけた王女宮の騎士たちによって助け出される。

「将軍⁉　落ち着いてください！」

「離せ！　妻と再会の抱擁をしただけだ！」

ん？　今、誰かこの人のことを「将軍」って言った……？

呆気《あっけ》にとられ立ち尽くす私の前で、彼は再び蕩《とろ》けるような笑みを向けた。

「ソアリス。ようやく会えた……！」

これはもしかしなくても、そうなんだろうか。

「ア、アレンディオ、様？」

名前を呼ぶと、カッと目を見開いた彼に再びぎゅうぎゅうに抱き締められる。

「あぁっ、ソアリス！」

「きゃぁぁぁ！」

プレートメイルがゴリゴリと頬骨に擦れ、締めつけられる背中も二の腕も痛くて堪《たま》らない！

「将軍！　このままでは奥様を粉砕してしまいます！」

騎士たちが必死で引き剥がし、アレンディオ様らしい人はようやく私の危機に気づく。

「ああっ！　ソアリス、すまない。君に会えた喜びでどうにかなってしまいそうだったんだ」

こっちがどうにかなってしまいそうでした。死ぬかと思いました。

ぜぇぜぇと荒い息で、疲労困憊《こんぱい》の私は何も言葉を発することができない。

そんな私に対し、彼は矢継ぎ早に言った。

「会いたかった……！　十年は長かった。ずっと会いたかったんだ。まさか城で会えるなんて思ってもみなかった。今日の夜にでも、ルクリアまで馬で行くつもりだったから驚いた」

は？　会いたかった、とは？　意味がわからない。

え、本当にこの人はアレンディオ様なの？

「何度も何度も、君と会える日を夢に見た。けれど、自分の想像力が貧相なものだったと気づかされた。目の前にいる本物の君はこんなにも輝いていて美しい」

アレンディオ様の光り輝くような笑顔が眩《まぶ》しい。

目の前にいるあなたの方がよほどお美しいですよ、って言いたい。

けれどあまりに予想外の出来事に、私は時が止まったかのように停止していた。

「なるべく早く結婚式を挙げよう。十七歳からだともう五年も過ぎてしまったが、君ならきっと王国一の花嫁になるに違いない……。ん？　どうかしたのか、ソアリス」

私があまりに何も言わないので、彼は訝《いぶか》しげに尋ねる。

しんと静まり返る廊下。周囲の視線が、私たちに集まっていた。

「「…………………」」

たっぷり時間をかけて復旧した私は、とうとう渾身《こんしん》の一言を叫んだ。

「誰⁉」

アレンディオ様はこんな風に饒舌《じょうぜつ》に話さない。私を抱き締めたりもしない。

なんなら目を合わせようともしなかった！

数々の詐欺にお目にかかってきた私だけれど、こんなにも雑な詐欺は初めてよ⁉

「嘘《うそ》よ、嘘に決まってる……。だってアレンディオ様がこんな……」

不躾《ぶしつけ》にもそのご尊顔をじっくり確認していると、彼はうれしそうに目を細めて言った。

「背も伸びたし、体格も変わったからな。わからなかったか？」

「変わりすぎでしょう⁉」

見た目も変わった上に、性格まで変わるなんて。

もしも本当にこの人がアレンディオ様なら、十年という年月が恐ろしすぎる。

「さぁ、ソアリス。行こう」

「え？　行くって、どこへ？　私は仕事が……！」

逃げる隙なんてなかった。身体がふわりと浮き、私はアレンディオ様に横抱きにされて攫《さら》われる。

「きゃぁぁぁ‼」

このときばかりは、騎士がまるで仕事をしてくれなかった。職務放棄か、と恨みがましい目を向けてもさらっと目を逸らされる。

今まさに連れ去られようとしている私の耳に、メルージェの声が聞こえてきた。

「ソアリス！」

縋《すが》るような目で彼女を見ると、笑顔で手を振っている。

「いってらっしゃい！　早退届は出しておくね！」

「…………」

助けてはくれないらしい。その一言ですべてを諦めた私は、五年半で初めて早退をするのだった。


ガタゴトと小刻みに揺れる豪華な馬車。

クッション性がいい座面は、明らかに高級品。かつて父の事業の羽振りがよかった時代でも、これほど座り心地のいい馬車には乗ったことがない。

「ソアリス、夢じゃないだろうか。君がそばにいるなんて」

「はぁ」

奇遇ですね。私も、夢じゃないかって思っています。

広い馬車の中、なぜか隣に座っているアレンディオ様らしき大柄の男（まだ本人だと信じられない）は、蕩けるような笑みを私に向けている。

そしてその手は、ずっと私のそれを包み込むように握っていた。

なぜ私は制服のまま、馬車に乗って連れ去られているの……？

疑問は膨らむ一方なのに、アレンディオ様はうれしそうに話し始めた。

「君が城内にいると補佐官から報告を聞き、どうしてもすぐに会いたくて走ってしまった。王女宮に突然押しかけるなんて懲罰ものだが、君への想《おも》いは止められなかった」

どう見ても私を好きだという表情で、優しい声音で、饒舌に語るアレンディオ様。

艶やかな黒髪と蒼い瞳という色彩、それに顔立ちはご本人だけれど、あまりの変わりように偽物である可能性も払拭できずにいた。

涼やかな目元は、少し陰があるというか凛々しくて模範的な美形だ。昔の面影がある気はする。

ただし態度や言葉、特に甘やかな視線は違和感がある。

「聞けばもう五年半も金庫番を務めているそうだな。皆が君の働きを褒めていた。忙しい時期にも嫌な顔一つせず仕事をこなし、真面目で仕事が正確だと」

「はぁ……それはありがたいですね」

どれほど彼の顔を見つめても、何かわかるわけでなく。疑問は深まるばかりだ。

えっと、まず状況を整理しよう。

私たちはどこへ向かっているの？

彼は「積もる話があるだろうから、邸で」と言って馬車に乗り込んだが、現状王都の中に私が入れる邸はない。私が住んでいるのは城の敷地内にある寮で、邸ではない。

「アレンディオ様、今向かっているお邸とは一体どこのことですか？」

リンドル家が没落したことはわかっているのだろうか？　私が城勤めをしていることは今日知ったらしいので、没落のこともわかっていなさそう。

アレンディオ様は将軍なのに偉ぶった態度はなく、優しく説明してくれた。

「報奨金の一部として、陛下から邸を賜った。俺が戻る頃にはもう住めるように整えてくれていると聞いた。だから、そこへ向かっている」

「報奨金!?　お邸をいただいたのですか!?」

大盤振る舞い！　今になって、いかにアレンディオ様が活躍したのかが少しずつわかってくる。

王都に邸をもらえるというのは、王女様が降嫁してくるとか爵位を賜るとか、そういう褒賞の次にすごいことだ。「手放したくない、そばに置いておきたい存在」だと周囲へのアピールである。

ちなみに王女様は十歳と五歳なので、降嫁の可能性はない。

爵位はすぐにもらえるものでなく、現時点で最高の褒賞をもらったということになる。

「それはすごいですね……！」

あの貧乏だったヒースラン伯爵家を思えば、王家の持ち家を賜るなんて驚きだ。

「ソアリスが気に入ってくれるといいのだが」

「私？」

他人事《ひとごと》のように聞いていたので、はたと気がつく。

そうだ、世間的には私たちは夫婦なんだわ。

「え、私と住むおつもりですか？」

「当たり前だろう？」

彼はきょとんとした顔になる。

「引越しにしばらくかかるのは、さすがに待てるが」

待って、待って、待って。待つのはそこじゃない。

一体この人は何を言っているの？　何もかもがわからない。

茫然《ぼうぜん》と見つめていると、彼は急にふいと顔を逸らす。

「君は十年前と変わらず、かわいらしいな」

朱に染まる頬。まるで、恋をしているかのような反応だった。

「離れられなくなりそうだ……。かわいいにもほどがある」

「は？」

かわいいって、この私が？　十年前と変わらずって、変わらず平凡で普通ですが？

なんなら子どもの頃は「子ども」というステータスでかわいさがあった。今は大人なので、あの頃よりもかわいさは半減しているはず。

「「……………」」

しばらくアレンディオ様を見つめていたが、私はここであることに思い至った。

「あ！」

彼は戦場にいたんだ。理由がわかった私は、思わず涙ぐむ。

「まさか……！　戦で目をやられましたか？　それとも頭？」

そうに違いない。それしかない。だから彼は、こんなにおかしくなってしまったんだ。

今となっては成金の娘でもない私に、媚《こび》を売る必要はない。それにもともと彼は媚を売るような人間じゃない。

つまり、嘘はついておらず、彼にはそう見えている。思い込んでいるわけで。

そうなのね、目と頭をやられたのね？

「両方ですか。なんてお労《いたわ》しい……!!」

悲愴感を露《あら》わにする私。

しかしアレンディオ様はまたこちらを向き、ムッと顔を顰《しか》めた。

「俺は目がいい。騎士にとって目は大事だ。それにもちろん正気だ。かわいいソアリスをかわいいと言っただけで、何もおかしなところなどない」

「全部がおかしいです！」

思わず否定し、慌てて口元を手で覆う。

しかし彼は怒るどころか、一生懸命に説明を続ける。

「俺は将軍になるまで、多くの騎士と共闘してきた。敵を知り、味方を知り、いかにして戦えば無駄なく効率的に勝てるかを必死で考えて十年間やってきた。そこで気づいたのは『言わなくても伝わる』という思い込みほど時間の無駄はないということだった。思ったことをはっきりと口にしなければ、仲間に指示は通らない。だからソアリスにもありのままの気持ちを伝えているだけだ」

「いや、その、でもアレンディオ様は……」

私のこと、お嫌いでしたよね。成金の娘と結婚させられて、拒絶していましたよね？

「アレンディオ様か……。そんな他人行儀な呼び方はよしてくれ。アレンでもいいし、ディオでもいいし、とにかく夫婦らしい呼び方をして欲しい。様もいらない」

彼があまりにぐいぐい来るので、私はますます混乱した。

「この十年、君のことを毎日想っていた」

こら、私の手を持ち上げないで。そして指や甲にキスをしないで。

全身にこそばゆいものがぞわっと走り、一瞬で顔が真っ赤に染まった。

「やはり君はかわいい」

「ひっ……！」

怖い。豹変《ひょうへん》しているこの人が怖い。

何なの⁉　本当にもう、何がどうなってこうなったの⁉

「ソアリス」

熱に浮かされたような目。今、彼が何をしようとしているかわかった。

肩に置かれた手に、かすかに力が篭《こも》る。

少しずつ彼のきれいな顔が近づいてきて、逃げなければ唇が重なるだろう。恋愛経験ゼロで夫と手を繋《つな》いだことさえない、嫌われ妻でもこの先が予想できた。

けれど蒼い瞳に囚《とら》われて、私は逃げることができない。本能的に危機を感じた。

――ガタンッ！

「きゃっ……！」

車輪が何かを踏んだらしく、少しだけ大きく揺れる。

無言で見つめ合うこと数秒。唇が触れ合う寸前の距離で、私たちはぴたりと動きを止めていた。

先に目を逸らし、体勢を元に戻したのは彼だった。

「…………」

た、助かった……！

ホッとした私はさらに彼から距離を取り、人一人分は離れた位置に座る。

窓の外を見ると、もうそこは大きくて立派な貴族邸の敷地内だった。門をくぐったとき、内と外で石畳の質が変わったことで揺れが起こったみたい。

窓に手をつき、色とりどりの花が咲き乱れる庭園を凝視する。

ここは王都の中でも一等地と呼べる高台で、真白い壁は高位貴族の邸のよう。

馬車はすぐに正面玄関に到着する。

出迎えの使用人がずらりと並ぶ中、御者が扉を開けるとアレンディオ様が先に降りていった。

あまりに立派な門構え、そして人の多さに驚きつつ、私もゆっくりと馬車を降りる。

「気をつけて」

「あ、ありがとうございます」

スッと差し出された手は、ものすごく大きかった。

剣だこだらけで皮が固まったその手は、どう見ても男の人のもの。一瞬だけどきりとしてしまう。

夫が妻をエスコートするのは当然だが、慣れないことに違和感が拭えない。十年前、アレンディオ様にこんなことをしてもらった経験はなかった。

「「おかえりなさいませ、旦那様。奥様」」

一斉に頭を下げる使用人たち。圧倒された私は意識を必死で保ちながら、アレンディオ様に連れられて邸の中へ入った。


広い邸の、広い部屋。

三階にあるここは、どうやら主人である彼のための私室らしい。

壁際にずらりと並んだ使用人は、微動だにせず空気に徹している。

アレンディオ様によると、陛下は「住めるように整えておく」とおっしゃったそうだけれど、とてもそんな気軽な感じではなかった。

一流の家具職人が新しく誂《あつら》えたであろう、ピカピカの調度品。王国三大名画の一つといわれる月夜の絵画が、真白いクロスの壁に堂々とかかっている。

これでも貿易商の娘、物の値段はある程度知っているつもりだ。

この部屋は……国宝級の代物が揃っている。邸ですよね⁉ 博物館じゃないですよね⁉ アレンディオ様が活躍した話は飽きるほど聞いたけれど、私が思っていた以上のすごい存在になって帰ってきたのかもしれない。

私は今、豪華な部屋でアレンディオ様の隣に座っていた。

どう考えても、違和感がある。

小さくなって座っていると、年嵩《としかさ》のメイドが甘い香りのするハーブティーを淹れてくれた。

誰も住んでいなかったにもかかわらず、焼きたてのクッキーやカヌレまでが用意されている。ただしそれに手をつける勇気が、私にあるわけもなく……。

「ソアリス、どうした？」

無言でじっと座っている私を見て、アレンディオ様が心配そうに尋ねた。

邸に戻ったらさすがに鎧は解いて、立ち襟の黒い長袖シャツにグレーの軍用ズボン姿になったアレンディオ様。

その腕は太く、城にいる近衛騎士よりも明らかに戦い慣れしている体躯《たいく》だと素人にもわかる。吹けば飛ぶような身体から、よくここまで鍛えたものだなと感心してしまった。

十年前のアレンディオ様は華奢《きゃしゃ》な美青年だったけれど、今はすっかり逞しい男の人になっている。

「何か欲しいものがあれば、すぐに用意させよう。すぐには慣れないとは思うが、邸のどこでもソアリスの好きにしてくれて構わない」

「いえ、そんな……！」

慌てて首を振る私を見て、アレンディオ様は残念そうに眉尻を下げた。

「何でも言ってくれ。君のためなら何でもする」

怖い。意図がわからないから、なおさら怖い。

あぁ、でもしっかりするのよ私！　なし崩しに邸へ連行されてしまったけれど、ここで流されるわけにはいかない。

ポケットの中にある『離婚申立書』を、何としてでも早急に渡さなくては！

金庫番の仕事は既婚者がなるのが慣習だけれど、絶対条件というわけではないから離婚したところで問題ない。そもそも戦場から夫が戻ってきたら辞める女性もいるだろうし、人手不足になるのは明らか。クビになることはない。

私は仕事があるから生活に困る心配はなく、笑顔で彼と離婚できる。

それにアレンディオ様だって、戦勝祝いのパーティーや式典の前に身ぎれいになっておいた方がいいだろう。

アレンディオ・ヒースランという英雄が、結婚していると大々的に知れ渡る前に離婚したい。これから彼は英雄として称《たた》えられ、相応のご令嬢を娶《めと》って、華々しい人生を送るんだ。

私は深呼吸をして、気合を入れ直す。

「あの、アレンディオ様」

「……………」

「アレンディオ様？」

「………………」

おかしい。隣にいて、目は合っているのに返事がない。

目と頭と、耳もやられたのだろうかと思うがさっきまで普通に会話していた。

となれば、まさかのまさかだが……。

「えっと、アレン？」

「何かな？」

愛称で呼んだ瞬間、彼はパァッと破顔した。その笑顔が神々しいことこの上なく、冗談抜きで直視できない輝きだ。

彼は黙って私の言葉を待っている。

「アレン、二人きりで話がしたいです」

「わかった。おまえたち、ここはもういいから下がれ」

彼はすぐに指示を出し、ずらりと壁際に並んでいた使用人たちは早々に部屋を出た。

しんと静まり返った部屋は、自分の呼吸が聞こえそうなほど。深呼吸をして、私はとうとう疑問を口にする。

「一体どういうつもりなのでしょうか？」

「何が？」

「急にこんな……、十年も離れていたのに」

なぜ、今さら私を好きなふりをする必要があるのか。本心だと彼は言うけれど、とてもそれを信じることはできない。信じられる要素がなさすぎる。

絶対に何か目的があるはず。私は彼に疑いの目を向けた。

「怒っているのか？　十年も君を待たせ、帰ってくるのが遅いと」

「いえ、そうじゃなくて」

「では何が気になっているんだ？　俺は約束通り、君のところへ戻ってきた」

「約束……？」

まったく記憶にない。何の約束だというのだろう。

きょとんとしていると、アレンディオ様は懐かしむ顔でぽつりと言った。

「生きて帰る、と……」

私の中の、わずかしかない彼との記憶を掘り起こす。

出立の日、アレンディオ様はそっけなく「生きて帰る」と言ったような。

え、まさかあれのこと？　あれを「約束」だと、あなたは言うの⁉　あの言葉に、「君の元へ必ず戻る」とかいう意味が含まれていたの？　そんなのわかるわけがない。

「言葉足らずすぎます……」

彼は苦笑いで、申し訳なさそうに目を伏せた。

「昔は、確かに色々と足りないところが多すぎたと思う。自覚はある」

「あるんですね」

十年前の彼の会話力は、皆無に等しかったということだ。まさかここまでとは。

愕然《がくぜん》とする私に、なおもアレンディオ様は言った。

「国境から戻る途中、リンドル子爵家が以前のような……勢いが消失していることは耳にした。大変なときにそばにいてやれなかったこと、すまないと思う」

彼は言葉を選んでいた。転落や没落という表現の方がしっくりくるのに。

「けれど、実家が困窮しても君は仕事をして、王都で俺の帰りを待っていてくれたなんて……うれしかった」

待っていません！

王都へは仕事を求めてやってきただけで、あの頃はもう必死で。この人のことは完全に忘れていた。

薄情者と罵られようが、ほぼ他人な夫と大事な弟妹とでは、圧倒的に後者に比重がいく。

弟妹を痩せ細らせるわけにはいかない。

お嬢様育ちの私が貧乏に慣れる間もなく世間の荒波に揉《も》まれ、涙なんて早いうちに枯れ果てた。

仕事は私を裏切らない。お金も私を裏切らない。

人は、裏切ることの方が多い。

夫に戦場へ逃げられたとも言える私に、あの状況でこの人を待つなんていう夢見る心は残っていなかった。そんな真実も知らず、彼は笑みを深める。

「待っていてくれてありがとう」

そう言うと彼は、私のキャラメルブラウンの髪をそっと手に取り、口元へ寄せた。

いちいち仕草が甘い！　胸が苦しくなって息が詰まった私は、慌てて髪を取り返す。

「困ります」

「なぜ？　夫婦なんだから何も困らない」

困る。ものすごく困る。だいたい美形が接近しているだけで息が止まりそうなのに、まるで私のことが好きみたいなことされたら……！

「困ります！」

必死の抵抗も虚《むな》しく、彼は私の手を握る。

「ソアリス」

真剣な眼差《まなざ》しに、なぜか私は泣きそうになった。

「会いたくて会いたくて、おかしくなりそうだった。何度も夢に見た」

彼の想いが、熱が、まっすぐに私に向かってくる。たとえ手が自由になっていたとしても、私はここから逃げることはできないだろう。

視線すら逸らすことができなかった。

「君がここにいると、確かめたいんだ」

そう言うと彼は瞳を閉じ、私の手の甲に唇を押し当て、そして心の底から幸せそうな顔をした。

違う。この人は、違う。私が知っているアレンディオ様じゃない！

奇行としか思えない彼の行動に、混乱がピークに達した私は絶句した。

「君は、俺がいない日々をどう過ごしていた？　会えなかった十年を、少しずつ埋めていきたい」

「…………」

数秒間、目を開けたまま気絶してしまった気がする。

アレンディオ様はそんな私をじっと見つめたまま、指を絡めて手を繋ぎ、返事を待っているようだった。

一体、何を言えばいいのか。

アレンディオ様がこんなことを言うわけがない。

アレンディオ様が私を好きなわけがない。

アレンディオ様が…………。

「ソアリス？」

声が甘い！　こんな顔でこんなことされたら、うっかり信じてしまいそうになる。

気を確かに持て。美形に騙《だま》されちゃダメ！　顔のいい男は大抵裏切るって、城勤めのお姉さんたちも散々言っていたでしょ！

「アレンは、私のことを嫌っていたでしょう？　どうして今さら……」

成金の娘と結婚させられて、誇りを奪われたも同然だったはず。歩み寄ろうとか、仲良くなろうとか、そんな態度も言葉もまったくなかった。

真剣に目を見て尋ねると、彼は意表を突かれたという顔をした。そしてすぐにグッと目に力が入り、少し前のめりで否定する。

「ソアリスを嫌っていたことなんてない。何かの間違いでは？」

あなたの今が、間違いでしょう!?

「十年前の俺は気の利いたことも言えず、素直に君を褒めることもできなかった。けれど、嫌いだなんてありえない」

あぁ、この場から逃げたくて堪らない。

もう倒れてもいいですか？

心臓が、血が、ドクドクと鳴る音が聞こえる。

呼吸が小刻みに荒くなり、猛烈な頭痛に襲われた。

もう限界だわ。顔を顰めると、彼は途端に心配そうな顔になる。

「どうした？　どこか具合でも悪いのか？」

「ず、頭痛と眩暈《めまい》が……」

「大丈夫か⁉　医師を呼ぶから、君はすぐに寝室で横になるといい」

慌てて立ち上がったアレンディオ様は、私の肩に手を置き優しく撫《な》でさすると、すぐに扉を開けて家令を呼びつける。

一挙一動が私を好きだと言っているみたいで、ますます頭が混乱する。

私はもう使用人の目を気にすることもできず、ソファーに蹲《うずくま》るようにして上半身を折り曲げ、力なく倒れた。

「ソアリス！　気を確かに！」

ああ、アレンディオ様が私のそばに駆け寄り、必死で呼びかける声が聞こえてくる。

でもごめんなさい。返事をする気力すら残っていない。

その後、主治医になる予定だという医師がやってきて、診察を受けて薬を処方してもらう。

薬を飲んだ私は「一人にしてください」と力ない声でアレンディオ様に頼み込み、しばらくはおとなしく横になっていたが、さすがに限界だった。

テーブルの上にメモを残し、使用人通路からこっそりと抜け出して寮へと向かった。

◇◇◇

ソアリスが将軍の邸から人知れず出ていった頃。

アレンディオの私室に、補佐官のルード・ディレインが訪ねてきた。黒い隊服姿の彼は、もう五年ほど、補佐官として付き従っている。

辺境伯爵家の次男である彼は、二十四歳。騎士にしては華奢で中性的な顔立ちで、あまり強そうには見えないがアレンディオに次ぐ実力者だ。

茶色の髪に茶色の瞳。貴公子のような柔和な笑みが女性に人気の彼は、表向きは気の利く温厚な補佐官、いざ戦場に立てば冷酷な判断で立ち回る男として敵味方から一目置かれていた。

そんな彼がわざわざ邸までやってきたのは、部下の今後について報告があったから。

しかし、初老の家令・ヘルトに案内されて上官の私室にやってきたとき、一度入ろうとした部屋の扉をもう一度閉めてしまったのは予想外のことだった。

――バタンッ。

「あの、今、なんかすごくおかしなものを見たような気がするんですが」

家令は、おっしゃる意味がわかりませんと澄ました顔で言った。

ルードは何度も瞬《まばた》きをして、手で目を擦ってから再び扉を開ける。

書机に向かうアレンディオは、どう見てもアレンディオであるが今まで見た中で一番ぼぉっとしている。

どこか遠い目をして、その姿はまるで……。

（えええええ、恋する乙女か⁉）

自分の目が信じられず、かける言葉も見当たらない。

目が合っただけで射殺せると言われた常勝将軍が、なぜこんなに腑《ふ》抜《ぬ》けになっているのか。

（いや、まぁ、わかるけれど。十年ぶりに愛《いと》しの妻に会えたんだから、こうなるのは理解できるけれども）

ソアリスが城で働いている。その情報が舞い込むや否や、アレンディオは風が起こるくらいの速さで飛んでいった。

それはもう、敵が奇襲をかけてきたときと同じくらいの素早さだった。

そのせいで、ルードがこうして残った仕事を邸まで運んでくるはめになったのだが、アレンディオからいかに妻を愛しているかを聞かされていたルードからすれば、素直に祝いたい気持ちもある。

（でも、これはあまりにも）

自分は今、見てはいけないものを見ているのでは？　ルードはどうしたものかと悩んだ。

ただ、仕事が山積みなので話しかけないわけにはいかない。

コホンと咳《せき》ばらいをして、アレンディオに呼びかける。

「アレン様」

「………………くれた」

「は？」

呼びかけると、確かに目が合った。

ルードが来たことは、わかってくれたらしい。ところがホッとしたのも束《つか》の間、見たことがないほどに蕩けた顔でアレンディオが言った。

「アレンと、呼んでくれたんだ」

ここに女性がいたら、間違いなくこの笑顔に惚《ほ》れただろう。

美形が心から幸せそうに笑うのを見たルードは、今後うっかりこれを見られた日には、あっという間に恋に落ちる女性がいそうだなと冷や汗をかく。

そして、一拍置いた後に気づいた。

「え。十年前は愛称で呼んでもらっていなかったんですか？」

たった三ケ月とはいえ、結婚していたんだろう？　と、疑問が顔に出る。

「十年前は、素直に話しかけることができなかったんだ。目を見て話すのも苦しくて……」

「結婚しているのに？」

「会いに来てくれるときのソアリスがあまりにもかわいくて、その朗らかな声を聞いていると何も言えなかった。だから、彼女との思い出は少ないんだ」

思い出が少ない、その言葉に何となく嫌な予感を覚えるルード。

だが幸せムードいっぱいのアレンディオは、ため息交じりに語る。

「十年だ。十年のうちに、ソアリスはすっかり大人の女性になっていたんだ。長い髪は光を帯びて輝いていて、俺を見て驚いた顔は少女のようにあどけなくて」

（大人になっていたんじゃなかったのか。少女なのか大人なのかどっちなんだろう）

空気の読める補佐官は、思うだけであえて突っ込んだりしない。

彼はできる補佐官だった。

「隣に座っただけで緊張したように目を伏せ、その奥ゆかしさと恥じらいがとてつもなくかわいかった……。これが俺の妻なのかと思ったらうれしくてうれしくて、どうにも感情が抑えられなかった」

「はぁ」

「かわいすぎた。理性が吹き飛ぶのを必死で抑えて、どうにか冷静な夫のふりをした」

絶賛、乙女心が爆発中のアレンディオ。妻であるソアリスの反応が気になるところだ、とルードは思う。

「よかったですね。愛する奥様に会えて」

「あぁ。これが夢でないことを願う」

主人の豹変ぶりに戸惑いつつ、ルードはひと呼吸おいてから背筋を正した。そして、恐る恐る話を切り出す。

「王女宮へ突入したことについては、陛下も王妃様も寛大なお心で不問に処すそうです。十年ぶりの再会ということで、今回だけは許していただけると」

「そうか、それは感謝しなくては」

「今後は必ず許可を取ってくださいね。奥様もきっと驚かれたでしょうし」

「そうだな。妻の仕事を邪魔するわけにはいかない」

「おわかりいただけて何よりです。早く奥様と一緒に過ごせるようになればいいですね。あぁ、今日中に書類を片付けてくれたら、明日は午前だけとは言わず終日お休みになりますね～。というわけで、こちらをどうぞ！」

押しつけるように差し出された報告書と書類の束。その量はとても今日中に片付くようなものではないが、アレンディオは穏やかな表情でそれを受け取る。

「勝手に飛び出してすまなかったな」

書類を見てふと現実に戻ったアレンディオは、わざわざルードがここに来ることになった理由に気づいて労わった。

「いいえ。お気持ちはお察ししますから」

ルードは単身者だが、恋人に会いたい気持ちがわからなくもない。ここで無粋なことは言いたくなかった。

それに、仕事さえしてくれれば文句はない。

「だが、ソアリスのあまりの愛らしさにおかしくなりそうだ。会えないときも気が変になるかと思ったが、会ったら会ったでソアリスに触れたくて抱き締めたくて……。窓から叫んでしまった方がいっそラクになるかもしれない」

「絶対にやめてくださいね!?」

ぎょっと目を瞠《みは》るルードを見て、アレンディオはあはははと笑った。

「冗談だ」

「わかりにくいんですよ、あなたの冗談は」

静かな部屋で、ルードはアレンディオの仕事ぶりを眺める。

（これ終わるかな……。明日の朝、回収に来ようか）

一足先に王都に戻っていたものの、さすがに身体に疲労がたまっている。

アレンディオの変貌ぶりには驚いたが、今のところ業務に影響はなさそうだな、と思って安心した。

そんなとき、アレンディオが部下の休暇希望のリストを見て「ん？」と手を止める。

「この、処遇を要検討というのは何だ？」

「あぁ～それは、えっと……お悔み案件の者たちです」

二人は同情の目で、リストを見る。

「二十三人か。思っていたよりいるな」

アレンディオの部隊は、正規の騎士だけで総勢百二十人ほど。出稼ぎや傭兵《ようへい》、雑兵も含めると、延べ四百人はくだらない。

このリストに載っている「お悔み案件」の者たちとは、戦場から戻ってきたら妻や恋人、婚約者が行方不明だったり、すでにほかの男に嫁いでいたり、いわばフラれた男たちだ。

戦場でも、肉体的なけがより精神的な苦痛の方が回復が遅い。

せっかく生きるか死ぬかの戦いから戻ってきたのに、愛する人がいなくなっていた……ではあまりに残酷だ。

立ち直れない者が出るかもしれない、アレンディオの顔が曇る。

正規の騎士は、このまま騎士団や護衛兵、街の警吏隊などになるか身の振り方を選ぶことができる。

実家を継ぎたいという者は、報奨金や給金をもらって退職することになる。

アレンディオは王族を守る近衛隊に転属する誘いもあったが、今後しばらくは騎士団長として総括や騎士の育成に努め、いずれは国の軍部を統べる元帥への道が確約されている。

ルードは退職しようと考えていたが、アレンディオに個人的な補佐官にならないかと声をかけられ、戦後処理がおよそ片付く一年をめどにヒースラン伯爵家で雇用されることが決まっていた。

「彼らには、休息が必要な者には休息を、仕事で気を紛らわせた方がいい者にはそのように手配しようと思っています。個々の性格と能力に応じて、私が振り分けようと思いますがいかがでしょう？」

ルードは人付き合いが得意で、人望もある。戦場での強さと威厳で憧れられるアレンディオにはない、騎士らと懇意になれる親しみやすさが強みでもあった。

アレンディオは「任せる」と告げ、リストを机の上に置く。

「白いリンドウと共に、彼らに伝言を。『共に王国を守っていく同志として、帰りを待っている』と」

騎士団や貴族の間では、親しい者を励ます際に手紙に白いリンドウを添えて送る風習があった。

アレンディオからそれが届くということは「認められている、必要とされている」という証《あかし》になる。

ルードは雰囲気を変えようと、あえて明るい声で言った。

「アレン様はさすがですよね。十年もの間、奥様がこうして王都で待っていてくれるとは」

「あぁ、そうだな。家族や恋人を失った皆には申し訳ないくらいに幸せだ」

十二歳から二十二歳。ソアリスが外見も家庭事情ももっとも変化する時期に、夫である自分がそばにいられなかった。

これからはなるべくそばにいて、笑顔を見たい。声が聞きたい。アレンディオはそう思っていた。

「政略結婚でもそういう夫婦もいるんですね」

貴族でも、近年は恋愛結婚が流行《はや》っている。

十二歳と十五歳というあからさまな政略結婚をした二人が幸せというのは、騎士らの聞き取り調査で心が荒《すさ》むような話ばかり聞いてきたルードにとって心が軽くなる話だった。

アレンディオは、普段は絶対に見せない優しい笑みを浮かべて言った。

「そうだな。俺たちには、親に政略結婚させられたという絆《きずな》があるからな」

ルードは思った。そんな絆あるのか、と。

「なぜそれほどまでに奥様が好きなんですか？　ずっと気になっていたんです」

たった三ヶ月間の結婚生活。見送り含め、会ったのはわずか七回。

十年もの間、離れ離れで、しかも手紙のやりとりも一方的なもの。それなのにどうしてそんなに惚れこんでいるのか、とルードは疑問に思っていた。

アレンディオは引き出しを開け、一枚の布を取り出して見せる。

「ハンカチを、くれたんだ」

汗ジミで黄ばんでいるどころか、洗いすぎて形の歪んだ一枚の布。多分花柄だっただろうそれは、ハンカチと言われればハンカチだが、何も聞かなければ小汚い布にしか見えない。

アレンディオは、愛おしそうにハンカチを見つめていた。

「ハンカチをもらうって普通のことでは？　戦に行くときにもらったんですよね？」

「違う、まだ結婚する前のことだ」

「あれ、奥様はアレン様のファンか何かだったんですか？」

茶会やパーティーなどで、憧れの相手にハンカチを渡してアプローチするということは一般的だ。

ルードも何人かからもらったことがあったので、それは知っている。

「あれは俺が十四歳のときだった。アカデミーの試験帰りに、街を歩いていたんだが」

また笑みを深めたアレンディオ。

しかしルードはスッと目を眇《すが》め、それを遮る。

「すみません。話が長くなりそうなんで、こちらの書類に先にサインをください」

「ぐっ……！」

アレンディオはルードを睨《にら》みつけるが、ハンカチをそっと引き出しに仕舞い込むと再びペンを手に取った。

「しかし人は変わるものだな。ソアリスはどちらかというと穏やかで優しい子どもだったが、十年のうちに同僚から信頼されるしっかりした女性になっていた」

「奥様にお会いしたことがないので何とも言えませんが、変わったのはアレン様もたいがいですよ？私があなたを初めて見かけたときは、どこの補給兵かと思ったくらいに細かったですから」

「あのときは、背だけが伸びて筋力が追いついていなかったんだ。男が十年で変わるのは当然だろう？　ソアリスの変化は、天使が女神になるようなものだ」

ルードの中で、アレンディオの妻は絶世の美女としてイメージが作られていく。きっと、この彫刻のような美丈夫にふさわしい美貌の妻なのだと思い込んでいた。

「奥様は今どちらに？　ご挨拶させてもらった方がいいでしょうか」

あさってのパレードでは、将軍の妻は家族席で見学することができる。

アレンディオが当日の案内をすることはできないため、ルードが妻の護衛と案内を任されていた。

「それが、頭痛がすると。医師に診せ、今は部屋で休んでいる」

まさか頭痛の原因がアレンディオだとは、二人は気づかない。

「そうですか。では、ご挨拶は明日に改めた方がよさそうですね」

「すまないが、そうしてくれ」

ところがそこへ、慌ただしいノックの音が響き渡る。

「ユンです！　入ります！」

返事を待たずに飛び込んできたのは、メイド服を着た金髪の美女。彼女はユンリエッタという数少ない女騎士で、アレンディオの部下だ。

休暇よりも仕事が欲しいと言った彼女は、護衛兼メイドとして将軍夫人の世話をする……はずだったのだが。

血相を変えて駆け込んできたユンリエッタは、その将軍夫人ことソアリスの不在を知らせてきた。

「奥様がいなくなりました！」

「『なんだって!?』」

ガタッと勢いよく椅子を跳ね飛ばして立ち上がったアレンディオは、近くにあった剣を手にすぐに部屋を飛び出る。

信じられない、という風にユンリエッタに尋ねた。

「部屋で寝ていたはずだろう!?」

誘拐か、と慌てるアレンディオ。

ユンリエッタはその手にあったメモを見せ、落ち着いてくれと宥《なだ》める。

「奥様がこれを」

その手から奪い取るようにして見たそれには『仕事を思い出しました。失礼いたします』ときれいな文字で書かれていた。

「仕事？　金庫番の……城に戻ったということか⁉」

「おそらくは」

アレンディオは自分の目で確かめないと気が済まないと、廊下を駆け出す。

行き先は、さっきまでソアリスがいた部屋だ。

ユンリエッタとルードも慌てて後に続く。バタバタという足音が廊下に響き、別の部屋にいた使用人たちも「何事だ」と三人を見守る。

走りながら、ルードは思った。

（普通は出かけるなら一声かけていくよな。こりゃ逃げたな）

補佐官の勘は鋭い。

十年ぶりに戻ってきた夫に驚き、職場に逃げ帰ったのだと正確に事態を把握していた。その結果、導き出した答えは――

「リンドウ、もう一本追加した方がいいと思います？」

「縁起でもないこと言わないでよ！」

隣を走るユンリエッタに叱責され、ルードは小さくため息をつく。

（アレン様がアレン様に、リンドウ付きの慰労状を送ることになるな。それはさすがに何の慰めにもならない……）

窓の外に見える夕焼けは、「奥様逃走事件」が発生していると思わせない美しい茜《あかね》色だった。

【第二章】英雄将軍は妻を口説きたい

明るい日差しが窓から降り注ぐ、爽やかな朝。

アレンディオ様のお邸《やしき》から逃げ帰ってきた私は、まったく爽やかじゃない気分で目覚めた。

古びた寮の二階にある馴染《なじ》みの二人部屋。並んだベッドの片方には、まだ眠ったままのメルージェがいた。

彼女を起こさないよう、私はゆるゆると身を起こしてベッドから降り、着替えをしようと隣室へと移動する。

結局、二時間ちょっとしか眠れなかった……！

突然の再会、アレンディオ様の豹変《ひょうへん》。頭の中がこんがらがっていて、今日の業務がきちんとこなせるか心配になる。

もう何度目かわからないため息をつき、クローゼットを開けて制服を取り出した。

クローゼットにある私服は三着。ワンピース三着＋喪服が一着のみ。後はずらりと制服が並んでいる。

制服はいつも衛生的でなければならないので、洗濯は洗濯係がやってくれる。上着なんて通常用と式典用、外出用と計七着もある。

私服より制服の方が多いって、貴族令嬢とは思えない状況だなと改めて思った。

着替えを済ませて扉を開けると、鍵付きのポストに手紙が入っていた。

『愛《いと》しいソアリスへ』

差出人は、アレンディオ・ヒースラン。その名前を見て、どきりとする。

上等な白い紙を広げると、そこには私のことを労《いた》わる内容が書かれていた。

『心配している。追加の薬は職場に届ける』

『今日は帰ってきてくれるか？　夕食は共に摂《と》りたい』

そんな内容で、私は申し訳なくなりさらにため息をつく。

昨夜、絶対にしなければならない仕事などなかった。けれど、逃げるにはあれしか口実が思いつかなくて。「仕事を思い出したので」というのは、最適かつ合理的な理由だと思った。

書き置きして逃げたのはさすがにまずいと、今なら判断できるのだけれど……。

もう、ごめんなさいと謝るしかない。

邸の使用人たちには、金庫番が激務と思われているかもしれない。

アレンディオ様には今夜また会うんだし、そのときに今度こそ離婚申立書を渡そう。そして、何がどうなってこうなったのか、やはり一から話し合わなくてはいけない。

もしかして、昔お金を借りたことで私を捨てるに捨てられないと思っているのかもしれないし。そうならば、「そんな必要ないんだ」って言ってあげなきゃ。

トボトボと職場に向かって歩いていくと、早朝というのに同僚のアルノーに遭遇した。

一階の庭園は、文官たちの憩いの場。彼はそこのベンチに座り、朝食を食べていた。サンドイッチを手に、私を見つけてそれごと手を振って笑いかけてくる。

人好きのする明るい笑顔の彼は、華奢《きゃしゃ》で見るからに文官。二十六歳で、王都で一番有名なスタッド商会の三男である。

私とは普通の同僚以上に仲がよく、互いの家族にも紹介するほど良好な友人関係だ。

「おはよう。その顔どうしたの？」

彼はとてもストレートに尋ねてきた。黒に近い茶色の髪が、陽《ひ》の光に透けてとてもきれいに見える。にこにこ笑っているのは、私の状況をだいたいわかっていておもしろがっているから。

私は疲労を隠さず、ぐったりした声音で答えた。

「おはよう。どうしたもこうしたも、寝不足なの」

アルノーは同僚なので、昨日アレンディオ様が業務中にやってきたとき私たちのそばにいた。

私を抱き締めるアレンディオ様を止めることはなく、背後で引き攣《つ》った顔で固まっていたような気がする。

まぁ、ザ・文官の優男であるアルノーがアレンディオ様を止められるかというと絶対に無理だ。けがするといけないので、見守るに限る。

「昨日あれからどうしたの？　てっきり将軍のお邸にいるものだと思っていたけれど」

「実は予定外のことが起こりすぎて……逃げてきちゃった」

「逃げた⁉」

隣に座った私は、まだ早い時間ということもあり、アルノーに状況を説明した。

十年前とは見た目も中身も変わっていること、なぜか彼が結婚生活の継続に前向きであること、私は甘い言葉と態度に耐え切れずに逃げてしまったこと。

「あはははははは！」

「笑いすぎよ！」

お腹《なか》を抱えて爆笑するアルノー。他人事《ひとごと》だと思って、笑いすぎだわ。

「あー、おかしい！　ソアリスに聞いていた話と全然違うじゃないか！　『なんで君なんだ』って失望されたんだよね、昔？　それなのに今さら抱き締めてくるとか、邸で口説いてくるとか……！　十年を埋めていきたいって、俺なら気が遠くなるね」

当事者としてはまったく笑えない。

「なんでこんなことになっているのかさっぱりわからないの」

「医師を紹介した方がいい？　目かな、頭かな？」

私と同じことを考えているらしい。力なく首を振った私は「目と頭が無事かどうかは、本人に確認済みよ」と言った。

「あはははは！　こんなことってある？　舞台劇じゃないんだから」

笑いが収まらないアルノーは、目尻には涙まで浮かべている。

「劇の方がまだ整合性が取れているわよ」

彼はごめんごめんと謝ると、サンドイッチを一つ私にくれた。卵とハムのいい香りがする。

「昔のことは、ソアリスが嫌われているって勘違いしていただけじゃないの？　本当は、将軍はソアリスのことが好きで好きで仕方なかったとか」

「ありえないわ。あの態度で実は好きだったなんて」

恋愛なんてしたことがないけれど、恋ってドキドキして楽しいものだと思う。十五歳のアレンディオ様は、明らかに私を拒絶した態度だった。

「あっさり離婚できると思ってたのに、大変なことになったね～。で、これから一体どうするの？」

「どうするって言われても、どうしたらいいかわからないから困っているのよ」

ポケットには離婚申立書。私は今夜の話し合いが苦痛で仕方ない。

胃が痛くて、サンドイッチは……………食べられた。そういえば、昨日夕飯を食べ損ねたんだった。

いい食べっぷりだね、とアルノーはまた笑う。

「ソアリスはお人好《よ》しだからなぁ。男女のあれこれには疎いし、実家のお金のことで精いっぱいだし」

そもそも私が金庫番になったのは、アルノーの実家であるスタッド商会に騙《だま》されかかったからだ。

六年前、スタッド商会は長男であるアルノーの兄が取り仕切っていて、怪しげな薬や武器の密輸に手を染めていた。

薬を作る際に薬草に投資する、という詐欺にも。

私の父が騙されそうになって、たまたまそのとき侯爵家で世話係をやっていたから未然に噂《うわさ》を聞き、スタッド商会に乗り込もうと事務所の周囲をうろうろしているときにアルノーに出会ったのだ。

アルノーは三男で、次男さんとは同腹の兄弟。横暴で犯罪に手を染める長男を追い出すために、うちへの詐欺を実証してくれた。その後、お詫《わ》びにということで、お給金のいい金庫番の仕事を紹介してくれたのだ。

当時からアルノーは金庫番の仕事をしていて、私は後輩にあたる。けれど、先輩後輩というよりは家ぐるみで付き合いのある友人といった方がしっくりくる。

「俺だったら、十年間も放置されていたんだからこれからしっかり養ってくれって、寄生してやろうって思うなぁ。今では没落しているかもしれないけれど、十年前にリンドル子爵家がヒースラン伯爵家に恩を売ったのは間違いない事実なんだから」

恩を売ったという表現はやめて欲しいわ！　娘を押しつけた、売りつけた……あ、何にせよ言葉にすると残酷だ。

「商人的な考え方で言わせてもらえば、本当に危ういときに助けてくれた人にはそれなりの恩返しが必要だよ。君は、自分も将軍も被害者だって思っているんだろうけれど、政略結婚である以上この話は家同士の契約なんだ。将軍が君を捨てるなんてこと、世間的に許されないよ」

「だからどうにかして、向こうに非がないように穏便な離婚がしたいのよ」

アルノーは困ったように笑い、「むずかしいんじゃない？」とさらりと否定した。

「それにしても、もし本当に将軍がソアリスのことを愛していたらどうするの？」

愛。そんなものが私の人生に可能性として浮上するなんて、思いもしなかった。確かに昨日のアレンディオ様は、どう見ても私のことが愛おしいというような目で……。

思い出した瞬間、顔が熱くなるのがわかった。

「えー、昨日何されたの？　本当に口説かれただけ？　身体接触は？」

アルノーがにやにやして尋ねる。

私は即座に否定し、手を繋《つな》ぐ以上のことはなかったときっぱり言った。

「身体接触って、朝からいやらしい表現を」

「え!?　どう考えても最大限に配慮した表現だけれど!?　朝だから」

そう言われればそうかも。

「でもソアリスのことを本当に大事に思っていたなら、なんで今まで貧乏生活なんてさせてきたんだろう。将軍が司令官に昇級したのって、ソアリスが金庫番になってすぐくらいの時期だったよね。五年くらい前か」

「ヒースラン伯爵家から振り込まれる個人口座はあるのよ。アレンディオ様のお給金は、伯爵家に渡るから。そこから仕送りはもらえているんだけれど、でも人のお金を使うっていうのは気が引けて」

「夫婦なのに？」

「夫婦だけれど！」

どうしてもというときは、そこからお金を借りたことはある。

自由に使っていいと言われているが、私はそのお金に手をつけることができず、少しずつ返済して今ではすっかり元通りの金額が入っている状態だ。

「誕生日の贈り物もないなんて、ちょっとおかしいよね。将軍が送っていなくても、補佐官が手配して代わりに送っておくこともできるのに」

司令官になればお給料が上がり、家族や恋人に物を贈ることができる。戦場から街へ物資を送るときは積み荷が限られるので権限は上官にのみ与えられていた。

「俺が親戚から聞いた話だと、戦地にいても妻や恋人の誕生日には商品をリストから選んで贈ることができるって。司令官になった時点で、誕生日の贈り物くらいはできたはずなのに……。一度もプレゼントの一つもないなんておかしいよね。え、ケチなの？」

なんて直球に失礼なことを言うんだ。

アルノーは悪気なく、疑問を口にした。

「贈り物とかしない人なのかもしれないわ。私が知っているアレンディオ様は、少なくとも女性に対して何か気配りをできるような人じゃなかったもの。社交性はゼロで、口数もほぼゼロ。贈り物なんてしてこない方が、本物のアレンディオ様だってむしろ信じられるわ」

「本物って」

今いるアレンディオ様は、影武者か何かかもしれない。

真顔で呟《つぶや》くと、アルノーに「そんなわけないだろう」と突っ込まれた。

「届いていないとか？」

「何年も？　手紙は届くのに？」

アレンディオ様からの手紙は、十年分で合計二十通が実家のリンドル子爵家に届いていた。それは引越してもきちんと届け出をしておいたので、途切れずに受け取っている。

私の元には三日遅れで転送されてきたけれど、手元にきちんと残っていた。

「贈り物がなかったなんて、私にとっては些細《ささい》なことよ」

アルノーは「そんなもんかね」と言って納得していないようだけれど。

「でもソアリスは運がよかったと思うよ？」

「どこが？」

十年間も夫と疎遠だったのに。

眉根を寄せた私に、アルノーは淡々と「もしも」の話をする。

「だって無口で無表情な青年と、名ばかりの結婚だよ？　戦場へ行くくらいの強いショックを与えなきゃ治らなかったってことだよね。もしも将軍がただの伯爵令息のままで、ソアリスのそばにずっといたとしてさ。仮面夫婦みたいになってたかもよ？」

「あの無愛想な感じだとありえる……」

「しかも茶会では『あちらのご夫君は金で兵役を免れたらしいわよ』って、奥様たちにひそひそ陰口を叩《たた》かれるんだ」

そうだ。仕事をしていなければ、社交はしないといけないんだわ。奥様だから。

アルノーが話したのは、何とも嫌な「もしも」の話だった。

「ほら、それにリンドル家もヒースラン家もどっちもパッとしない時期があったじゃない？　あの時期に彼がそばにいたら、離婚して別の家と契約婚してたかもよ」

「あ……」

アルノーが言いたいことは、わかった。

私が王都に出てきた六年前は、ヒースラン伯爵家は持ち直す途中で、リンドル子爵家は極限まで没落していた。

「もしもそんなときに、好色な金持ち爺《じじい》がソアリスを後妻にくれとか言ってきていたら、君はお金のために離婚したんじゃない？　将軍と別れて、変態に買われて一生を籠の鳥で過ごしていたかもしれないよ？　そういう話はたまに聞くし」

「言われてみればそうね。家のためなら、どんな相手でも私は嫁いだと思う」

そもそも愛のない政略結婚だ。一度も二度も同じだと、手に職のない私は短慮に走ったかも。自分で働いて稼ぐ、その考えが身につく前ならなおさらだ。

「だろ？　将軍がこっちにいなかったから、離婚届を書く機会も時間もなくて、今の生活があるって思ったら運がよかったよ」

彼の言う通り、実際に身売りに近い話は幾つかあった。

けれどヒースランのお義父《とう》様が「息子が戻らないうちは、それだけは」と頑なに守ってくれたのだ。

そのせいで、父の会社が嫌がらせを受けて借金が膨らんだこともあったのだが、父は私と妹を絶対に酷《ひど》い相手には渡そうとしなかった。

それに今の暮らしを私は気に入っているから、こんな風に自由で楽しい日々がなくなっていたかもしれないと思うとすごく怖い。

「あ、向こうも危ないよね。あの顔だから変な爺に買われたかも。『離婚しなきゃ妻と父親を消すぞ』って脅されて」

「ありえるわ」

二人して無言で頷《うなず》き合い、「今が一番マシかもしれない」と意見が合った。

「まぁ、今となっては家同士のしがらみなんてないんだし、自分の気持ちを伝えてみなよ」

「うん、そうするわ。まずは話し合いをしなきゃ何も始まらないけれど」

アレンディオ様の態度は、理由がわからないから怖い。

いきなり帰ってきてあんな風に優しくされても、うれしいなんて思えないし信じられない。

アルノーは、最後のサンドイッチのカケラを口の中に放り込んだ。

「今夜の話し合い、どうしようかしら」

そしてここまで考えて、私はあることに気づく。

「あ」

「ん？　何？」

隣で目を閉じて寛《くつろ》いでいたアルノーが、私の声に振り向く。

「そういえば、十年ぶりに会ったのにびっくりしすぎて『おかえりなさい』も『ご苦労様でした』も、何一つ言っていないわ」

国のために、命を賭して戦ってくれたのに。いきなりの再会に驚きすぎて、私ったら何の労《ねぎら》いの言葉もかけてあげていない。

あぁ、仮にも戸籍上の妻なのにこれは失態だ。いや、妻以前に人としてどうなのか。

苦悶《くもん》の表情を浮かべる私を見て、アルノーは明るく言った。

「さすがに昨日のは将軍が悪いよ。いきなりあんなことされたら、殴られてもおかしくない」

それもそうか。ちょっとだけ罪悪感が薄まる。

「うちの姉なら鼻目がけて頭突きして、剣を奪って首に突きつけていると思う」

「アルノーのお姉さんってどんな人なのよ」

それほどの女傑なら、最初から抱き締められないのでは。するっと腕を躱《かわ》して、カウンターで殴れるのでは？

私の想像がまったく違う方向へ進んだそのとき、アルノーがふと思い出したように話題を戻した。

「そういえばさ、明日って戦勝祝いのパレードだよね。将軍の妻として、家族席にいなきゃいけないんじゃないの？」

「…………!?」

しまった。皆の英雄、アレンディオ・ヒースラン将軍が結婚していることが盛大にばれてしまう！

ぎょっと目を瞠《みは》る私。

「どうしよう。離婚するのにそんな華やかな場に参加するなんて……。何とか欠席することはできないかしら。病気になった、もしくは仕事があるとか」

けれどアルノーは、顔の前でひらひらと手を振った。

「無理無理。大々的な式典や催しを理由なく欠席すると、反王政派に目をつけられて接触があるかもよ。将軍はともかく、実家のリンドル子爵家が謀反の意ありって勘繰られたら面倒だ」

「それは困るわ！」

せっかくうまくいき始めた商会が、謀反の疑いでまた赤字になったら困る。

「観覧席なら誰が誰の家族かわからないから、こっそり小さくなっていればいいよ」

「小さくなっていればって……そうよね。こんなときにこそ、平凡顔と普通さを活かして……」

しかしここで、私はさらなる問題に気づく。

「あ、困ったわ」

「何が」

「私、ドレスを持っていない……！」

アルノーの顔が「まさか」と引き攣る。ドレスどころか、貴族の邸に入れる服すら持っていない。

「金庫番の制服で」

「いけるわけないだろぉぉぉ！」

「や、やっぱり急病のため欠席で……」

「だからそれは無理だって！　早く仕事終わらせて、街へ行くよ！　うちの姉さんのドレスサロンにいくつか予備があるから、それをちょっと手直しすれば何とかなるはずだから！」

慌てて立ち上がったアルノーは私の手首を掴《つか》み、通常の業務開始時間よりも一時間早く仕事を始めた。そして、定刻通りに出勤してきたメルージェも巻き込み、三人揃《そろ》って必死の形相で仕事を片付け、昼過ぎにすべての業務を終えた。

「ほら、行くよ‼」

私はアルノーが呼んだスタッド商会の馬車に押し込まれ、貴婦人御用達《ごようたし》のドレスサロンへと向かうのだった。


「ようこそいらっしゃいました‼　お待ちしておりました〜‼」

ドレスサロンでは、高級品を買うわけでもないのにスタッフ勢ぞろいで出迎えてくれて、アルノーは彼らに向かって慣れた様子でテキパキと指示を出す。

私はというと寮の部屋よりも広い試着室に軟禁され、人形のように突っ立っているだけで計測もフィッティングも、ヘアセットも何もかもが行われて茫然《ぼうぜん》としてしまった……！

気づいたときには外はもうすっかり暗くなっていて、ドレスの裾直しまでが終わっていた。

すでにアレンディオ様は邸で待っているはず。焦る気持ちと、焦ってもどうしようもないという気持ちが交錯し、私は無の境地に達していた。

帰りは再びスタッド商会の馬車で邸まで送ってもらい、私は衣装箱や装飾品のケースと共に玄関で降ろされた。

「「「おかえりなさいませ、奥様」」」

玄関には、使用人が勢ぞろいだ。

没落生活にすっかり慣れきっていたけれど、貴族家とは本来こういうものだったなと何だか懐かしい気持ちになる。

一瞬だけぼんやりしていると、アレンディオ様が階段から下りてきたのを見つけてしまい、私はどきりとする。

彼は私の姿を見ると、ホッとした表情に変わったのがわかった。

まずは謝罪を、そんな私に近づいたアレンディオ様はそっと手を握って微笑《ほほえ》んだ。

「おかえり、俺のソアリス」

「っ!?」

いきなりの甘い空気に、私はくるっと背を向けて逃げたくなった。けれど、アレンディオ様が私の右手を取ってしっかり捕まえていたから逃げられない。

美形の微笑みが、つらい。キラキラしすぎて、目が痛い。

この十年で変わった変わったとは思っていたけれど、アレンディオ様の顔面力はもはや生物兵器並みになっていた。やせ細っていたあのときでさえ、凛々《りり》しく美しかったのだから仕方がないとはいえ目が痛い。

「よかった、無事に戻ってきてくれて」

「ただいま、戻りました……。遅くなり、申し訳ございません。あの、それから昨夜は突然………

失礼いたしました」

「ソアリス、昨夜のことはもういいんだ。体調がよくなったなら、何よりだよ。でもせめて馬車を出させて欲しかったから、また次に城へ向かうときは必ず声をかけてくれ」

あぁ、笑顔が眩《まぶ》しい。うっ、と怯《ひる》んだものの何とかお礼の言葉だけは口にする。

「わかりました。ありがとうございます、アレンディオ様」

「……………愛称は呼びにくい？」

「あ、いえ、まだ慣れなくて。アレン」

愛称を呼んだだけで、また彼はパッと顔を輝かせた。

そして、ドレスサロンから運び込まれた荷物に気づいたアレンディオ様は、それが私の引越しの荷物だと思ったらしく一段と笑みを深めた。

「もう寮へは帰らなくていいのか？　まだ荷物があるなら、うちの者に運ばせよう」

どうしよう。ものすごくうれしそう。

「君とこうして暮らせる日が来て、本当にうれしい。足りない物や欲しい物があれば何でも用意するから、遠慮せずに言ってくれ。あぁ、ソアリスの部屋は一番日当たりがよくて風通しがいいところにしたんだが、もし違う部屋がいいならすぐに移動させるから」

荷物はすぐに私の部屋へ運ばれていく。「ソアリスの部屋」ってアレンディオ様は言ったけれど、それどこ？　離婚する気なので、この邸に私の部屋は不要なんですけれど……。

ここで流されるわけにはいかないので、私は正直に答えた。

「アレン、あれは明日の荷物です。パレードの観覧にはドレスが必要だと気づいて……」

「ドレス？」

「はい。ドレスを持っていないので、同僚がお姉様の衣装や装飾品を貸してくれたんです」

ドレスから装飾品、着替えや下着もある。お嬢様らしい私服も二着あり、アルノーは本当に何から何まで用意してくれた。

すぐに寮へ戻るつもりだから、ここに滞在する分には十分な準備だった。

しかしここで、アレンディオ様が予想外のことを口にする。

「ドレスならたくさんあるよ。ソアリスの部屋に、ソアリスのために仕立てた衣装やアクセサリーも靴もたくさん」

「は？」

目を瞬《しばたた》かせる私。昨夜、私が逃げ出したから聞きそびれたらしい。

「ヒースランの父から聞いていないかな、手紙で。衣装を仕立てるために、城で保管しているソアリスの採寸情報を職人のところへ送ってもらったんだけれど」

何その情報の横流し！　お義父様ったら、大事なことをなんでもっと早くに教えてくれないの!?

愕然《がくぜん》としていると、アレンディオ様は困った顔で笑った。

「もしかすると、邸で初めて衣装室を見せて驚かせたかったのかも。ソアリスには苦労をかけたから、喜ばせようとしたんだろう」

そうだ。よく考えてみれば、伯爵家として何も手配しないはずはない。アレンディオ様から手紙が来たら、お義父様は喜んで私の衣装を新調するはず。

しかも、たくさんって言った？　ソアリスの部屋、とやらに行くのが怖くなってきた。

「今から部屋へ見に行く？　でもせっかくの友人の好意を無下にはできないかな」

「そうですね……」

「それに君の荷物をすべて運び込むとすれば、衣装室が足りるかな」

足ります。私服三着の女なので。

さすがに今それを言うのは、恥ずかしかった。

「寮の荷物はそのままなんです」

「そうなのか？」

だってここに住む気がないのですから。

私は苦笑いで、会話を続けた。

「荷物は運ばなくていいです。仕事で遅くなるときも多いし、寮だと近くて安全だから一人でも大丈夫ですので」

アレンディオ様は「そうか」と言ってしばらく黙っていた。

私が引越しする気がないことを悟ったのか、目に見えてしょんぼりしている。

「この邸は気に入らない？」

「いいえ！　そんなめっそうもない！」

国王陛下から下賜された立派なお邸が気に入らないなんて、そんなことがあるわけない。

「確かに、ここから王城へは馬車なら四十分ほどかかるからな。寮に慣れていると遠く感じるのは無理もない」

「そ、そうなんです！」

距離のせいにして、やんわりとここでの暮らしを遠慮しようとする私。

アレンディオ様はそんな私を見て、困ったように笑った。

「すまない、俺が急ぎすぎているんだな。昨日の今日なのに、いきなりここに住もうなんて……。邸には、君の準備が整ったら来てくれればいい。それに俺も騎士団の詰め所にいる時間が長いから、戻ってこない日も多いだろうし」

将軍はやはり忙しいらしい。

「でも本当に身体《からだ》は大丈夫か？　寝不足に見える。夕べみたいなことはよくあることなのだろうか？」

「えっと、あの、はい。たまに」

嘘《うそ》です！　王女宮の金庫番は、残業なんてほとんどゼロのものすごく平和な職場です！　半期に一度しか、繁忙期はありません！

ちなみに今はおもいきり閑散期で、業務時間よりも早く仕事がなくなるくらいだ。

「あぁ、ごめん。出迎えたまま玄関で立ち話なんて」

アレンディオ様は、帰ってきた私を気遣い優しくエスコートしてくれた。差し出された肘に手を添えると、たったそれだけのことで彼は幸せそうに笑うからどうにも気持ちが落ち着かない。

ちらりと見上げると、横顔もとてもきれいだった。

首筋や肩のあたりなんて逞しくなっていて、十年前と全然違う。中身だけでなく外見も変わったんだなと、まじまじと見つめてしまった。

「「…………」」

急に静かになってどうしたんだろう。

でも甘い言葉で、ご尊顔を近づけられるよりは無言の方がいい。私も黙って、彼の私室へと向かった。


アレンディオ様は使用人を下がらせると、二人きりになった部屋で真剣な顔で私を見つめる。いきなり本題に入るのかと身構えた私だったが、まったく予想外のことを言われて愕然とした。

「辞めるか？　金庫番の仕事」

「は？」

何を言われているのか、まったくわからなかった。

辞める？　辞めるって何を。仕事を？　なぜ？

向かい合って立ったまま、ソファーにも座らずに見つめ合う。私がどうにか振り絞った声は、震えていた。

「それは、伯爵家の体裁にかかわるから……ですか？」

裕福な家の妻は、仕事なんてしない。例外はあるけれど、ヒースラン伯爵家のような由緒正しい家柄ならそう考えても仕方ない。

現在も没落中のリンドル子爵家に働かないなんていう選択肢はないが、私は戸籍上はヒースラン伯爵家の人間なのだ。

彼は妻が働くことを、「恥ずかしい」と思っているのかもしれない。

「やっと仕事に慣れて、信頼されるようになったのに……辞めるかって簡単に言われても困ります」

思いのほかキツイ口調になってしまった。でも感情が乱れて、つい怒ったようになる。

アレンディオ様は私の態度に少し狼狽《うろた》えて、口ごもりながら説明を始めた。

「いや、昨日も夕暮れだというのに出て行って、今日もこんなに遅くて……。ソアリスはその、疲れているように見えるんだ。だから、もしつらいのなら仕事なんてしなくてもいいと言いたくて」

仕事なんてしなくていい。これは彼なりの優しさや労わりなのだろう。

でも今の私にその言葉を噛《か》み砕いて受け止める余裕はなくて。

自分がこの五年間がんばってきたことが、すぐに辞められるくらいの価値しかないと言われているような気がして、しかも睡眠不足もあって感情が制御できない。

「うっ……」

どれほど拳を握っても、ぼたぼたと零《こぼ》れ落ちる涙を止めることはできなかった。

「ソアリス!?」

俯《うつむ》いて泣くだけの私を見て、アレンディオ様はただ狼狽えていた。それも盛大に。

「ソアリス!?　何が悲しいんだ!?　誰かに嫌がらせでもされているのか？　仕事がつらいのか？　君が望むなら、すぐにでも俺が王女宮へ行って……、いや、国王陛下に直訴して金庫番の仕事を辞めさせる。大丈夫だ、何も心配はいらない」

まったくの見当違いに、私はぐっと唇を噛みしめる。

そして、涙ながらに彼に訴えた。

「……やだ」

「え？」

「私から仕事を奪わないで！　辞めさせるって言わないで！」

初めてこんな大声を出したかもしれない。

何か話しかけても、何も返ってこなかった十年前のアレンディオ様。私は今、本当に彼と話をしているの？

昔うちが援助した恩返しが目的なら、私のことは放っておいて欲しい。没落した子爵家が押しつけた妻なんて、将軍であるあなたにとってはお荷物でしかないでしょう？

女性に叫ばれたことがないのか、それとも妻に反論されてショックだったのか、アレンディオ様は目を見開いて愕然としていた。

「私は、仕事を続けます！　今日は衣装店へ寄っていたから遅くなっただけです。激務でも何でもありません。王女宮はそもそもそんなに忙しい職場じゃないし、私は好きで仕事をしているんです！」

「忙しく、ない？」

長い長い沈黙が流れる。

彼は茫然としていて、私はぐすっと鼻をすすっては泣いて、すすっては泣いてを繰り返していた。

多分これは、昨日からの混乱で情緒不安定になっているだけだろう。よく考えてみれば、アレンディオ様は激務を心配して辞めろと言ったのではないかと、ここにきてようやく頭が動き始める。

「忙しくないのに、昨日はわざわざ邸を抜け出してまで寮へ戻ったということか？」

しまった。忙しくないって自分から暴露してしまった。逃げたのがバレた！

「そんなに嫌だったのか」

アレンディオ様はその美しい顔を歪《ゆが》めて、右手で顔を覆う。

その姿を見たとき、胸がずきんと痛んだ。

「あの……」

何か言い訳を、フォローをしなくては。何も思い浮かばない！

口をハクハクするだけの私に向かって、アレンディオ様は静かに言った。

「その、俺は君を無理やりどうこうするつもりなんてない」

「は？」

何の話だろう。私は首を傾《かし》げる。

「寝室は別でも構わない。昨日だってそのつもりだった。俺は別の部屋で寝るから、主寝室はソアリスに使ってもらおうと思っていた。断じて嘘じゃない」

なぜ寝室？　話の筋が見えない。

「夫婦とはいえ、いきなり……俺とそういう行為をまだしたくないっていう意思表示でいなくなったんだな。忙しくないのにあんな風に帰ってしまったのは」

「え!?」

そういう行為って、そういう行為!?　寝室は別でも構わないって、それはありがたいけれど……。

いやいやいや、ないないない。私とアレンディオ様がそんなことになるなんて、ないないないない！

「そ、そういう行為は、恋人か夫婦でしかしちゃだめだと……！」

「俺たちは夫婦だろう？」

はっ！　そうだった。私の中で、彼とは夫婦という概念に収まっていなかったけれど世間的には夫婦だった！

「もちろん、ソアリスが嫌がることはしないと誓う。騎士として、神にだって誓ってもいい。式を挙げるまで待つ」

式を挙げる!?　そういえば昨日、そんなこと言っていたような。

「君の気持ちを先回りしてわかってあげられなくて、本当にすまなかった。仕事のことは、君がつらいなら辞めてもいいという意味だったんだ。ソアリスが相手だと、どうにもうまく気持ちを説明できずに昔の自分に戻ってしまう」

「いえ、私がしっかり話も聞かずに、情緒不安定で叫んでしまっただけで」

「ソアリスは悪くない。今のは一言『心配なんだ』と俺が気持ちを告げれば勘違いされずに済んだんだ。以後気をつける」

なんだか業務報告みたいだ。軍人って、皆こんな感じになるのかしら。

「あの、私の方こそすみません……」

「仕事は、辞めるも辞めないもソアリスが自分で決めるのは当然だ。俺はただ、君が倒れないか心配だっただけで他意はない。自分の思い通りにしようなんて、君を閉じ込めようなんて思っていないから安心して欲しい」

「アレン」

「ただ、一緒にいたいんだ」

ひぃぃぃぃ！　いつの間にかまた甘い雰囲気を醸し出している！

「私と一緒にいても、いいことなんて何もありません」

「そんなはずないだろう。むしろ君がいないと何の意味もない」

「アレンはおかしいです……！」

あまりに当然のようにそんなことを言うアレンディオ様を見ていると、なぜか心臓が痛くなって顔が真っ赤になった。

今までいないのが当たり前だったのに。心が乱されて、自分が自分じゃないみたい。王都に来てから一度だって泣いたことなんてなかったのに、私はどうかしてしまったのかもしれない。

彼は私の気も知らないでそっと手を伸ばし、私の頬に残る涙を指で拭う。

「あの、困ります」

涙なんてハンカチで拭くもので、こんな風に指で拭ったら彼の手に涙がついて汚い。

しかしアレンディオ様はふっと目元を和らげて、囁《ささや》くように言った。

「困らせたい、と思ってしまうな。そんなにかわいい反応をされると」

「っ！」

美形の囁き、微笑みというダブルパンチを腹部に受けた私は、へろへろとその場に崩れ落ちた。

あの無口で不愛想で、私に何の興味もなかったアレンディオ様が、あたかも私を好きなようなそぶりをするなんて。

やはり影武者説が有力ではないの？

「ソアリス、夕食は？」

アレンディオ様はそう尋ねると、私の腕を取り絶妙な力加減で立たせてくれた。

返事をする前に廊下へと連れ出され、どうやら一階にある食堂へ向かうらしい。彼の肘に手を置いて、エスコートされるというよりは介護されるみたいな感じで歩いていく。

「一緒に食べよう。君が帰ってくるのを待っていたんだ。話はまた後でいい」

どこまで本心なのか、まだわからない。でも、多分悪い人ではない。

世の中には、妻を所有物のように扱う夫もいると聞く。

彼は昨日こそ強引だったけれど、引越しについても仕事についても私の気持ちを尊重しようとしてくれているのは伝わった。

王城にも、頑固で上から目線な文官や騎士はいるので、彼らと比べるとアレンディオ様は将軍なのに偉ぶった感じがない。不器用なりに、私と前向きに付き合っていこうという雰囲気はわかる。

ただ、やり方とか言葉はおかしいけれど。

もしかするといい人なのかもしれない、と少なからず思えてきた。

これはこれで困ったわ。

私としてはこの十年は、いうならば「空白」なわけで。アレンディオ様に対して何の感情も持っていなかった。

早く帰ってきて欲しいとか、淋《さび》しいとか、夫なのにどうして何もしてくれないんだとか、そんなことは一切思ったことがない。

自分とは別世界の人として、割り切って生きてきたのだ。

それなのに今、彼は私の目の前にいてアレンディオという人をどんどん教えてくる。私の感情に波を起こすのだから、このままいくと情が湧いてしまいそうな気が……。

かといって、無視するのは道理に反すると思うのよね。

形だけとはいえ夫なわけで、二人が一緒に過ごすのは当然といえば当然で。一緒に暮らすのも当たり前。世間的には、そうよ世間的にはおかしいのは私なのだ。夫が戦地から帰ってきたら、一緒に暮らすのは当たり前。

……あぁ、世間よ、なにゆえおまえはそんなに厳しい？　英雄の妻が一緒に暮らさないなんて、風当たりが強そうだ。

あっさりと「君を待つ」と言ったアレンディオ様も大概おかしいのかもしれない。

とにかく夕食後に話し合って、離婚申立書を渡さなくては。これは私なりのけじめなんだから。

そこまで考えて、はっと私は気づいた。私はまだ、大事なことを言っていない。

「アレン」

呼び止めると、彼は立ち止まって私を見下ろす。

「今さらなんですが……」

戸惑いつつも彼の目を見てはっきりと告げた。

「無事に帰ってきてくれてよかったです。十年もの間、国のために剣を振るってくれてありがとうございます」

「っ！」

アレンディオ様があまりに驚いた顔をするから、つい笑ってしまった。

妻として儀礼的に伝えたことなのに、そんなに意外だろうか。

「おかえりなさい、アレン」

ようやく言えて、私は満足だった。

彼はなぜか目を伏せて、「あぁ」とだけ言った。

その愛想のなさは、十年前のアレンディオ様みたいだった。と、思ったのは短い時間だけで。

「これからはソアリスの騎士になるよ」

「ひっ！」

突然の甘やかな笑み。どこの絵物語だと思うようなセリフ。

夫が戦場から戻ってきて、二日目。私の混乱はまだまだ収まりそうにない。

離婚申立書。

それは、配偶者の一方から、もう一方へ離婚を申し立てるために渡す正式な書状のこと。

離婚届だけを貴族院に提出したとしても離婚は可能だが、爵位が下の者（つまりリンドル子爵家の私）から離婚を提案するにはこの申立書が必要になる。

申立書だけで確実に離婚できるわけではないが、それを渡されると協議に応じなければならないと法律で決まっている。

昔は、上位の家に対して離婚を申し出るなんてことはできなかったのだが、夫から逃げたい妻が悲観して命を絶つ事案が少なからずあったため、二十年前にこのような制度が作られたという。

「暑っ……！」

よく晴れた春の空は、眩しいほどに青い。

早朝から念入りに準備した私は、馬車を降りると降り注ぐ光の強さに目を細めた。

衣擦《きぬず》れの音までが上品な緋色《ひいろ》のドレスは、アルノーのお姉さんに借りたもの。私の平凡な顔立ちをうまく華やかに見せてくれて、化粧と髪形、アクセサリーの力もあって貴族らしく見えていると思う。

特に化粧の変化はすごい。目の周りが普段とはまったく違い、メイドさんたちの技術力のすごさを実感させられた。

「奥様、どうぞこちらを」

日傘を差し出してくれたのは、邸でずっと支度を手伝ってくれた世話役のユンリエッタさん。

金髪碧眼《へきがん》の美女で、王女様のような美貌だ。紺色の慎ましい衣装を着ていても、その圧倒的な美貌はアレンディオ様と同じくらい目が眩《くら》みそうになる。

あの邸は、主人と調度品だけでなく使用人までが眩しい……！

「ありがとうございます」

でも隠しきれていないのは、美貌だけではない。普通の使用人を装っているけれど、どう見ても動きが普通の女性ではなく、機敏だし耳がいいし、身のこなしは軽い。

え、どこかの諜報員《ちょうほういん》なの？　もしかして、将軍の妻を見張る組織がある？　もしそうならば、私は将軍の妻にふさわしくないとしっかり報告を上げてもらいたいところだわ。

「奥様、そちらに段差がございます」

ユンリエッタさんは、笑顔で私をサポートしてくれる。どう見てもユンリエッタさんの方が高貴な雰囲気なのに、甲斐甲斐《かいがい》しく世話をしてくれるので恐縮してしまった。

「何から何まで、すみません」

私の謝罪に、ユンリエッタさんは優雅な笑みを浮かべて言った。

「ふふっ、礼も謝罪も不要ですわ。おかわいらしい……。ずっとおそばで過ごせないのが残念です」

「え？　一緒にいてくださらないんですか？」

「はい。この先は護衛も兼ねて、将軍直属の補佐官であるルード・ディレインがご案内いたします。

私は、馬車で待機させていただくことになっております」

「そうなんですね……。残念です」

ユンリエッタさんは会場についてきてくれないのか。アレンディオ様の奇行について聞きたかったのに……。

夕べ、彼と一緒に食事をしたまではよかった。けれど私ったら疲れが溜《た》まっていたのかうとうとしてしまって、彼が家令と話をしているうちに寝てしまった。

当然、話し合いはできなかった。

アレンディオ様と再会して、まだ三日目。

彼の態度や言葉を思い出すと、大事にされていると勘違いしてしまいそうになる。

愛されているかも、なんて思い上がりもいいところだ。きっと何か事情があるはずで。嫌っていないとは言われたけれど、はっきり好きと言われたわけじゃない。

親愛の情、友情、家族みたいな腐れ縁？　私たちの関係は、いずれ終わるものなんだから……。

考え込んでいると、ユンリエッタさんが優しい声で話しかけてくれた。

「本当によくお似合いですわ、奥様。アレン様がご覧になったらさぞ喜ばれるでしょう」

「あははは……。そうでしょうか……」

着飾るなんて、何年ぶりだろう。親戚の誕生日会でドレスを着たのが最後だから、七年ぶりかな。十二歳で結婚していたから社交界デビューすることもなく、没落後は服を新調することもできずにいた私だけれど、オシャレができるとなるとやっぱりうれしいもので。

もう二度と、こんな風にドレスを着ることはないと思っていた。七年前は足が痛くて嫌だと思っていたヒールの高い靴でさえ、一歩一歩がわくわくしてくる。

しかしそんな気持ちも、待ち合わせの迎賓館に着くと一気に萎むことになる――

色とりどりのドレスの海。着飾った女性たちが、ホールにたくさん集まっていた。皆とても綺麗で、自分とは別の世界の人みたい。

あぁ、あれは王国の華と噂されるエドウィン公爵家のエリザ様だわ……！　びっくりするほど顔が小さくて、深紅のドレスがよく似合っている。

確かお兄様が司令官として戦地で活躍なさっていたから、パレードを観るために来ているんだ。軍属でも上層部は貴族がほとんどで、彼らの妻や娘たちは輝きが違う。装飾品や衣装のレベル以前に、容姿がおそろしく整っていた。

「ユンリエッタさん、帰りたくなってきたんですが……」

「奥様、お気を確かに」

自分がものすごく場違いなような気がしてきて、ついユンリエッタさんに縋りつく。

あぁ、こんなに綺麗な人がいっぱいいるのを見たら、アレンディオ様だって気づくわよね？

私の圧倒的な「将軍の妻、これじゃない感」に！

将軍の妻がこんなに平凡でいいわけがないもの。エリザ様みたいに、王国の華とか何とかいう素敵な二つ名があるような美人がふさわしいはずよ。

「この中に、アレンディオ様の目に留まる人がいればいいわね」

「え、奥様。騎士のスカウトですか？」

彼女は首を傾げて尋ねた。私は笑って「なんでもない」と言った。

それはそうと、補佐官の人が迎えに来てくれるまで、私はおとなしくしているしかない。

受付で「将軍の妻が来ました」と告げなければいけないので自分で行こうとしたら、ユンリエッタさんに止められた。将軍の妻が自分で受付をしてはいけないらしい。

優雅にお茶を飲んで待っているのが正解だなんて、まったくもって落ち着かないわ……！

でもアレンディオ様は戦で最も活躍した将軍だから、その妻はすべて人に世話をされないともてなす側の落ち度になるそうで……平凡顔の妻は、堂々と暇を持てあまさなければいけないのだ。

「では、ここでお待ちください」

ユンリエッタさんと入れ替わりに、給仕スタッフがシャンパンらしき飲み物の入ったグラスをくれた。白い椅子に座り、誰もいない六人がけのテーブルで一人それを優雅にいただく。

緊張しすぎて、味が全然しなかった。

待つこと数分、二十人ほどの女性たちが周囲のテーブルにいるのを横目に見ていると、茶色い髪の優しそうな男性がキョロキョロと誰かを探しているのが見えた。

アレンディオ様から、ルードさんは紺色の式典用の軍服で迎えに来てくれると聞いているので、多分あの人がそうだろう。中性的な顔立ちの優しそうな男性だった。

アレンディオ様が鋭い剣なら、ルードさんは穏やかな凪《なぎ》というイメージだ。

彼をじっと観察していると、ちょっと困っているように見える。何度か美人に声をかけようとしていたけれど、装いや年齢から「違うな」と判断してやめる、を繰り返していた。

あぁ、さてはあなた「将軍の妻は美人」って思い込んでいますね!?

申し訳なさすぎて居たたまれない。私のことを見つけられないその姿は、何だかかわいそうに思えてきた。

「奥様、お待たせしました。ルード様は……って、あんなところに」

しまった。ユンリエッタさんが戻ってきてしまった。

ユンリエッタさんの視線に気づいたルードさんが、ホッとした表情でこちらに歩いてきた。

「ヒースラン将軍の奥様でいらっしゃいますか？　遅くなり申し訳ございません」

「いえ、今来たばかりですので大丈夫です。こちらこそ、お役目の途中でしょうに案内をしていただけるとのこと、とても感謝しています」

ルードさん、できるわ。これが将軍の妻？　って顔に出していないもの。

じっくり観察されている感じはあるけれど、笑顔はしっかり貼りつけている。

「補佐官のルードと申します。今後は伯爵家でも勤めることになっていますので、どうかお見知りおきを」

「はい、こちらこそどうかよろしくお願いいたします」

彼女は私をルードさんに引き渡すと笑顔で見送ってくれて、しばらくの間お別れだ。

私も笑顔で手を振り、パレードの終着地点の広場へ向かう。

「すごい人ですね。普段は職場と寮の往復で、こんなに人がいる場所は初めてです」

「そうですか。パレードが始まると、もっと人が増えますよ」

「もっと？　本当にすごい催しなんですね」

「はい。アレン様が催しに出てくること自体が稀ですから。あぁ、アレン様と言えば、奥様にかっこいいところを見せたいと柄にもなく緊張してらっしゃいましたよ」

「ふふ、まさか」

「普段はこういう形式的なイベントには出たがらないんですが、奥様が見に来てくれるとなったら出る気になったようで」

「あら、主役がいなくてどうするのです？」

「ですね。奥様のおかげで、アレン様を引きずり出す手間が省けました。愛の力は偉大ですよ」

お世辞がうまい人だな。口が達者というか気配りができるタイプみたい。明るい笑顔が印象的で、軍人なのに威圧感がない。アレンディオ様の隣に立つには、ぴったりの人だなと思った。

「ルードさんがいてくださってよかったです。とても緊張していたの」

話しているうちに緊張が解け、ふっと笑みが零れる。

お上品に取り繕いたかったけれど、ルードさんが思いのほか話しやすい人で気が緩んでしまった。

すると彼は少し目を瞠り、「あぁなるほど」と小さな声で呟く。

「どうかしましたか？」

「いえ、ただ」

ルードさんはうれしそうに言った。

「素敵な奥様だなと思いまして」

「え？」

どのあたりが？　首を傾げると、彼も幾分か緩んだ表情になる。

「一緒にいて安らぐというか、裏表のない信頼できる人だなとお見受けしたのです」

「信頼？　会ったばかりなのに」

ルードさんはニコッと笑って、それ以上は教えてくれなさそうだった。

信頼できるって言われて嫌な気はしないけれど、そんなに簡単に人を信じちゃだめだと思うのよね。

観覧席に近づいたとき、私はルードさんに耳打ちした。

「壺《つぼ》や骨とう品の類《たぐい》は、いずれ高く売れるからって言われても買ってはいけませんよ？　あと、絶世の美女よりやや不美人の方が美人局《つつもたせ》である可能性が高いです」

彼は「え？」と驚いていたけれど、すぐにぷっと噴き出し「ありがとうございます。気をつけます」と言った。

パレード開始から、待つこと一時間。

王都の西側から東側まで騎馬隊や行進の列が長くできていて、私たちは終着点にいるのでなかなかアレンディオ様の姿は見えない。

お隣に座っていた老齢の婦人と歓談し、どこのケーキがおいしいとか、どこのドレスが斬新なデザインだとか、お孫さんが今度アカデミーに通ってなかなか会えなくなるから淋しいとか、とんでもなく平和な時間が過ぎていく。

優しいおばあちゃんという雰囲気のご夫人と楽しく会話し、私は癒《いや》されていた。

聞けば王族に連なる公爵家のご婦人で、とても優しい人だった。もうこのまま何事もなく帰りたいなぁ、なんて思っていたけれどそれは無理なお願いだとすぐに気づかされる。

「「「きゃぁぁぁぁぁ!!」」」

黄色い声援が上がり、男たちの雄《お》たけびまで聞こえてきた。

そちらを見ると、グレーの大きな馬に跨《また》がったアレンディオ様の姿が目に入る。

式典用の金色の飾りがついた軍服は、凛々しさが増して見える濃紺。帯剣して騎乗したその姿は、アレンディオ・ヒースラン将軍という私の知らない騎士の姿だった。

堂々とした風格のある姿に、思わず見惚《みと》れてしまう。これは黄色い声援が飛ぶのもよくわかる。

メルージェが言っていた通りだわ。

逞《たくま》しくて力強いのに、気品がある。さらさらの漆黒の髪が光を浴びて輝き、絵物語に出てくる王子様みたいだった。

うん、やっぱりこの距離がいい！

至近距離だと目が眩むから、五十メートルくらい離れているのが適切な距離だと改めて思った。

「本当に、立派になったのね」

救国の英雄。将軍になったアレンディオ様は、遠い存在なんだなと感じる。

そう、遠い存在……。遠い存在……。遠い存在……。

あれ!?　彼がまっすぐこっちに近づいてきている!?

周囲の人たちがざわつきはじめ、私は顔を引き攣らせた。

いやいや、こんなに人がいるのに私を見つけられるはずがない。落ち着いて。落ち着くのよ私。

コルセットで締めつけたお腹に手を置き、ドキドキしながら動向を見守る。

来ないで、来ないで、来ないで！

しかし願いも虚《むな》しく、アレンディオ様は観覧席の近くでサッと馬から飛び下りると、迷いなくこちらへ向かって歩いてきた。

一段高くなっている観覧席。不幸にも、その最前列に座る私は長身の彼と目線がばっちり合う高さだった。

「ソアリス」

逃げようにも逃げられない。何百人もの視線が私たちに集まっている。

彼は蕩《とろ》けるような笑みを浮かべ、上着の胸ポケットに挿していた一輪の花を私に向けてスッと差し出した。

「⁇」

丸い花弁の白い花、鮮やかな黄緑色の茎。ラッパみたいな花だな、と思ってじぃっとそれを見つめてしまう。

「生きて帰ってこられたのは、ソアリスのおかげだ。君がいてくれたから、今の俺がある」

あまりにも真剣な目でそう訴えかけられ、心臓がどきりと高く鳴った。

「遅くなってすまなかった。これからは俺のすべてを捧《ささ》げ、ソアリスを幸せにする」

わぁっと一斉に人々の歓声が上がる。

ここで悲鳴を上げなかっただけ、私はがんばった。

「あ、ありがとうございます……」

将軍に恥をかかせるわけにはいかない。ガクガクと震える指先で、恐る恐る花を受け取る。

気絶しそうな意識を必死でもたせ、美形の微笑み光線にさらされながらも私はお役目を全うした。

しかしまだ惨劇は終わらない。

彼はそっと顔を寄せ、私の頬にキスをする。

「とてもきれいだ。このまま連れ去ってしまいたいくらい」

「っ……！」

そう囁かれ、一瞬にして頭が沸騰する。

何の言葉も返すことができず、かすかに口をパクパクする私は酸素不足の魚状態。

アレンディオ様は満足そうに目を細め、再びパレードの列へと戻っていった。

石像のように固まっている私に、お隣のご婦人がまるで自分のことのように頬を赤らめて言う。

「なんて素敵なお方なんでしょう。ご自身の栄誉を表す陛下から賜った花を、奥様に捧げるなんて」

「は、はい？」

「あら？　ご存じない？　昔から騎士が凱旋したときは、陛下から白い花を賜るって決まっているのよ。中でもそのカラーの花は、一部の選ばれた騎士にだけ贈られるの。アレンディオ将軍はいただけて当然だけれど、騎士の誇りでもあるその花を奥様に捧げるなんて本当に素敵だわ！」

「そ、そんな大層なものを私に……」

今すぐ返品はできるかしら!?

震えながらルードさんを見ると、彼も呆気《あっけ》にとられていた。文官の私にはよくわからないけれど、妻が受け取っていいものではないと悟る。

「よほど奥様への愛情が深い方なのね！　あぁ、お二人のお話をもっと聞かせていただきたいわ。今度ぜひ、お茶をしましょう？　ね？」

「あははは、あはは……そうですね、光栄です」

二人の話？『ある日親に結婚するって紹介されて、七回会ったら離れ離れになりました。以上』

こんな短文で済んでしまう関係ですが、何がどうなってこうなったんでしょうね⁉

やはり昨日のうちに、離婚申立書を見せておくべきだった……！

アレンディオ様が何を考えているのか、まったくわからない。そこから先は記憶がなく、どうやって家に帰ったかも記憶が曖昧になるのだった。


——英雄将軍と、彼を信じて十年間も待ち続けた妻。

パレードからたった一夜にして、人々が喜びそうな純愛物語が出来上がっていた。新聞の一面にそんな記事が出ていて、思わずそれを燃やしそうになる。

仕事が早すぎるわ、新聞社！　もっと重要なネタがあるでしょう⁉　戦後処理のこととか、財務のこととか、景気回復のための貿易減税とか！

それに、もうすぐ王女様のお誕生日よ。隣国から使節団がお祝いを述べに来る、そっちの特集をしてよ！

アレンディオ様は夜更けすぎに邸に戻ってきたそうで、その頃すでに私は眠っていた。あれは多分、気絶という。

そして今朝、彼はいつもより早めに騎士団へ向かい、顔を合わせることもなかった。

朝食のプレートの横に、『今度は二人で出かけよう』というメッセージカードが添えてあり、この人はこんなにマメな人だったのかとまた異常な……いや、新たな一面を見た気がした。

初老の家令・ヘルトさんに聞いたところ、「新婚の夫婦ではこういうことをする」とのこと。

し、ん、こ、ん？

では、新婚でもないアレンディオ様がこんなことをする理由は一体何なのか。捨てるのも怖くてそっとポケットに仕舞ったら、ユンリエッタさんに「あらあらあら」ってまるで大事なものを仕舞ったかのような反応をされた。

私たちが愛のある夫婦に見えるのは、どう考えてもおかしい。

アレンディオ様が私のために用意してくれた馬車で、揺られること四十分。寮ならば徒歩十五分で通勤できるから、邸を早めに出た。

今日からまた寮に泊まるので、と使用人の皆に告げると悲しそうな顔をされた。

かといって私の住処《すみか》は寮であり、お邸に住み続けるなんてそんなことできない。少ない着替えを詰めたバッグを手に、一度寮へ戻ってから出勤した。

ドレスよりも、やっぱり私には金庫番のシンプルな制服が合っている気がする。

通常業務をこなし、あっという間に昼休憩になったところで馴染みの二人に個室へ拉致されて現在に至る。

「昨日のあれ、すごかったわよね～！　もうびっくりしちゃった！」

メルージェが、感嘆と共にいきなり話題を振ってきた。

「びっくりしたのは私よ。あんなこと公衆の面前でされるなんて聞いてなかったんだから！」

聞いていたら、断固拒否しただろうな。仮病を使って邸に立てこもるくらいはしたはず。

アルノーはパンをもぐもぐと咀嚼《そしゃく》し終わると、「あれは確かにびっくりした」と笑って言った。

「英雄に妻がいるっていうのも本当は公表したくなかったのに、あんなことされたんじゃ私が平凡顔の冴《さ》えない女だってことまで有名になっちゃう……！　あああ、これから嫌がらせとか始まるのかな。『アレンディオ将軍と早く別れなさいよ！』って、美女に詰め寄られたりして」

彼は、今をときめく英雄だ。

昨日オープンになった『英雄の妻コレじゃない感』は、嫉妬と憎悪を生んでいるはず。

それに新聞には、『十五歳と十二歳の政略結婚』ってはっきり書いてあったもの。それが純愛になったって書かれていたけれど、しょせんは親の決めた結婚だって、二人を別れさせなければって燃えるご令嬢もいると思う。

昨日、アレンディオ様が出席した宴には高位貴族のご令嬢も参加していたと聞く。

本当は国の重役と王族、そしてアレンディオ様ら勲章持ちの騎士だけの宴だったのに、縁を結ばせようと娘を連れてきた人がいたってユンリエッタさんが言っていた。

さすがは諜報員（？）。耳が早い。

きっとそこで、アレンディオ様は少なからずアプローチを受けたはず。

「早く離婚申立書を渡さないと。アレンディオ様の出会いの邪魔になっちゃうわ」

盛大にため息をつくと、メルージェとアルノーは苦笑いで目を見合わせた。

「……何？　私、何かおかしなこと言ったかな」

二人して何だっていうの？　眉根を寄せて尋ねると、メルージェが私を宥《なだ》めるように言った。

「ソアリス、あなたに二つ名がついているんだけれど知っている？」

「二つ名？　え、私に？」

メルージェは静かに頷いた。一体どんな名前がついたのだろう。嫌な予感がする。

「英雄将軍の平凡な妻？　それとも、没落したくせに英雄に縋ってる普通顔の妻？」

「自己評価が低いね〜」

アルノーはそう言うけれど、私に対する世間の評価なんてそんなものだと思う。

「じゃあ、一体どんな二つ名がついたのよ」

不安げにメルージェを見つめると、彼女は笑いを堪《こら》えながら教えてくれた。

「貞淑な英雄よ」

「は？」

貞淑な英雄って、英雄？　私は戦に行っていませんけれど？　何も武功はありませんよ？

予想外すぎる二つ名に、私は目を瞬かせた。

「あの美貌の英雄将軍を虜《とりこ》にしている、貞淑な英雄だって。平凡な顔なのに英雄を恋に堕《お》とした、令嬢たちの英雄よ！」

「えええ!?」

メルージェは、おもむろに机の上にあった花瓶を指差す。そこには淡い桃色のガーベラが活けられていた。そういえば、今日はやたらとこの花を見るわ。

「今朝、金庫番や王女宮に花がたくさん届いたのよ。あなたのファンからだって」

「花言葉は、勇気とか応援とか……だっけ？」

「ファン!?」

アルノーがなるほど、と頷いた。いやいやいや、なるほどじゃない！

「国王陛下から賜った花を贈るくらい、将軍は妻を愛しているんだって広まったからなぁ。普段は笑顔を見せない英雄将軍が、妻の前では誰よりも幸せそうな顔をするただの男になるって話題騒然だよ。絶世の美女が相手でも話題性があっただろうけれどさ、ごくごく普通の妻が溺愛されてるところがウケがいいらしい。年頃の令嬢は皆、『女は見た目じゃない！』って勇気づけられてるって」

平凡顔の女が、みんなに勇気を与えているってこと!?

嫉妬されるどころか、期待の星みたいな盛り上がりらしい。

「美貌という武器なしで、将軍を堕とした女だと認定されたってこと……？」

メルージェはそこまでは、とフォローしてくれたけれど、アルノーは正直だった。

「そういうことだね～。ま、民衆の支持が得られてよかったじゃない」

ところがここで私はハタと気づく。

こんなに応援されてしまっているということは、私の考えていた状況にはならないわけで。

「え、私を蹴落として英雄将軍の妻の座を奪おうっていうご令嬢は？」

「「いない」」

二人の声がハモる。

おかしい！　もっとドロドロしているわよね、小説や世間のゴシップって!?

こんなに注目されちゃったら、アレンディオ様が私という「それじゃない感」の妻と離婚するチャンスがなくなっちゃうじゃないの！

「舞踏会やパーティーで、彼に出会いのチャンスがあればって思っていたのに……」

「『もう諦めなさい』」

同僚に見捨てられた。私は思わず拳を握り、二人に訴えかける。

「あなたたち私の味方じゃないの？」

「あぁ、それにうちも儲《もう》けさせてもらおうと思っているんだよね～。ソアリスの髪ってきれいだから、『女は顔や身体じゃなく髪だ！』ってことで香油を積極的に販売しようと思ってる」

商家の息子は、お金のにおいを嗅ぎつけていた。

これって私が離婚したら、商売あがったりなんじゃ……。

「いやぁ、ドレスを貸した甲斐があったよ！　今度、香油で儲かったら新しいドレスを贈らせてもらうからさ！　せめて三年は、離婚しないでいてくれるかな」

「まさかの他人の商売のために離婚延期！」

私はテーブルの上に力なく上半身を倒れさせる。誰がこうなることを予想できただろう。

十年ぶりに再会したら、離婚申立書を渡して慰謝料や財産分与で揉《も》めずにあっさり離婚するものだとばかり思っていた。

それが、アレンディオ様はなぜか私を好きな感じを醸し出してくるし、王都中に平凡顔の妻だと知られるし、離婚は申立書すらまだ渡せていないし……。

「こんなことして、アレンディオ様に何の得があるの？」

彼の目的がわからない。私たちの間に、特別な感情なんてなかったはずなのに。

顔を歪ませて悩む私を見て、アルノーも真剣に考えていた。

「もしかして、今さら新しい妻を娶《めと》るのはめんどうだって思っているのかもよ？　妻を愛していますっていう姿勢を公にすれば、女除《よ》けや縁談除けになるから。ソアリスがでしゃばってくるタイプじゃないってわかった上で、使えるなって判断したとか」

「お飾り妻にしたいってこと？　でもそれにしては態度が甘すぎるような……。私が本気になったらどうするつもりなんだろう」

「さぁね。でも冷遇されるよりいいんじゃない？　いっそこの状況を楽しめば」

いくら考えても、答えは出なかった。

もう少し時間が経《た》てば、私の気持ちも混乱も落ち着いて何か見えてくるのかしら？　この日は雑念が多すぎて、まったく仕事が捗《はかど》らなかった。

めずらしく残業した私は、メルージェと食堂で夕飯を食べ、寮へと戻っていった。

【第三章】 十年分のすれ違い

アレンディオが生まれたヒースラン伯爵家は、王族とも縁が深い歴史ある貴族家である。

だが彼の母親が病に倒れて以降、父は治療に全財産をつぎ込み、かつての栄華は見る影もなく貧しい暮らしを送っていた。

父・ルドルフは、温和で優しい人格者だと評判がいい。領地運営も商会経営にしても、突出した才能はないが堅実なタイプだ。

最愛の妻のために力を尽くそうとするその姿は、美談として社交界で噂《うわさ》されたほど。

母の延命は、父の献身を見てきたアレンディオにとってもたった一つの願いだった。

しかし母が看病の甲斐《かい》なく身罷《みまか》ったとき、ヒースラン伯爵家が置かれている状況がかなりまずいということは子どもでもわかった。

名前と顔を覚えられないほどいた使用人は、執事が一人とメイドが二人、料理人が一人にまで減り、宝石や美術品など財産と呼べる物は何一つない。

家庭教師をつける余裕はなく、とても貴族とは思えない貧しさだった。

(俺ががんばって、家を再興しなくては)

最愛の妻を失い、茫然《ぼうぜん》自失の父は頼りにならない。

アレンディオは母を失った悲しみから目を背けるかのように勉強に打ち込み、家の再興には何をすればいいのか必死で考えた。

その重責は、子どもが抱えるには重すぎるものだった。

息が詰まるような日々。どこにも安らぎなどなく、邸《やしき》の中は陰鬱としていた。

アレンディオは泣き言一つ言わずに耐え忍び、いつか報われるはず……と努力を続ける。

愛想がなく、同世代の子どもらと楽しげに笑い合うこともできないのは、彼が必死だったから。

最低限の茶会や園遊会に参加するだけのアレンディオに友人はおらず、それでもヒースラン伯爵家の名前につられて声をかけてくる者がいたが、彼の愛想のなさに失望して皆去っていった。

十四歳になったアレンディオは、女性からは「氷の貴公子様」と呼ばれ、同性からは「没落した貴族気取り」と言われていた。

（絶対に、家を再興して世間を見返してやる）

アカデミーの入学試験でトップになれば、出世の道が開ける。そう思った。

ところがその合格発表の場で、思わぬ事件が起こる。

「どうやって不正を働いたんだ？　おまえみたいに家庭教師もつけていないやつが、トップになれるわけがない」

死に物狂いで勉強し、独学ながら入学試験でトップを獲《と》ったアレンディオ。

そんな彼に向けられたのは称賛でも激励でもなく、貴族令息からの嫉妬や妬みだった。

「ついに誇りまで失ったか！　貴族気取りの薄汚い男め」

言いがかりをつけられたアレンディオは、冷めた目を向ける。

「ただ勉強しただけだ。家庭教師がいるのに、俺より結果が芳しくないやつがいるとは驚きだな」

「なんだと!?」

「俺の成績がよかったのは、おまえたちより努力したからだ。不満があるなら入学後にトップを獲ってみろ」

彼らは顔を真っ赤にしてアレンディオを罵り、挙句《あげく》の果てには家の力を使って不正をアカデミーに訴えると言ってきた。

「何が努力だ！　そんなものは全部ムダなんだよ！　おまえが不正をしたことは、すぐに我が父からアカデミーへ調査を申し入れてもらうからな！」

「泣いて許しを乞え！　不正をして悪かったと謝れ！」

襟首を掴《つか》まれ、地面に押さえつけられそうになったアレンディオは、ついに我慢の限界がきて複数を相手に大喧嘩《げんか》を繰り広げる。

アカデミーの教員たちはこの事件を子どもの喧嘩として処理したのだが、アレンディオは努力の先にあるものがこれかと打ちひしがれた。

(アカデミーに入学する意味はないのかもしれない)

母の実家がどうにか工面してくれた入学費用。しかしあの程度の者たちと共に学び、得るものがあるのかと疑問が浮かぶ。

馬車を使う余裕などないアレンディオは、トボトボとルクリアの街を力なく歩いて帰った。

夕暮れどき、行き交う人々は家路を急いでいる。

アレンディオはやるせない気持ちでいっぱいで、ぼんやりと歩き続けていた。

「あなた、落としましたよ」

後ろからかけられたかわいらしい声に、アレンディオはゆっくりと振り向く。

「これ、大事なものなんでしょう？」

そこにいたのはキャラメルブラウンの髪の女の子で、上等なワンピースを着ていた。

にっこり笑ったその子の手には、母が昔自分のために刺繍《ししゅう》をしてくれたハンカチがある。

殴られた顔を冷やすために水で濡《ぬ》らし、ポケットに乱暴に突っ込んだのが落ちたらしい。

刺繍はほつれ、汗染みですっかりくすんだ麻布は、ハンカチといえる体をなしていない。

それを「大事なもの」と表現したこの子は、なぜそれがわかったのだろうと疑問を抱いた。

「大事なもの？」

「ええ。こんなになるまで使うなんて、大事なものなのでしょう？」

ぼぉっとしたまま、一言も発さないままハンカチを受け取る。

「まぁ！　どうしたの？　その顔、すごく腫れてるわ！」

驚いて目を見開いたその女の子は、ポシェットから自分のハンカチと傷用の止血テープを取り出して、アレンディオの目元や頬にそれを当てた。

「喧嘩したの？　痛そう……」

「痛くない」

ハンカチを拾ってもらって礼も言わず、愛想なくそう呟《つぶや》くアレンディオだったが、少女はニコニコと笑って言った。

「私の弟もよく従兄《いとこ》と喧嘩して、やせ我慢しているわ。痛いって言ったら負けなんだって。でも痛いものは痛いわよね」

「……痛くない」

剣術の師匠が言っていた。痛いとか苦しいとか、己の心を挫《くじ》くような言葉は漏らしてはいけないと。

意地を張るアレンディオを見て、少女は困ったように笑った。

「ふふふ、そうね。痛くない。大丈夫、もう手当てしたから」

通りの向こう側から、少女のことを呼ぶ人物がいた。

身なりからして使用人の男。どうやら供がいたらしいと、アレンディオは初めて気づいた。

「じゃあね！」

アレンディオの態度に文句の一つも言わず、少女は手を振って駆け出す。

ぼんやりとその背を見送っていると、彼女がふいに振り返って言った。

「次は勝ってね」

子どもの戯れ。深い意味はなく、喧嘩で負けただろう男の子を励ましただけ。

しかしアレンディオにとっては、大きな衝撃を受けた。

(次……、か)

母は十年もの闘病の後に亡くなった。去っていく使用人や親戚たち、努力を嘲笑《あざわら》う者、もう何もかもがムダに思えていたアレンディオの心に、かすかに光が差したように見えた。

少女はすでに使用人のそばで笑顔を見せていて、弟らしき少年と手を繋《つな》いで歩き出していた。

彼女の弟が出てきたのは、リンドル商会の建物。従業員に見送られているところを見ると、どうやらそこのお嬢様らしい。

使用人が困り顔で、少女に苦言を呈す。

「このあたりは治安がいいとはいえ、悪さをする者もいます。勝手に走っていかないでください」

「ごめんなさい。でもきっと困ったことがあったら、かっこいい騎士様が助けてくれるわ」

夢見がちな少女の発言に、使用人はますます困った顔になる。

「ソアリス様、騎士はむやみやたらにうろついていません。困ったときに駆けつけてくれるとは限らないんですよ」

「それなら私は、私を助けてくれる騎士様を見つけるわ。神様に頼んでみる、素敵な人と結婚できますようにって」

「そうなるといいですねぇ」

少女は、通りに停めてあった馬車に乗りこんで行ってしまった。

もう二度と会うことはないが、アレンディオはその場でずっと去り行く馬車を見送っていた。

（そうか。アカデミーに行かずとも、騎士になって身を立てれば権威を回復することはできるのか）

目先の収入に囚《とら》われて、アカデミーを卒業して文官になろうと思っていたが、騎士になるという道もあるのだと改めて認識した。

むしろ身体《からだ》を動かす方が好きな彼にとっては、騎士になる方が性格には合っているような気すらしてきた。

同世代よりも小柄でやせ細ってはいるが、もともと大柄で逞《たくま》しい体格の多い家系だ。諦めずに鍛えれば、自分も祖父や父のように立派な体躯《たいく》の男になれるかもしれない。

（いつか、彼女に会えるだろうか）

リンドル子爵家なら、ヒースラン伯爵家とは比べ物にならない金持ちだが、爵位ではこちらが上。

もしも会えたとして、話しかけても無礼だと冷たくあしらわれることはないだろう。

また会いたい。

握りしめた小花柄のハンカチを、いつか彼女に自分の手で返せる日が来て欲しい。

（あの子を助ける騎士になりたい）

アレンディオはアカデミーへの入学を辞め、剣術に力を入れることにした。


騎士になり、ソアリスに会いに行く。

それがアレンディオの目標になった。十四歳。遅い初恋が、彼を絶望から救い上げたことは間違いない。

（彼女は自分を覚えていてくれるだろうか。いや、顔を見てもわからないくらい、立派になって会いに行きたい）

ただ、伯爵家の困窮は劇的に改善されることはなく、相変わらず日々は苦しい。かつての栄光は見る影もなく、邸は荒れ放題で、とても貴族の住まいとは思えないほどだ。

（絶対に、諦めない。次だ、次に勝てばいい）

ソアリスが何気なく言った言葉を支えに、アレンディオは目指す道を決めた。

騎士見習いになるために、師匠の伝手《つて》を使って騎士の入団試験を受けさせてもらえる約束を取りつけた。

（ようやく一歩踏み出せる）

決意に燃えるアレンディオだったが、どうやら彼はとことん運がないらしい。

運命の出会いから一年後。

さらに追い打ちをかけるような悲劇に見舞われた。

「……アレン、結婚してくれないか」

「は？」

十五歳の春。父から突然結婚を言い渡された。

「すまない。どうしても援助してくれる家が必要なんだ」

領地に水害が発生し、そのために資金援助が必要となり、助けてくれたのがソアリスの父であるリンドル子爵だ。

相手がソアリスであることを知ったアレンは、絶望で目の前が真っ暗になる。

（まだ十二歳だったのか）

同年代より背が高かったソアリスは、アレンディオが思っていた以上に幼かった。

夕暮れの街で出会った初恋の人。その子が己の妻になるというのに、喜びは微塵《みじん》も抱けない。

「なんで君なんだ……」

ソアリスに向かってそう呟いてしまったのは、決して彼女に不満があったからではない。

むしろ好意を抱いているからこそ、現実を受け止められなかった。

好きな女の子の家に、金で買われた自分。この絶望は、十五歳の少年には深すぎた。

もしも相手がソアリスでなかったら。絶望はしても、耐えられただろう。名ばかりの妻の機嫌を損なわないよううまく立ち回ろう、そう思って切り替えられたはず。

でも目の前には、自分が好意を抱いていた女の子がいる。いずれ立派になって、会いたいと思っていたソアリスがいる。

（なんでこんなことに）

自分は、彼女の人生にとって今のところお荷物でしかない。

ソアリスは自分と出会ったことなどすっかり忘れていて、それどころか金で買われた夫の自分に対して同情すらしてくれている。

優しい子だと思った。

彼女の方が立場は上なのだ。尊大な態度で、もっと優しくしろとか丁寧に接しろとか、エスコートしてくれと要求してもいいだろう。

でもソアリスは、ただ笑顔でそこに座っているだけで、自分に対して理不尽な要求をしなかった。それどころか、申し訳なさそうにしているくらいで。

まだ十二歳の女の子が、よく知りもしない貧乏な伯爵令息に嫁がされた。彼女に愛のない結婚を強いるのが、よりによって自分だなどと認めたくない。

（どうすればいい？　何をすれば、ソアリスのためになる？）

焦るほどに普通の会話すらできず、かわいらしく着飾ったソアリスに褒め言葉の一つも言えない。

あの日もらったハンカチは、返せないまま引き出しに収められていて、後生大事にしているなど剣を嗜《たしな》む男のすることじゃないとアレンディオは己を嘲笑った。

しかし、卑屈になっていても何も始まらない。あるのは血筋のみ、そんな自分でもソアリスのために何かできるだろうかと考え続けた。

（ソアリスを幸せにするには、どうしたらいい？）

何度会っても、互いのことをよく知らないまま。今の自分の平穏な暮らしは、すべて彼女の家からの援助で成り立っている。それが恥ずかしくて堪《たま》らなかった。

あるとき、彼女はバラをきれいだと言って微笑《ほほえ》んだ。その無垢《むく》な笑顔を見て、自分といるときにはいかに緊張して無理に笑っているかを思い知る。

（彼女を不幸にしたくない）

好きだからこそ、今の自分の境遇が恥ずかしくて好意を伝えられない。

何も言えなくなったアレンディオは、ソアリスに対してそっけない態度を取り続けてしまった。

（いっそ、あなたなんかと結婚したくなかったと、怒って嘆いてくれればよかったのに）

リンドル家の長女としてなるべくいい子にして過ごしてきたソアリスは、アレンディオの前で文句の一つも言うことはなかった。

そして、ソアリスがアレンディオに嫌われていると思い込んだまま日々は過ぎ、戦が始まったことでさらに歯車は狂い出す。

（ソアリスにふさわしい男になってみせる）

騎士になり、成果を上げてソアリスに捧《ささ》げよう。アレンディオはソアリスのため、家の再興のため、己の誇りを取り戻すために剣を取ることに決めた。

（必ず帰ってくる。そして、君を誰より幸せにする）

十五歳の誓いは、胸に秘められたままになる。

誰からも認められ、ソアリスが誇れるような男になるまでは帰らない。

アレンディオの願いは十年後にようやく叶《かな》うことになるが……、二人の間には大きなすれ違いが生まれていた。

◇◇◇

政略結婚から十年。やっと戻ってきたというのに、二人の関係は夫婦には程遠く、アレンディオの気持ちは一方通行のまま。

アレンディオは邸にも帰れず、ソアリスに会いに行くこともできず、五日が経過した。

二人を繋ぐのは、騎士団と金庫番の業務室を行き来する毎日の手紙だった。

『会えなくても、君がどうしているか知りたい』

そんなことを言いだしたアレンディオが、金庫番の業務室に手紙をよこしたのが始まりだった。

ソアリスとしては、手紙が来るから返事をしないわけにはいかない。アレンディオとしては、返事が来るのがうれしくてまた手紙を書いてしまう。

たった五日で八通もの手紙をやりとりしている二人は、城内で「情熱的な夫婦」として温かい目で見られていた。

夫ならば手紙を返さなくてもいい、そう考えることもできるのだが、未《いま》だ心の距離を置いているソアリスは律儀な性格が災いして無視することができない。

アレンディオに文才はないが、ソアリスがどうしているかが気になりすぎて、自然に質問形式で書いてしまう。そうなると絶対に返事が来る、本能でわかっているのか打算なのか、二人の手紙は続いていた。

（質問文があるから、答えないわけにはいかないのよね）

一体、いつこのやりとりは終わるのだろう。そう思いながら妻は今日も返事を書く。

手紙を受け取ったアレンディオは、昼休憩にそれを何度も読み返す。それを見たルードは苦笑いだ。

だが、上官の仕事が捗《はかど》るなら自分が手紙を持っていってもいいとすら思う。

「ご機嫌ですね」

「ソアリスは文字までかわいいんだ。もう五日も会えていないなんてそろそろ限界だ」

「一度お邸に帰ったらどうですか？　書類ごと」

騎士団の詰め所で寝泊まりしているアレンディオに、仕事は減らないが帰れと言うルード。

帰ったところで妻がいるわけではないのだから、邸に帰る意味はないとアレンディオは嘆く。

「ソアリスがいるなら帰るが……さすがに金庫番室に押しかけるのは迷惑だろう？」

「その判断は正しいです」

ソアリスがいるのは、王女宮。王女の邸ともいえるそこへ、妻に会いたいがために男が押しかけるのはもってのほかだ。再会したとき、一度それをやってしまっているだけに二度目はきびしい。

一度目は十年ぶりということで、国王も王妃も笑って許してくれたが、騎士団を率いる長が規律を乱すわけにはいかない。涙をのんで、王女宮への突撃は断念した。

「寮の部屋へ会いに行けばよいのでは？」

「二人部屋だそうだ。夫が押しかけて、相部屋の女性に迷惑をかけるわけにはいかない。ソアリスは仕事を大事にしているから、邪魔になるようなことは絶対にしたくないんだ」

「意外と理性的に考えているんですね。意外です、意外」

本気で驚いているルードを、アレンディオはじろりと睨《にら》む。

そしてため息をつくと、テーブルにあった紅茶を飲み干して言った。

「嫌われたくないんだ。でもそうなると、できることが少ない」

まるで初恋に悩む思春期の少年だな、とルードは思った。怒られることがわかっているから、あえて口には出さないが。

しかしここで、ふとパレードでのパフォーマンスが気にかかった。

「アレン様、なぜ奥様にカラーを贈るようなことをなさったので？　奥様は目立つことを好まない、控えめな方ですよね。それに、アレン様だって」

注目を浴びるのが好きならば、これまで補佐官である自分が将軍代行として参加した数々の式典や授与式は一体何だったのか。

ルードは疑問に思って尋ねた。

アレンディオは遠い目をして、パレードの日のことを思い出す。

「仕方ないだろう。俺には最愛の妻がいると国民に知らしめておかなくては、というより貴族院のヤツらに見せつけておかなくては、ソアリスを守れない。ソアリスに指一本どころか、同じ空気を吸っただけでただで済むと思うなと見せつける必要があったんだ」

「息くらい吸わせてやってください」

あまりの溺愛ぶりに、ルードはじとりとした目でアレンディオを見る。だが、その心配がわからないでもなかった。

「まぁ、ヤツらは姑息《こそく》ですからね。疑いの目を向けるまでもなく奥様を愛していると、知らしめたのは正解です」

成人前の政略結婚。これは隠し通せるものではない。

しかも現在の力関係は逆転し、ヒースラン伯爵家の方が爵位も財力も上になっている。

そうなれば「将軍は妻と別れたがっているのではないか」と邪推し、己の都合のいいように解釈する者が現れる。

アレンディオは先手を打ち、絶対に別れるつもりはないとアピールしたのだった。

「あんなパレードはひと思いに街を駆け抜けてやりたかったが、注目を集めるためにわざわざゆっくり進んだんだ。人々の視線を集めるなど、鳥肌がすごかった」

「あれでも、通常より進みは早かったですけれどね」

「おかげで祝宴では、誰も俺に縁談を持ってこなかった。まだ生きていたいヤツらばかりでよかった」

ふっと口元を緩めるアレンディオ。おかげでルードが囲まれるハメになったのだが、あいにくこちらの補佐官はのらりくらりと躱《かわ》すのが得意なので問題ない。

「ソアリスには苦労をかけた。これからは、ずっと笑っていて欲しいんだ」

「そうですね」

「待たせた分、俺のすべてを尽くして幸せにしてやりたい。何でも願いを叶えてやりたい。ソアリスは無欲だから今のところ打つ手がないのだが……」

（奥様に、アレン様のこういう一面が伝わればいいんだけれど。やってることはけっこう大胆で豪快

だからなぁ。意外に繊細でかわいいところもあるんだが）

妻に関してのみ、アレンディオの繊細な部分は顔を出すらしい。部下としては、ようやく会えた妻と幸せになって欲しいと常々思う。

そして、早く帰りたい。

補佐官は、アレンディオの私的な部分もカバーする存在であるため、彼が早く帰ったとしても仕事はある。上司の精神衛生がよくないと、補佐官は一気に忙しくなるのだ。

「まぁ、今日の来客次第ではソアリスに会えるが」

タイを結び直し、席を立つアレンディオ。妻のことを口にしただけで、柔らかな雰囲気が漂う。

扉を一歩出ると、その顔つきは誰もが恐れる常勝将軍らしい凛々《りり》しさに早変わりするから、どちらのアレンディオが本当だろうかとルードはたまにわからなくなる。

午後一時になる少し前。そろそろ客人が応接室へやってくる時間だった。

「リンドル子爵が来られるんですよね。もうそんな時間ですか。あれ、それならそれで、最初からソアリス様に同席していただけばよかったのでは？」

ソアリスの父親が、二日かけてやってくるのだ。娘ならば会いたいはずだ、とルードは思った。

「それが、ソアリスには自分が来たことを話さないでくれと。内密に話があると言われている」

「へぇ、それはまた……。お金を貸してくれ、とかそんな話でしょうか？」

面倒事な予感がするな、とルードは思う。

リンドル子爵家が極貧にまで落ちていたという情報は、ルードの耳にも入っていた。

改めて調べ直すと、ここ一、二年はそこまで貧乏ではないものの、かつての栄光は見る影もなく、細々と商会を営んでいる父親はすっかり田舎でおとなしくしているらしい。

「どんな話でも、ソアリスのためになるなら協力は惜しまない。それに、結婚式の話もしたいしな。ちょうどよかった」

「そうですか」

二人は離れにある、一軒家へと向かった。ここは応接室や救護室があり、事前に連絡さえすれば一般人も入れる区域だ。

到着すると、受付の文官からすでにリンドル子爵が到着していると教えられた。

時間にはきっちりしているタイプらしい。しっかり者のソアリスの父親らしいな、とアレンディオは心の中で呟いた。

応接室では、くたびれた茶色の上着を着た四十代半ばの男性が神妙な面持ちで座っていた。

ソアリスの父、セルジオ・リンドル子爵だ。

濃い茶色の髪はすっきりと短く、アレンディオより少し低いくらいの背丈で、これといって特徴のない顔立ち。

笑うと穏やかで若く見えるその雰囲気は、どことなくソアリスに似ていた。

アレンディオがやってくると、義父である彼は弾《はじ》かれたように席を立って挨拶を交わす。

「お久しぶりでございます。ヒースラン将軍」

日焼けした肌はかさついていて、裕福な暮らしをしていないことは見てすぐにわかる。

ただ、衣装はくたびれてはいるものの丁寧に手入れされていて、元は上質なものだったんだと見る人が見ればわかる素材のいい服だった。

このあたりは、さすがは成り金と呼ばれていた商家の男だとルードはじっと観察していた。

「アレンと気軽に呼んでください」

アレンディオは労《いた》わるように義父に声をかけ、ソファーへの着席を勧めた。

しかし、その言葉に感極まった義父は、着席するどころか床に座って深く頭を垂れた。

「子爵⁉」

アレンディオは衝撃のあまり、目を見開いて動きを止める。

ルードは平静を装っているが、内心は荒れていた。

（えええええ⁉　いきなり謝る気満々って、何事⁉）

動揺する二人の前で、苦悶《くもん》の表情を浮かべたリンドル子爵は震えた声で懺悔《ざんげ》を始めた。

「私は、ヒースラン将軍に大変申し訳ないことをいたしました……。謝っても謝りきれないことを」

アレンディオは、ごくりと唾を飲み込む。

義父がここまでするからには、かなり大きな問題が起こっているはずだ。たとえそれが何であったとしても、ソアリスだけは守らなくては……とそんなことが頭をよぎる。

「一体、何をしたと言うのですか？」

なるべく穏やかな口調を意識して、アレンディオは尋ねた。

少しでも刺激すると、自害しかねないような切羽詰まった雰囲気を感じ取ったからである。

義父は合わせる顔がないとでもいうように、ずっと俯《うつむ》いている。それでもここまで来たのは、偏《ひとえ》に娘のためだろう。斬られてもかまわない、そんな気迫も覚悟も伝わってきて、いつしかアレンディオの方が緊張していた。

「これを」

子爵は持ってきた荷物の中から、あるものを取り出した。

持ち上げるようにして両手で差し出したそれは、深い青色の生地だった。そして、折りたたんである生地の上には、翡翠《ひすい》のブレスレットが載せられている。

「それは、俺がソアリスに贈ったもの……？」

呟くように言ったアレンディオは、生地とブレスレットを受け取り、自分の目で確認する。

こうして実物を見たのは初めてだが、商人が持ってきたリストの中から少ない文字と絵の情報を頼りに、ソアリスに似合うものを選んだつもりだった。

男ばかりのむさくるしい砦《とりで》で、ソアリスのことを思いながら選んだ誕生日の贈り物。生地はつい三ヶ月前のもので、ブレスレットは一年三ヶ月前のものだと記憶している。

「なぜ子爵がこれを？　ソアリスはこれを」

受け取っていないのか。嫌な予感がした。そしてそれは、外れることはなかった。

「うちにあるのは、もうその二つだけなんです。ヒースラン将軍が送ってくださった五年分の贈り物は、私が娘に知らせないうちに売ってしまいました」

「……売った、とは」

手紙も贈り物も、すべて子爵家宛てに送っていた。ソアリスがそこにいると思っていたからだ。

アレンディオは、まさかリンドル子爵家が没落して自分の妻が出稼ぎに出ているなど想像もしなかった。

子爵によると、ソアリスが王都へ働きに出たのが約六年前。アレンディオが贈り物をするようになったのが、司令官に出世した五年前。以来、誕生日には欠かさず贈り物を送っていた。

だが、それはソアリスの目に触れることも、手に届くこともなく――

「本当に申し訳ございません！　家族を養うことができなくなり、贈り物を売ってしまいました。娘は何も知らないんです！　あなたから贈り物をもらっていたことは、私しか知りません。妻も、息子も娘たちも、誰もこのことは知りません」

ヒースランの父は、援助しなかったんだろうか。くれぐれもよろしく、と念を押して別れた上に、元より実父の性格からしてソアリスを蔑ろにすることはないはずだ。

ふと湧いた疑問は、それを察した子爵がすぐに否定してくれた。

「ヒースラン伯爵は、事業の方で随分と援助をしてくれました。ソアリスに最初の勤め先を紹介してくれたのも、あなたの父君です。穏やかな気性の御夫人がいる侯爵家で、娘は楽しく働けたと言っていました。金庫番になるのも、身元保証人になってくださって。そもそも、ソアリスは息子の嫁なのだから働かずとも頼ってくれればいいとおっしゃったのですが、ソアリスがどうしても自分で働くと……。リンドル家の生活のことは、私が『大丈夫だ』と見栄を張ったのです。親子揃《そろ》って頑固で、融通のきかない者同士だと思います。今思えば、贈り物を売る方がよほど……」

一度は援助する側だったリンドル子爵。事業で援助を受けながら、「さらに生活費も」とはさすがに言えなかったらしい。

見栄で腹が膨れないのは重々承知していても、かつての栄光を知られているだけに「助けてくれ」と言えなかったのだろうなとアレンディオは思った。

「まぁ、パンがないのに宝石や布があっても仕方ないですからね」

呟くように、ルードが言った。そこに怒りはないようだ。

ただ、同情しているのが伝わってきた。

ソアリスへの贈り物を選ぶとき、随分とルードにも参考意見を尋ねた。手袋はどうだろうか、髪飾りは何色が似合うだろうか。十二歳のソアリスしか知らないアレンディオには、何が似合うかわからなかったのだ。

ルードは、自分が義父に対して怒るとでも思ったのだろうか。アレンディオは彼を一瞥《いちべつ》し、口角を上げる。

（こんなことで怒るわけがないだろう）

（なら、よかったです）

ふぅっとひと息ついたアレンディオは、子爵のそばに片膝をつき、そっと肩に手を置いた。

「頭を上げてください。私の贈り物が役立ったなら、それでよかった」

「ヒースラン将軍……」

「贈り物がどうなろうと、リンドル家の裁量で構いません。あなたはソアリスの父親なのですから。十年間も娘さんを迎えに行かなかった愚かな私を責めてもいいくらいだ」

「責めるなど、まさかそんな」

きっと、ずっと後悔してきたに違いない。その顔を見れば、売りたくて売ったのではないことくらいわかる。少しでも悔恨の念を減らしてやりたい、そう思った。

「あなたが娘に何も告げなかったのは、あえてそうしたんですよね」

「…………そうです」

涙声の子爵は、苦しげに顔を歪ませながら肯定した。

「私がソアリスに贈り物を売っていいかと尋ねれば、それは娘が売る判断を下したことになるのではと思いました。少なくとも、あの子はそう思うでしょう。自分が自分の意志で、贈り物を売ったと。けれど、何も知らなければあなたに責められることはない……。こんなことを言えた立場ではないですが、どうか娘のことは信じてやってください。あの子はただ、家族のために何一つ不満も言わずに働いてくれました。すべては、この私が悪いのです」

力なくそう言った子爵に対し、アレンディオは穏やかな声で答える。

「ソアリスに贈り物ができなかったことに、残念な気持ちがないわけではありません、でもそれでソアリスの家族が助かったなら私は満足です」

娘に黙って、贈り物を売却する。まともな精神状態であれば、それがいかに愚かなことかわかるだろうが、冷静な判断ができないほど追い詰められていたのだろうとアレンディオは思った。

それに彼女なら、もし受け取っていたとしても迷わず売る。

令嬢育ちなのに、一人で王都まで出稼ぎに出たくらいだ、弟妹が腹を空《す》かせている状況で政略結婚の相手から贈られた豪華なプレゼントを大事に持ち続けるとは思えない。

(俺は酷《ひど》い夫だな。戦地から十年も帰らず、贈り物すらしない夫だった)

ここでアレンディオは、さらに重大なことに気がついた。

「まさか……」

あまりのショックで意識が遠ざかるも、これだけは確認しなくてはと義父を見つめる。

「あの、この期に及んで期待するのもバカだと思うのですが、カードは……」

半年に一度しか送れない手紙には、情報漏洩《ろうえい》にならないよう差し障りのないことしか書けなかった。だから、誕生日の贈り物と一緒に送るよう頼んだメッセージカードには、彼の気持ちを少なからず書いたのだが……。

「申し訳ありません……！」

メッセージカードは、すべて義父の荷物の中にあった。震える手でそれを開けると、確かに見覚えのある文字が並んでいた。

『もうすぐ帰れる。戻ったら、君に一番に会いに行く』

まだ真新しい紙のそれは、つい三ヶ月前のもの。

くすんで色が変わったものは、五年前のものだとわかる。

『勝手をしてすまない。君が誇れるような男になったら、必ず迎えに行く』

薄れたインクで書かれた最初のカードは、最も伝えなければいけない言葉をそのままそこに留めていた。

初めて贈り物ができるようになった年は、ソアリスの誕生日が来るのが今か今かと待ち遠しくて、喜ぶ顔が見られるわけでもないのに胸が躍ったのを覚えている。

アレンディオは、ようやく自分たち夫婦の間にある溝に気づく。その衝撃の大きさに、膝から崩れ落ちそうになったほどだ。

「ルード！」

「はい！」

突然、上官に名前を呼ばれ、ビクッと肩を揺らすルード。錆《さ》びついたブリキの人形のようにゆっくりと振り返ったアレンディオは、顔面蒼白《そうはく》だった。

「大変だ……！　ソアリスが、俺を十年間も放置した酷い夫と思っているかもしれない。恨んでいる可能性すら出てきた！」

「いえ、さすがにそれは考えすぎでは。恨んでいたら、再会した瞬間に罵倒されていますって」

「考えてみれば、すべて辻褄《つじつま》が合う！　手紙だけ一方的に送ってくる夫が、いきなり帰ってきて、いきなり邸へ連れて行って、いきなりここで一緒に暮らそう、結婚式を挙げようと提案したらいい返事がもらえないのは当然だ！　俺は一体、ソアリスの何を見てきたんだ……！　浮かれて、ただ自分勝手に愛情を押しつけていた」

早口で言い切ると、アレンディオは絶望のあまり床に手をついて打ちひしがれた。

戦地から戻って以来、ソアリスに愛情深く接しているアレンディオの言動を知らない子爵は、婿の狼狽《ろうばい》ぶりに混乱している。

「アレン様、お気を確かに。あなた様は将軍ですから、将軍ですからね!?」

これが救国の英雄なのか。部下が見たら絶句する姿である。

敵兵に奇襲を受け、囲まれたときすら動じなかった男が、妻に酷い夫だと思われているかもしれないという理由でこの狼狽っぷり。

とても部下に見せられない、とルードはこっそり下がって後ろ手に扉の鍵をしっかり閉めた。

「すぐにソアリスに謝罪を……！　あぁっ、いっそ再会からすべてをやり直したい！　俺はなんていうことを……喜びに溺れず、帰ってきたときにもっと注意深くソアリスのことを観察するんだった！」

「観察は気持ち悪がられると思います」

「じゃあどうすればいい⁉　このままだとソアリスは離れていってしまうぞ⁉　夜逃げされたらどうする！　そんなことになったら俺はもう生きていけない」

「落ち着いてください。ソアリス様は幸い勤め人ですから、どこにも逃げません」

城内にいる。妻は、今も何も知らずに働いている。

「奥様に真実を話して謝れば、きっと許してくださいますよ？」

「ダメだ！　そんなことをすれば父の咎《とが》は自分の非であると、ソアリスが悲しむに決まっている！　もうこれ以上、ソアリスを傷つけたくない。悲しませたくないんだ」

つまりは、ソアリスに父のしたことを黙ったまま彼女の心を動かさなくてはいけない。

ルードはその難しさに、顔を顰《しか》めた。

「きちんと本当のことを話した方がラク……、いや、手っ取り早いと思いますよ」

「おい、言い直したくせに大して変わっていないぞ」

「そうですが。贈り物は貴族女性にとって、自分がいかに大事にされているかの証《あかし》ですよ？　それを五年間一度も贈っていなかったとなると、さすがに真実を隠したまま挽回《ばんかい》するのはキツイですって」

真実を告げる方が、面倒がなくていい。ルードはどうにか主《あるじ》を説得しようと試みるが、アレンディオは頑として首を縦に振らない。

「俺の首で済むならいくらでも捧げるが、ソアリスは喜ばないだろうな」

「初めての贈り物で首はやめてください。あなたの首は王国の威信そのものですよ⁉　ほいほい捧げないでください」

「だが状況がわかった以上、逃げるわけにはいかないだろう。ソアリスに、真実は伏せつつ誠意を見せなくては」

「そんな無茶な」

アレンディオは立ち上がって深呼吸すると、まるで戦場へ向かうかのような顔つきに変わる。

「子爵」

腹の底から絞り出した低い声。殺される、と思った子爵は声にならない悲鳴を上げた。

「俺はソアリスに謝罪したい。名誉回復、信頼回復に努めたい。ご協力お願いできますか……？　できますよね……？」

「は、はい！」

両腕を掴《つか》まれ、無理やり立たされた子爵は恐怖で震えていた。

アレンディオは至近距離で目を合わせ、怯《おび》える義父に詰め寄る。

「ソアリスの心を掴むために、俺を助けてください」

「…………助けるとは？」

「手ぶらで謝罪はできません。ソアリスが好きそうなものを、徹底的に教えてください。父親ならご存じでしょう、娘の好みを」

しんと静まり返った応接室。血走った目で義父に迫るその姿は、歴戦の猛者も震え上がるほどの迫力だった。

「ソアリスが喜ぶ物なら、たとえどんな宝石だろうがドレスだろうが、異国の食べ物だろうが嗜好品《しこう》だろうが手に入れてみせる！　絶対に妥協はしない!!」

信頼回復に燃えるアレンディオ。

それを見たルードは悟る。

これからもうしばらく帰れないということを……。

◇◇◇

お邸から寮に戻って早七日。

今日は休日で、弟妹への手紙を出す以外の予定はない。菓子を買って同室のメルージェと分け合おうか、朝からそんなことを思いながら身支度を整えようとクローゼットを開けた。

ところが、お気に入りのワンピースを手に取ると、左手首のところにあった包《くる》みボタンが一つなくなっていることに気づく。

「やっぱりない。どこにもないわ」

これはお母様が内職して買ってくれたワンピースで、私が王都へ来たときに着てきた思い出の服だ。たかがボタン一つでも、このボタンは貴重な木でできているから同じものが気軽に買えない。

何より、私はこのワンピースが気に入っている。クローゼットやバッグの中をくまなく探したけれど、どこにも見当たらなかった。

「アレンディオ様のお邸かしら」

思い当たるのは、あの宮殿みたいなお邸だ。向こうで着替えたときに千切れて落としたのかも。使用人の誰かが拾ってくれているかもしれない。

気乗りはしないけれど、取りに行こうと決意する。

戸籍上は妻とはいえ、急に行ったら使用人たちが困るだろうから念のため先ぶれは出さないと。

アレンディオ様はしばらく帰れないらしいし、邸にはいないだろう。それを思ったらちょっとホッとした。

ここ数日、手紙では相変わらずやりとりをしているが、目撃者によると訓練ではやけに殺気立って剣を振っていたという。

模擬戦ではトーナメント形式で全員を倒し、それでも足りないということで国王陛下の護衛を呼びつけて戦っていたとも聞く。

もしかして戦闘狂なところがあるのかな、とアルノーと話したのはつい昨日のことだ。

将軍と言っても平和になれば書類仕事の方が多くなるらしく、慣れない机仕事でストレスが溜《た》まっているかもしれないなと思った。

私は白いブラウスに緑とダークブラウンのロングスカートを履き、いつものショートブーツで寮を出る。これは、ヒースランのお義父《とう》様が私のために用意してくれた衣装だ。

文官がよく使う通路を一人で歩き、西門から街へ向かった。

まずは弟妹への手紙を出し、それから王都内を周回している乗合馬車に乗り、アレンディオ様の邸がある高台を目指す。

今日もいい天気で、そよかぜが心地いい。のんびり散歩でもしたくなる、穏やかな天候だ。

乗合馬車に揺られること二十分、真っ白な外壁に緑豊かな庭園のお邸に到着した。

すでに連絡を入れていたので、門番は「おかえりなさいませ」と言って私を通してくれる。

門番は、私が歩いてきたものだからちょっとびっくりしていた。まさか歩いてくるとは思っていなかったらしい。驚かせてごめんなさい……！

邸に入ると、家令を先頭に使用人がずらりと並んで出迎えてくれた。

二十人ほどいるだろうか。勤務は一部入れ替わりだから、これでも全員ではないはず。

「「おかえりなさいませ、奥様」」

「こんにちは」

ただいま、とは言えなかった。おかえりなさいって言われても、ここに住んでいないので違和感がものすごい。

私はすぐに自分の部屋（らしきところ）へ行き、メイド長にボタンのことを尋ねる。

すると、やっぱり掃除のときに見つかっていたそうで、大切に保管してくれていた。

あぁ、よかった。お礼を言って、かわいい刺繍が施された小さな布袋の中にボタンを入れ、バッグの中に仕舞った。

やはりアレンディオ様は戻っていないそうで、しばらくの間、主人不在の邸を皆で守ってくれていたという。

「お食事になさいますか？　それともお召替えをなさいますか？　サロンもすぐに寛《くつろ》げるよう、ご用意は万全です！」

田舎に里帰りしたときの親みたいな感じがする。

母は私が一年に一回だけ帰省すると、たいして贅沢《ぜいたく》はできないけれど「あれ食べる？　これ食べる？」とうれしそうに出迎えてくれるのだ。

ここの使用人たちからも、そんな気配がした。これで「すぐに帰る」なんて絶対に言えない。

「えーっと……、昼食をいただけるかしら？」

「「かしこまりました！」」

せっかくなので、サロンでお昼をいただくことにした。

一人掛けのソファーはふかふかで、うっかり眠ってしまわないよう気をつけないといけないくらい座り心地がいい。

広いテーブルが狭いと感じるほどに並んだお皿は、五人分はありそうな料理が盛られていて、見ているだけで圧倒される。こんなにおいしそうな料理は見たことない……！

急に連絡したのにここまで準備してくれたのかと思ったら、申し訳なくなった。そしてありがたい。

あまりがっついてはいけないとわかっていても、ついつい食べすぎてしまった。

だっておいしすぎた。文官用の食堂もおいしいのはおいしいけれど、素材からして違って、そこに一流シェフの腕がプラスされればもう感動せずにはいられない。

アレンディオ様と食事をしたときもびっくりしたけれど、あのときは目が痛い美形が正面に座っていたから、緊張で味なんてほとんどわからなかった。

あぁ、今日は一生分の贅沢をしたような気がする。弟妹にも食べさせてあげたい。包んで持って帰りたい。

お姉ちゃんだけこんなに贅沢して、ごめん！

食後のハーブティーとゼリーまでちゃっかりいただき、夢のような優雅な休日を堪能する。

帰るタイミングを切り出しにくくなってきて困っていると、家令のヘルトさんがそっと近づいてきて、私にバラ園を散歩してはどうかと提案する。

「まぁ、バラ園があるの？」

広すぎてそんなところがあるって知らなかった。

正面玄関の前にある庭園も、かくれんぼができそうなくらいに広いけれど、バラ園まであるなんて。

「すごいわね、さすが陛下に下賜されたお邸だわ」

私がそう言うと、ヘルトさんはふっと目元を和らげた。

「いいえ、バラ園は旦那様が。奥様が退屈しないように、心が休まるように最高のバラ園を作るよう命じられました」

「アレンディオ様が？」

「はい。確か邸を賜ることが決まってすぐのことです。城の者が改修案を提出したそうで、そのときに特に旦那様は何もおっしゃらなかったのですが、バラ園は作ってくれと」

バラ園といえば、ヒースラン伯爵家の庭にもあったような。うちが援助をしたとき、荒れ放題だった庭にこれでもかというほどバラを植えたのだ。赤や黄色、紫など色とりどりのバラが咲き乱れていたのは印象的だったから覚えている。

私の記憶に、十年前の不愛想なアレンディオ様が思い出された。

『バラ、好きか』

初めて彼の剣術の稽古を見学させてもらったとき、確かそんな会話をしたような。会話といえるのかわからないくらいの短いやりとりだったけれど、まさかそれを覚えていて……？

「奥様のことを最優先にお考えなのだと、私どもは感じ取りました」

私のためにバラ園だなんて。第三者から指摘されると、恥ずかしいようなうれしいような。

頬が熱くなるのを見られたくなくて、私はすぐに立ち上がってバラ園へ行くと告げた。

ううっ、なんだか懐柔されているというか丸め込まれているというか、アレンディオ様に翻弄されている。

これはよくない。いずれ離婚する、しなくてはいけないのに、「ここにいてもいいんだよ」って言われているみたいで気持ちが流されてしまう。

もうここに来るのは最後にしたい。よくしてくれる使用人の皆には悪いけれど、私なんかが英雄の妻であっていいわけがない。

アレンディオ様の幸せを邪魔したくない。

離婚するのが一番いい。

俯きそうになる顔をぐっと上げ、バラ園へと足を踏み入れた。

そして、感動は脆《もろ》くも崩れ去る。

「あの、これは？」

ヘルトさんに恐る恐る尋ねた。

私が指をさしているのは、バラ園の入り口にあるシルバーの立て看板だ。

『ソアリス　天使の微笑み園』

こんなダサ……、いや個性的すぎる名前をつけられた日には、さっきとは別の意味で恥ずかしすぎる！

ヘルトさんはまったく動じず、ニコニコ顔で答えた。

「世界唯一のバラ園でございます」

でしょうね!!

「これってアレンディオ様が直々に名づけたのかしら？」

「さようでございます」

え、嫌がらせ？　それともシンプルにセンスが悪い……？

見事なバラが霞《かす》んでしまうほど、衝撃を受けた私だった。

それはさておき、バラ園の中はというと本当に素晴らしかった。

ときおり寛げるように椅子やテーブルがあり、鳥の巣箱もあり、庭園技師が女性だったことでかわいらしい雰囲気にコーディネートされているとのこと。

花の草木のアーチは秘密基地みたいで、童心に返って楽しめそう。うちの弟妹がまだ小さかったら、きっとはしゃいだんだろうなと思う。

妹のニーナはもう十七歳、弟のエリオットは十五歳だから、さすがに走り回るような年齢でもない。

それに、彼らがここに来ることはないだろうな。

なんてことを思っていたら、バラ園の入り口から幻聴かと思う声が聞こえてきた。

「お姉様！」

振り向くと、そこには少し背が伸びて大人っぽくなった弟妹がいた。この邸と庭園に似つかわしくない、くたびれた服と大きな荷物と一緒に。

「ニーナ!?　エリオット!?」

なぜ二人がここにいるのか。目を見開いて驚く私だったが、そばにいたのがユンリエッタさんだけでなく、細身で長身の男性もセットだったので何となく事情がわかった。

ユンリエッタさんはメイド服ではなく、私服のワンピース姿だ。きっとこの邸の近くでウロウロしていた弟妹を拾い、私の元へ連れてきてくれたのだろう。

そしてこの長身の男性は、サミュエル・ジーン。確か今は三十歳になったくらいか。

リンドル子爵家が長年お世話になっている借金取りである。

「嬢ちゃん、久しぶりだな。立派な奥様になったじゃねぇか」

緑がかったアッシュグレーの髪は短めで、傍目《はため》には商人やどこかの会社の雇われ人のように見える。

荒事にはさほど強くはないが、弱くもないのでそれなりに頼りになると思う。

サミュエルさんは私のことを「嬢ちゃん」と呼び、未だに子ども扱いだ。

「お元気そうで……。あの、ニーナとエリオットがワガママを言ったのでは？」

彼は借金取りとはいっても、無理な取り立てはせず、返す方法も一緒に探りながら金を回収していくまともな借金取りの一人である。

同時に、弟妹が憧れている人だ。

彼のお母様は金貸しの女傑として恐れられている人で、「息子の嫁にならないか」と冗談で誘ってくれたことがある。丁重にお断りした。

ニーナとエリオットはすぐに私の元へ走ってきて、二人して飛びかかるように抱きついてきた。背負っているリュックの重みもあり、私はよろめきながら必死で二人を抱き留める。

「お姉様！　会えてよかった……！」

「見つからないかと思ったよ！」

その背を撫《な》でていると、サミュエルさんが苦笑いで近づいてきた。

「城へ行ったら、取り次いでももらえなかったんだ。『英雄の妻の親戚を名乗る者はたくさんいる』ってさ」

「え？　そうなんですか？」

ユンリエッタさんによると、有名人をひと目見たい、あわよくば取り入りたい、そんな邪《よこしま》な気持ちでやってくる面会希望者は多数いるそうだ。

だから、直筆の紹介状など証明になる物を持っていなければ、門番が通すはずはないと。

「それでなぜここへ？　まだあなたたちに手紙を出していなかったのに」

定期連絡の手紙は、今朝送ったばかりだ。まだそれが届いているわけがない。

私と同じキャラメルブラウンの髪をしたニーナは、うれしそうな顔で教えてくれた。

「街の食堂でごはんを食べていたら、英雄将軍がお邸をもらったって聞いたの。それで、なんとか人づてに貴族街までの道のりを聞いて、それで一軒ずつそれらしい家を探したのよ！」

「えええ、よくそんな無計画でこの広い貴族街からここまで来られたわね！」

何軒あると思っているのか。一軒ずつ覗《のぞ》いて回っていたら、そのうち不審者として連行されるよ？

すると、ユンリエッタさんがくすりと笑って言った。

「偶然、皆さんをお見かけしたのです。奥様がこちらにいらっしゃると聞き、私も出勤しようとしたタイミングで、奥様にとても後ろ姿が似ていらっしゃるニーナ様をお見かけして……」

なるほど。髪色も同じで、顔はニーナの方がかわいいけれど、確かに後ろ姿はそっくりだと言われるからわかりやすかったみたい。

「ありがとうございます、ユンリエッタさん。それで、あなたたちはどうして私に会いに来たの？　つい三ヶ月前に、帰省したばかりよね、私」

会いに来るほどの急ぎの用事があったのかしら。

話を聞こうとすると、ヘルトさんがサロンでお茶でもしながら再会を喜んではどうかと提案してくれた。

そのお言葉に甘えて、私たちはサロンへ移動する。

「うわぁ……！　ここってお城？　すごい、姉上はお城に住める人になったのか……!!」

「そんなわけないでしょう」

エリオットが目を輝かせてそんなことを言うものだから、ふっと笑ってしまった。彼は七歳の頃にはうちは極貧に転落しかかっていたので、こんなに煌びやかな邸は見たことがないのだ。

弟妹を連れ、さっきまで私がいたサロンへと戻ってくる。

ユンリエッタさんがお茶を淹《い》れてくれて、私の向かい側に弟妹とサミュエルさんが座り、荷物や上着は使用人が預かった。

「あ、これはいいです。大事なものなので」

大きなリュックを使用人に預けず、膝の上に乗せたまま大事そうに抱えるニーナ。うちにそんな大事なものなんてあったかな、と思うけれど、いくら姉妹でも唐突に「それは何？」と聞くのは憚《はばか》られた。

二人は、アレンディオ様とは一度だけ会ったことがあるが、当時七歳と五歳では記憶はないと思う。

あ、ここの主であるアレンディオ様に弟妹が来ていることを報告しなくては。人様の家だもの、勝手に立ち入ってしまったから、連絡しなければ。

ヘルトさんにお願いして、騎士団にいるアレンディオ様に連絡をつけてもらった。

私が寮へ戻るときに、弟妹のことも連れて帰ろう。寮は二人部屋だけれど、メルージェは戦地から帰還した夫と暮らす一軒家に引越したので、今は私一人。

今日一日なら弟妹を泊めることはできる。

紅茶とお菓子を目の前に、目を輝かせる二人を見てかわいいと思った。

ユンリエッタさんに「どうぞ。まだまだたくさんありますので」と勧められ、二人は遠慮なくお菓子に手をつける。

サミュエルさんは紅茶を飲み、私に世間話を振る。

「嬢ちゃんが英雄将軍の妻だなんてな。世の中何があるかわかんねぇって、本当だな」

そうですね。私が一番驚いている。

「無事に帰ってきてくれたから、十分よ。将軍になるなんて、あのか細かったアレンディオ様を知る人には信じられない変身ぶりでしょうね」

中身も相当、おかしなことになっていますけれどね。おっと、これは口にできない。

サミュエルさんは仕事で王都へやってきたのだと言い、今朝到着したらしい。

弟妹を連れてきたのは、彼ら二人がどうしても私に会いたいとねだったからだと言う。

「ごめんなさい、ご迷惑をおかけして」

「別に構わねぇよ。幌《ほろ》馬車の荷台に、しかも積み荷と一緒に乗せてきただけだからな。座ったままで横になれもしないのに、文句の一つも言わねぇで偉かったよこいつら」

貴族子女のすることじゃないな。

でも、没落だからなぁ。なんにせよ、逞しいのはいいことだと結論づける。

「で、あなたたちは一体なぜ会いに来たの？　うれしいけれど、驚いたわ。せめて連絡してくれたら、迎えにだって行けたのに」

「「ごめんなさい」」

しゅんと反省する二人。

まさか姉に会えないかも、なんて思いもしなかったそうだ。

「でも、アレンディオ様が戻ってきたって拾った新聞で読んで……」

ニーナ。拾ったっていう部分は言わなくてもいいんじゃないかな？　お姉ちゃんはちょっと今ドキドキしているよ？

ここには私たちとユンリエッタさん、ヘルトさんしかいないけれど、あまり実家の窮状は言わないで欲しい。

「アレンディオ様が帰ってきたら、きっとお姉様が責められるって思って」

「責められるって、何を？　すっかり忘れていたこと？　それはまだ白状していないから大丈夫よ」

「ぶはっ！」

サミュエルさんが紅茶を噴いた。

気管に入ったのか、ゴホゴホと咳《せ》き込んでいる。

ニーナは大事に抱えていたリュックをテーブルの上に乗せ、そっと私に向かって差し出した。

「これは？」

「アレンディオ様が、お姉様にって贈ってくれた誕生日の贈り物なの」

「贈り物？」

心臓がドキンと跳ねる。あぁ、嫌な予感がする。

手紙はお父様宛てに半年に一度送られてきていた。この十年間、彼との接点はそれだけだった。

そう、思っていた。

恐る恐るニーナの顔を見ると、今にも泣きそうに顔を歪めて言った。

「ごめんなさい……！　お父様が、贈り物を売ってしまっていたの。お姉様には秘密で」

「なっ!?」

「たまたま最初の贈り物が来たときに、お父様が受け取っているのを私が見ちゃって。サミュエルさんが来たときに聞いてみたら、高級そうな荷物をお父様から買い取ったって……。だから、『いつか必ず買い戻すから、それは絶対にほかの人に売らないでください』って、質屋の店頭に並べないでってお願いしたの」

「そんな……」

くたびれたリュックの中身は、アレンディオ様からの贈り物だった。

サミュエルさんは約束通り、贈り物を売らずにずっと置いておいてくれたらしい。

「俺だって商売だから売ろうかと思ったんだが、仮にも伯爵家のご子息からの贈り物を転売して裁判沙汰になったら利益なんて飛んじまうからな。別にこいつらに同情したから、預かっておいたわけじゃないぜ？　まぁ、嬢ちゃんは城で働いているから、そのうち自分で買い戻せる金を稼げるっていうのも見越してたさ」

サミュエルさんだってさすがに利のない商売はしない。でも必死に頼んだ妹に同情したのも確かで。

「ありがとうございます。何てお礼を言ったらいいか」

「いや、礼はこれを買い戻してからだな。こいつらが内職したり働いたりした給金では、全部を買い戻せねぇ。嬢ちゃんが差額を支払ってくれるなら、今すぐにこれは嬢ちゃんのもんだ」

金額を尋ねると、今の私に払えない金額ではなかった。うちが没落のピークを過ぎていたことが何より大きい。

明日以降に城の窓口へ取りに来てくれと伝えると、サミュエルさんは二つ返事で了承してくれた。

私はここで、彼への面会許可を紙に書き記して手渡す。

弟妹が払った分も私が支払うと言ったけれど、それは受け取れないと断られ、そのあたりのことは姉妹で話し合ってくれと匙《さじ》を投げられた。ごもっともである。

「でもお姉様、そもそもお父様が贈り物を売ってしまったのは、私とエリオットの生活費や学費のせいなの。出稼ぎに出るのも、学校を出ていないといい勤め先がないってそれでお父様は無理をして」

「そうね。確かにアカデミーを出ていないと、貴族っていう身分が逆に足を引っ張るかも……」

誰だって、貴族令嬢を雇いたくなんてない。面倒事があったら困るからだ。

私も、弟妹にはアカデミーを卒業してもらいたかった。

「だからって、私のためにニーナとエリオットが苦しい思いをして働いたお金を使うわけにはいつだって、弟妹には私が助ける側でありたい。姉としての見栄なのだ。

「本当なら僕たちが全額払って買い戻してから、姉上に渡したかったんだけれど……」

エリオットが悔しそうに言う。

「二人ともありがとう」

その気持ちがうれしかった。

「だって、好きな人からの贈り物を知らないうちに売られちゃうなんて悲しすぎるわ。アレンディオ様からの愛情でしょう？　贈り物って」

妹が盛大に勘違いしている。好きな人って、もしかしなくてもアレンディオ様のこと⁉

ここで否定するなんて無粋なことはできない。さっきすでに「忘れていた」って口走っちゃったけれど、あれはもう妹の記憶から消えているみたいだから触れないでおく。

サミュエルさんだけは「嬢ちゃんは別に好きじゃないんじゃ？」って顔してる。今だけは黙っていて！　恩人だけれど何も言わないで！

しかしニーナはここで、さらに衝撃的なことを告白した。

「三回目に贈り物が届いたときには、商人さんの偉い人を捕まえることができて、それで私がお願いしたの。『お姉様はアレンディオ様のことをずっと待ってますから、絶対に迎えに来てください』って」

「なんですって⁉」

思わず叫んだ私。もう品性が、とか気にしている余裕はなかった。

「それを商人さんが、アレンディオ様に……？」

私がずっと待っていると、彼に伝言をしたということなのだろうか？

司令官以上の騎士には、商人としては取り入っておきたいと予想できる。

きっとニーナからの伝言は、アレンディオ様に届いている。

「その伝言を、彼は真に受けていたってこと……？」

目の前が真っ暗になった。待っていてくれてありがとう、確かに彼は再会したときこのお邸でそう言った。彼が商人から伝言を聞き、私が自分の帰りを今か今かと待ち続けて十年経《た》ったと思っていたなら……。

「勝手にごめんなさい！　でもアレンディオ様がちゃんと迎えに来てくれるようにって、出世したからほかの女の人の方に気が移らないかって私、心配で」

夫を待ち続けた健気《けなげ》な妻、そんな像が出来上がっている。

存在すらうろ覚えだったという現実との乖離《かいり》がすごいわ！

ニーナを責めることはできない。私の未来を案じてのことだったんだから。ただ、状況を整理すると「待ってます」と伝言をお願いしたにもかかわらず、いざ帰ってきたら私は彼の変化に戸惑って邸から逃亡し、引越しはしたくないと拒絶し……。ああああ、もうどうすれば!?　絶望に打ちひしがれる私にひたすら謝っていた妹だけれど、しばらくするとうれしそうな顔に戻り、贈り物を見てくれと勧めてくる。

切り替えが早い。さすが、極貧を乗り切ってきた私の妹だわ！

「とにかく、見て見てお姉様。とっても素敵な贈り物なのよ？」

「そ、そうね。とりあえず見てみましょうか」

ニーナに急《せ》かされ、くすんだ茶色のリュックを開ける。

アレンディオ様が、贈り物をしてくれていたなんて。しかもそれを受け取っておらず、今の今まで知らなかったことが申し訳ない。

「私ったら、お礼の一つも言わないで……」

「それは致し方ありません。ご存じなかったのですから」

ユンリエッタさんがフォローしてくれる。

私は「そうね」と呟いて、そっとリュックの中身を取り出した。

美しいファーがついた真白い手袋に、ふわふわの真白いショール。蝶《ちょう》の模様をあしらった銀細工の髪留め。テーブルの上に出したそれらに、一つ一つ触れてみる。

「あら？　小さいわ」

手袋はまるで子ども用だ。五年前に受け取っていたとしても、多分入らなかっただろう。

アレンディオ様がこれを選んだかと思うと、笑ってしまった。彼の中で、私は十二歳のままだったのかも。こんな些細《ささい》な選び間違いが、とてもかわいらしく思えた。

「それは最初に来た五年前のだな。手袋とショール。んで、髪留めがその後」

サミュエルさんは、メモを見せながら教えてくれた。いつ何が来たか、書きとめてくれていたこのマメさ。さすが、弟妹憧れの借金取りだわ。

「ん？　何このふわふわしたのは」

リュックの中から最後に出てきたのは、キノコの化け物みたいなぬいぐるみ。

黒い二つの宝石が目のように縫いつけられていて、高価なことはわかるけれどものすごく不気味だ。

「これは？　ぬいぐるみでしょうか？」

「わかんねぇ。売るとしたら、宝石だけ取ってぬいぐるみは処分だ」

容赦ない判断だわ。でも不気味だからそうなるのも無理はない。

アレンディオ様、一体なぜこれを選んだの……？

「ユンリエッタさん、アレンディオ様ってもしかして悪魔崇拝だったりする？」

戦地がつらすぎて、そっちの方向へ行ってしまう人がいると噂で聞いたことがある。

「悪魔崇拝でございますか。いえ、そんな気配も噂も知りません。敵を薙《な》ぎ払う姿は悪魔だと言われていて、むしろ崇拝される悪魔側かと」

悪魔側!?　昔はともかく今は優しげに笑うアレンディオ様が……!?　意外な一面を聞いてしまった。

「「…………怖っ」」

しばしの沈黙の後、皆の声が揃った。これはどういうコンセプトで作られたんだろう。

宝石の目がキラリと光り、見れば見るほど怖い。でも、抱きごこちはふわふわで最高だった。これ本当に気持ちいいわ。ベッドで一緒に寝たいかも。

キノコの顔さえ見なければ、感触はいい。

私はキノコのぬいぐるみを抱き締めたまま、無心でもふもふしてしまう。

「本当にありがとうございました。このご恩はできるだけ忘れたいと思います」

「おい、嬢ちゃん冗談きついぜ」

「だって覚えていたら、恩返ししないといけないでしょう？　買い戻したからもう貯金がちょっとしかないのよ。ギリギリなの。これからこの子たちにおいしいものも食べさせてあげたいし、悪いけれど恩返しは分割払いでお願いね」

サミュエルさんは苦笑いだった。

「ニーナがお嫁さんになってあげるから、恩返しはそれで」

「いや、もう嫁さんいるから。それにガキはガキ同士で結婚しろ」

「ケチね」

「借金取りだからな」

二人のやりとりに、私はくすりと笑った。

話に区切りがついたところで、サミュエルさんはもう用は済んだとばかりに荷物を手にしてここを去ろうとする。

「じゃあな」

「もう行くんですか？」

驚く私を見て、彼は笑って言った。

「こういう邸は苦手なんだよ。それに、こっちへ出てきたのは仕事があるからだ。リンドル家のほかにも、金を貸してる客はたくさんいるんだよ」

どうやら取り立てに行くらしい。私はもう一度お礼を言って、サミュエルさんを見送る。

別れ際、彼が残した忠告がやけに胸に残った。

『嬢ちゃんは父親を責める気なんてないんだろうがな、今の嬢ちゃんの家族は将軍なんだ。父親から何も聞かされていなかった以上、自分も同罪だなんて思うなよ。いいか、父親より将軍を選べ。物わかりのよすぎるところを直さないと、幸せにはなれないぞ』

サミュエルさんは、昔から私のことを「いい子すぎる」と言う。けれど、私が好き放題したら家族に皺《しわ》寄せが……。そもそも、仕事も仕送りも無理しているとは思っていないんだけれど。

弟妹は、ユンリエッタさんとヘルトさんの強い希望というよりゴリ押しでこの邸にしばらく滞在することになる。

申し訳ないから、と固辞する私に、「奥様の弟妹様をおもてなししないなど、将軍の名に恥じます」とユンリエッタさんに説得された。将軍という立場を出されると、私は弱い。

嬉々《きき》として邸の客室へ案内されるニーナとエリオット。その背を見ながら、父がやってしまったことがどんどん私の胸を締めつけてくる。

「これは本格的に、今度こそアレンディオ様とお話ししなくては」

彼は戦地にいても、贈り物を贈ってくれていた。私にとって彼から贈り物がないことは、「嫌っている妻なんだから当たり前だよね」くらいに思っていたわけで……。

そのことで傷つくなんてことはなかった。

陛下から賜った花を、私にくれたんだろう。「十年間、夫を案じて待っていた妻」と「すっかり忘れて、自分のことで精いっぱいだった妻」とではまったく異なる。

アレンディオ様の誠意を、私は何も知らずに生きてきてしまった。

「どんな気持ちで……」

父がやったことは、許されないことだ。

私だって、食事に困る暮らしの中でやむにやまれぬ事情から売ってしまったことは理解できる。父は、本当はそんなことをする人じゃない。けれど、極限まで追い詰められていたんだと思う。

「お父様ったら、一言相談してくれればよかったのに」

当時、私がもし相談を受けたとして、おそらく結果は同じだ。生活のために、贈り物だろうが何だろうが売っていたと思う。

ただしそうなると、私は罪悪感でいっぱいになっていたはず。

買いかぶりすぎかもしれないが、父は自分だけが悪者になるつもりだったのでは……。

私自身に、売るという選択をさせたくなくて言わなかった？

「アレンディオ様に何てお詫《わ》びしたらいいのかしら」

おととし以降、贈り物を売っていないらしい。つまりはまだ父の手元にあるということだ。きっと三つをすでに売ってしまったから、今になって「贈り物があった」なんて私に告げたら気づかれる可能性があるって考えたんだろうな。

それで、渡せず仕舞いで家に置いてある、と。

昔は子どもだったから、父は何でもできるすごい人なんだって思っていた。商会で部下に指示を出す父を見て、かっこいいと、立派な人なんだって思っていた。

けれど、アレンディオ様との結婚をお金で買ったことや少しずつ商売がうまくいかなくなり始めて右往左往している姿を見ていたら、親って完璧じゃないんだなってようやく気づけたというか。

色々なことに雁字搦《がんじがら》めになっていて、父も悩んだりもがき苦しんだりしているんだってわかった今では、責める気持ちはなく虚《むな》しい気持ちになる。

弱いところって、誰にでもあるんだなとしみじみ思った。

「バカなお父様。やっぱり一言相談して欲しかったわ」

アレンディオ様が戻ってきてから、止まっていた時間が怒涛《どとう》の勢いで流れ始めた気がする。

「まずは誠心誠意、謝らないと」

感傷に浸ってしまったけれど、今はアレンディオ様への謝罪について考えなくては。

ユンリエッタさんたちには、まだ彼に言わないで欲しいと私から口止めした。

きちんと考えを整理してから謝りたいのはあるが、父と先に話をした方がいいんじゃないかとか、離婚のことも一緒に話した方がいいのでは……とか、思考がまとまらない。

一人残ったサロンで、妖しげに目が光るキノコを見つめ、私は大きなため息をついた。

父に連絡を取ろう。アレンディオ様への謝罪は、きちんと父から話を聞いて私が詳細を把握してからになりそうだわ。

今になって、再会したときの彼の歓喜に溢《あふ》れた顔が思い出される。政略結婚の妻なのに、あんなに喜んでくれるなんて……。

後戻りできない現実に、胸が締めつけられるような気分だった。

◇◇◇

ソアリスが、贈り物について真実を知った夜。

深夜になり、アレンディオはようやく邸へ戻ってくることができた。

すでに弟妹もソアリスも就寝中だ。

アレンディオは、せめて寝顔だけでも見たいとソアリスの寝室へ。

ベッドサイドにあるランプがついていたから起きているのかと思いきや、ソアリスはぐっすりと眠っていた。

（本を読んでいたのか……）

邸には書庫があり、数えきれないほどの蔵書がある。ベッドから床に落ちていた本を拾い上げると、アレンディオはそれをそっとチェストの上に置く。

（謝罪のマナー？　誰かに何かしたんだろうか）

何も知らないアレンディオは、妻の寝顔を見て少しだけ表情を緩める。

誰よりも大切な妻。夫婦らしい暮らしは一度もしたことがないが、それでもアレンディオはソアリスが生涯でただ一人の妻だと思っている。

眠っているソアリスを見て、「すまなかったな」と小さく独り言が漏れた。

贈り物は届いていなかった。彼女が苦しいときに、そばにいてやれなかった。

メッセージカードに書いた「会いたい」の言葉も、「必ず帰るから待っていて欲しい」の想《おも》いも伝わっていなかった。

義父からまとめて受け取ったメッセージカードは五枚。

もう色が変わってしまった紙は、二度と戻らない時間を感じさせた。

「ずっと想ってきたのに、うまくいかないものだな」

ソアリスの前髪を指ですくと、顔を顰めて嫌そうにする。

（かわいい）

再会したとき、きっと彼女も自分に会いたがってくれていると思っていた。商人の男から「奥様がとてもお喜びで、ずっと待っているから必ず帰ってきて欲しいと伝えてくれと頼まれました」と知らされ、どうしようもなく会いたくなったのは一体何だったのか。

（商売人のリップサービスを真に受けるなんて、俺がバカだったんだ）

少し考えれば、おかしいとわかったはず。今思えば、なぜあれほどまでに信じられたのかとアレンディオは自嘲する。

（ソアリスが待っている。その希望が崩れたら自分が戦場へ行った意味がなくなってしまうから、根拠がなくてもそう思わずにはいられなかったのかもしれない）

今でもときおり夢に見る。

敵味方の判別もつかないような凄惨な砦の中、ソアリスを探して彷徨《さまよ》い歩くという夢を。

自分は、本当はもうこの世にいないのではと思ったことは何度もある。

いっそ、名誉や称号など諦めてしまえばすぐに愛《いと》おしい妻の元へ帰れるのにと挫けそうになったことは数えきれない。

彼女の存在だけが、アレンディオの支えだった。

盲目的に、ソアリスもこの結婚生活の継続を望んでいると思ってしまうほどに、十年という離れ離れの月日は過酷だった。

「絶対、幸せにするから」

髪を撫でると、今度は安らかな顔をした。眠っているのに表情が変わるのがおもしろくて、アレンディオは口元を綻ばせる。

このままでは、いつまで経っても寝室から出られない。

こっそり寝顔を見に来たなんて知られたら、気持ち悪いと思われるだろう。それが怖くて早く去ろうと思うが、一向に足が動かなかった。

ところがそのとき、ふとソアリスが何かを抱き締めて寝ていることに気づく。

布の塊が見え、アレンディオはそっと掛布をめくる。

「っ！」

きらりと光る二つの黒曜石。キノコの化け物か、と思われるそれは決してかわいらしいとは思えないぬいぐるみだった。

（ソアリスは、邸へ持ち込むほどこれが好きなのか⁉）

彼は知らない。それが自分の贈った誕生日プレゼントであることを。

実は、魔除《まよ》けの置き物であることを。

戦地で選んだ贈り物は、商人が持ってきたリストの中から文字情報や絵だけを見て決める。まさか、この不気味なぬいぐるみが届いていたなど、彼は想像もしていなかった。

「…………………」

どれほどおかしな物であっても、最愛の妻が大切にしているものであることには違いない。

アレンディオはそう思うと、固く誓った。

（君が好きなものは、俺も好きになってみせる……！）

ムダな決意をしたアレンディオは、そっと寝室を後にした。

◇◇◇

朝起きると、まだ早朝だというのに使用人たちが着替えと予定の確認にやってきた。

伯爵夫人は勝手に起きて勝手にパンをかじって、ラフな服装で出歩いてはいけないんだと再認識させられる。

「おはようございます。アレン様から、一緒に朝食をとお誘いがありました」

ユンリエッタさんは私の着替えを手伝ってくれて、アレンディオ様が昨夜遅く戻ってきたことを教えてくれた。

エリオットがアレンディオ様に剣の稽古をつけてもらっていると聞き、慌てて庭へと向かう。

彼は、深夜に帰ってきたのに仮眠程度の睡眠だけで早々に目覚め、日課の朝稽古をしていたという。

そこへ弟妹は挨拶に向かい、すぐに親しくなったそうだ。

エリオットは運動神経がいいので、剣はそれなりに扱える。近所に住んでいるおじいさんが引退した傭兵《ようへい》団の元・リーダーで、無料で教えてもらえたのはかなり幸運だった。

いくら何でも英雄将軍のアレンディオ様とは比にならないだろうけれど、どれくらいエリオットが強くなったのか見たいと思い、私はいそいそと階段を下りた。

「奥様、こちらです」

ユンリエッタさんに案内されて外へ出ると、思っていたよりひんやりとした空気が肌を撫でる。

庭の開けた場所は朝稽古をつけるには十分な広さで、転んでも痛くないように芝生と柔らかな土で整えられていた。

急いでやってきたのにすでに弟の姿はなく、アレンディオ様が一人で石段に座り剣を磨いているのが見える。

「おはようございます」

声をかけると、彼は驚いたように顔を上げた。そして、立ち上がるとうれしそうに目を細める。

「おはようソアリス。もう起きたのか」

眩《まぶ》しい！　胸元を第三ボタンまで開けた白いシャツに、細身の黒いズボンというラフな姿ですら気品が漂っている。これは直視したら危険だ。

しかし、先に目を逸《そ》らしたのは彼だった。

「朝の君もきれいだな」

ん？　ちょっと照れているように見えるのはなぜ？　あぁ、そうか。私に言っているのではないんだなと思い、すぐに隣を見た。

すると、ぎょっと目を瞠《みは》ったユンリエッタさんが「こっちじゃありません」と顔の前でブンブンと手を振る。どう見ても、「きれい」といえばユンリエッタさんなのに。

「……寒くないか？」

「大丈夫です」

春でも朝は風が冷たく、ここは高台だから寮よりも風があって気温が低く感じる。

気づいたら、アレンディオ様が目の前に歩いてきていた。声をかけられて、私は反射的に大丈夫だと答えた。

「朝からソアリスに会えるなんて、こんなに幸せなことがあっていいのだろうか」

アレンディオ様は、よほどこれまで戦場でつらい思いをしてきたのかも。ここまで来ると照れたり恥ずかしがったりする域を超えていて、彼が心の病を患っていないか心配になってくる。

困った顔で笑いつつ、私は弟妹のことを切り出した。

「弟に稽古をつけていただいて、ありがとうございます。あの、エリオットは？」

「さっきまでここにいたんだが、あまり無理するのは成長期の身体によくないと思って早めに部屋へ戻らせた。汗を流してから、怪我《けが》をしていないか確認して軟膏《なんこう》を塗るように言って」

「まぁ、何から何まですみません」

アレンディオ様によると、エリオットは年齢のわりに一撃が重く、身体の運び方がうまいらしい。

勘もいいから、王都で騎士団に入れば要人の護衛を目指せるだろうと言ってくれた。

「あの子は、これからどうするか言っていましたか？」

何気なくそう尋ねると、アレンディオ様はおかしくて堪らないという風に笑いを漏らした。

「騎士団への推薦状を書こうかと聞いたら、断られた。立派な借金取りを目指しているらしい」

ひぃぃぃぃ！　天下の英雄将軍の誘いをあっさり断り、借金取りになるって言うなんて！

アレンディオ様が寛容な人でよかった……！

歴戦の猛者みたいな武人にそんなこと言ったら、斬り殺されるわよ⁉

彼が笑っているうちに話題を変えようと、私は弟妹がやってきたことについて謝罪した。

「突然すみませんでした。私と、ニーナとエリオットがこんな風に急にお世話になってしまって」

「いや、いいんだ。ここは君の家でもあるんだから」

「いえ、ここは、その、陛下から賜った報奨ですので……」

ところがアレンディオ様は、さも当然のように「君の家だよ」と言った。

「俺のものは、すべてソアリスのものだ。この十年間、君には不自由させてしまったんだから、妻の家族が滞在するくらいどうってことはない。もてなしこそすれ、置いてもらうなんて気を遣うことはない。ソアリスには、少しでも罪滅ぼしをしたいんだ」

なぜかしら。アレンディオ様はちょっと元気がないように見える。激務で疲れているのかな。

悲しげに眉尻を下げる彼に、私の方が申し訳なくなった。

「この十年のことなら、それこそ気にしないでください。あなたは戦場で命がけで戦っていたんですから、罪滅ぼしするような罪はありません。それにヒースランのお義父様が、いつも何かと親切にしてくださいました。お金の援助もしてくださいましたし、王都へ来たときには必ず一緒に食事をしてくださいました。『本当に大丈夫なのか？』って何度も聞いてくださって。あぁ、このブーツもお義父様に買ってもらったんですよ？」

私は足元を指差して、彼に笑ってみせる。

「父上が、それを？」

アレンディオ様が眉根を寄せて深い皺を作り、悲しそうな雰囲気に変わった。

え、何か問題でも？　小首を傾げて無言で見つめると、その視線にハッと気づいたアレンディオ様は慌てて取り繕うように笑ってみせた。

「いや、なんでもない。ソアリスが気に入っているなら、俺もうれしい。父には俺からも礼を言っておく。…………ただ」

蒼《あお》い目が優しく和らぐ。それにちょっとだけドキッとしてしまった。

「今度は俺がソアリスに贈るから、それを履いて一緒に出かけて欲しいんだ」

「っ！」

そんな些細なことを、しかも贈る側の彼から「出かけて欲しい」とねだるように言われて息が止まるかと思った。

「君を飾るのを、父に先を越されたかと思うと悔しいよ」

「そんな……」

消え入りそうな声で、そう返すのが精いっぱい。私はどうやらこの目に弱いらしい。

肩からかけたショールの端をぎゅうっと握り締め、心音がうるさく鳴るのを必死で抑えようとする。

「そうだ、朝食を庭でどうかと思ったんだ」

アレンディオ様はそばに置いていた剣を手にすると、私に肘を差し出してエスコートしてくれた。

緊張しながらそれに触れると、彼は私に合わせた歩幅でゆっくりと歩きだす。

ちょっと空気が冷たいなんて、私の勘違いだったかもしれない。春だから、きっと春だから顔がこんなにも熱いのだと心の中で必死に言い訳を探した。

別に誰かに尋ねられたわけでもないのに、頬が熱い理由を自分自身に言い聞かせる。

「アレン様、奥様。私は朝食の準備をしてまいります」

ユンリエッタさんがそう告げて、邸の中へと消えていく。

二人きりになると、アレンディオ様は私を連れて広い庭園の中央にあるガゼボへと誘った。

六角形の石のテーブルを前に並んで席に着き、ほどよい距離感に少しだけホッとする。

小鳥たちのさえずりがかすかに耳に届く中、運ばれてくる料理を待つというとても平和な朝だ。そういえば、こうして二人でゆっくり過ごすのは初めてかもしれない。

美しい花や草木を眺めていると、次第に収まってきた心音に安堵《あんど》した。

「昨日、バラ園へ行ったと聞いた」

「ええ、ヘルトさんに案内してもらって。とても、きれいでした」

バラ園の名前は絶対に変えてもらいたい、そんなことを思い出す。切り出すタイミングがわからないな、と思っていると、アレンディオ様が控えめな笑みを浮かべて言った。

「その、植え替えてもいいんだからな？　あれは俺が勝手に指示したから、ソアリスが好きにしていいんだ」

「植え替える？　何のことです？」

あんなに素晴らしい庭なのに。何がダメなのかしら？

アレンディオ様の意図することがわからない。きょとんとしていると、彼は首筋に手を当てて、困ったように笑った。

「さっきニーナに聞いた。ソアリスが一番好きな花は、ユリだと。俺はどうやら間違えていたらしい」

事実として、「花は何が好き？」と聞かれたらユリと答えるけれど、今あるバラを植え替えてまでユリじゃなきゃ嫌だなんてことはまったくないわけで。

あれほどの庭を造るのには、時間もお金も労力もかかっているはず。これ以上どうこうしたいなんてあるわけがない。

「植え替えるだなんてもったいないです！　あんなに見事なバラは見たことがないくらいで、とても感動しました。それに私は、バラもユリも好きなんです」

「そうなのか？」

「はい。あ、でも」

これだけは伝えなければ。

「バラ園の名前だけは絶対に変えてください。あの立て看板は撤去でお願いします」

「名前？　……承知した」

なぜ、意外そうな顔をするの⁉　アレンディオ様のセンスってどうなっているの⁉

やっぱりあのキノコのぬいぐるみも、この人が自分で選んだのかな……。きらんと光る黒曜石の目が思い出される。

思考が逸れた私は、しばらく経ってから会話が途切れていることに気づく。

アレンディオ様は次の言葉を探しているみたいで、今さら何を悩むのかと疑問に思った。

何だか十年前に戻ったみたいで、私はつい笑いがこみ上げてきた。

「ふふっ……ふふふふ」

彼が不思議そうな顔でこちらを見る。変な女だと思われたら困るので、私はすぐに理由を伝えた。

「いえ、あの、何だか昔みたいだなぁと思いまして。あの頃、アレンは何も喋《しゃべ》ってくれませんでしたから……。何を言っても『あぁ』『いや』『そうか』としか答えてくれなくて、目だってあんまり合わせてくださらなかったでしょう？」

「それは……！」

「あぁ、責めているわけではないのです。ごめんなさい、昔のことを……。ただ、懐かしくなって」

笑いながらこんなことに口にできるなんて。十年という月日の長さを感じるなぁ。

まだ笑いが収まらない私に対し、アレンディオ様は申し訳なさそうに言った。

「あのときは本当に本当にすまなかった。それに、戻ってきてからも独りよがりで、君のことをたくさん傷つけた。どこまでもいい夫じゃなくて、申し訳なく思っている」

あなたに足りなかったのは、口数だけではないだろうか。戻ってきたときに豹変《ひょうへん》していて困惑したけれど、傷ついたことはないような気がする。

「十年ぶりにようやくソアリスに会えたと思ったら、自分を抑えられなかったんだ。王女宮にまで押しかけて、いきなり邸に連れ帰るなどやってはいけないことだったと今ならわかる」

すごい！　自覚している！

でもここで「そうなんです、迷惑でした」とは言えない。そんな心臓は持ち合わせていないのだ。

「懺悔《ざんげ》してもらうようなことではありません。さすがに今後はやめていただければと思いますが」

彼は苦笑いで頷いた。

「……………」

何かあったのかと見つめていると、アレンディオ様に熱の篭《こも》った目で見つめ返された。

「ソアリスの顔が見られて、話ができて、触れられる距離にいて……幸せすぎで眩暈《めまい》がしそうだ」

少し照れたように笑ったアレンディオ様は、ムダに色気を撒《ま》き散らしている。

稽古の後に少し火照った肌、逞しい体躯、穏やかで優しい声。そして、私のことを労わるように見つめる蒼い瞳。これ以上、見つめてはいけないと脳に警鐘が鳴り響き、私は慌てて目を逸らした。

「どうかしたのか？」

「い、いえ。何でもありません」

アレンディオ様が探るような目を向けているので、私は手をブンブン振って虚勢を張る。

動揺していると悟られたくない。

「ユンリエッタが食事を持ってきたら、膝かけを頼もう。やはり少し冷えるから」

「はい……」

この人は、やっぱり優しい人なのだと思う。昔は、それが口に出せなかっただけ。

そっけない態度は子どもだったから。そんな当たり前のことが、今さらながら胸にストンと落ちた。

「ソアリスは気を遣いすぎる。遠慮しないで何でも言って欲しいと思うのは、単に俺のワガママなんだが……。それでもソアリスのためなら何でもしてやりたい。君はたった一人の大切な妻だから」

そっか。妻を大事にするのは血筋なのかも。

なんと言っても、ヒースラン伯爵家が極貧だったのは亡き奥様の治療代にすべてを注いだからで、妻は大事にしなさいっていう教育があったのかもしれない。

形だけの妻の私にも、彼は誠実であり続けるつもりなんだ。

戦場から贈り物をしてくれたのは、そんな彼の誠意だったのに。私はそれを知らずに、自分のことで必死だった。

彼をいないものとして、生きてきてしまった。

ひどいことをしてしまったと、胸がズキリと痛む。

贈り物のこと、早く父から詳しく聞かなくては。そして二人でアレンディオ様に謝罪をしなきゃ。

そんなことを考えて俯いていると、大きな左手がそっと私の顎を持ち上げ、美しい蒼い瞳がじっと覗き込んできた。

「あまり眠れなかったか？　顔色がよくない」

「っ！」

こ、これは無理ぃぃぃ！　この距離は無理！

慌てて目を閉じて顔を背けると、全力の拒否が伝わったらしく、彼はパッと手を離して謝った。

「すまない、勝手に触れて……。気をつけようと思ったのに、つい無意識で」

「あの、はい、ごめんなさい。すみません」

なんで私は謝っているの!?

顔が真っ赤になっているのが鏡を見なくてもわかるから、顔を上げられない。

ユンリエッタさん早く来てー！　誰か私を助けてー！

たかだか五分程度が、永遠のように長く感じた瞬間だった。


その日の夜は、アレンディオ様と私が仕事から戻ると、弟妹と四人で夕食を摂った。

忙しい彼が、私たちと過ごすために時間を取ってくれたのだと思うと素直にうれしかった。

ニーナはアレンディオ様のご尊顔に夢中で、「お兄様はずっと見ていたくなるお顔だわ」とずっと感動しっぱなしだった。

夕食を終えると、弟妹は気を利かせてニヤニヤしながら部屋へ戻っていった。「あとはお二人でイチャイチャしてください」ってしっかり言葉にして。

アレンディオ様はそれに悪のりして「そうさせてもらう」なんて言っていたし……。

さりげなく私の手を取った彼は、すでに行き先を決めていたのかすぐに歩き出す。

サロンでお茶でもするのかなと思いきや、正反対の方向でちょっと驚いた。

「ソアリスに見せたい物があるんだ」

「私に、ですか？」

いきなりそんなことを言われ、まったく見当がつかない。

邸の離れにやってきたアレンディオ様は、使用人たちを下がらせて、使われていない客室のリビングに二人きりになる。

続き間への真白い大きな扉を開けると、そこには王都で流行《はや》りの服やドレスを着たトルソー、ぬいぐるみ、バッグ、宝飾品などがずらりと並べられていた。

驚いて彼の顔を見上げると、蒼い瞳とぱちりと目が合う。

「ソアリスへの贈り物なんだ」

「私への？」

誕生日でも記念日でもないのに。しかも、いずれも高級そうな品ばかり。私の暮らしには似合わないというか、とても手の届かないものだ。

「あの、こんなにいただくようなことは思い当たらないんですが……」

すでに衣装室やクローゼットには、ヒースラン家が手配してくれた服や装飾品がたくさんある。さらに贈り物をもらうなんて、私は何もしていませんが!?

驚く私に、彼は真剣な表情で告げた。

「ソアリスの誕生日プレゼントだ。ここにあるのは、結婚してから十年分」

「十年分!?」

どう見ても十品以上あるけれど……。遅れた分のお詫びだとしても、いくらなんでも多すぎる。

「なぜ、こんなことを」

誕生日の贈り物は、戦地から送ってくれていたはずで。贈り主のアレンディオ様がそれを知らないわけがない。

でも彼は、これが初めての贈り物であるかのように謝罪の言葉を口にした。

「この十年間、本当にすまなかった。今さらって思うだろうけれど、改めてソアリスに贈らせて欲しかったんだ。俺は戦地へ行っている間、ソアリスに何一つ贈り物をしなかったことを本当に申し訳なく思っている」

蒼い目には、確かに悔恨の念を感じた。

彼が申し訳なく思ってくれている気持ちは、本物。けれど、私は昨日知ってしまった。本当は、五年間毎年きちんと贈り物があったことを。

彼は今、嘘《うそ》をついている。

「アレン、あの……」

何を言っていいか、言葉が見つからない。彼は「贈り物はしなかった」と確かに言った。

ここにある贈り物は、飾りの少ないシンプルなジャケットや小ぶりの宝石がついたネックレス、花模様を編んだレースのハンカチなどどれも私好みで、自分で選んだかのよう。

アレンディオ様が、ここまで私の好みを把握しているとは思えない。

父が本当のことを話したんだ。

そして父は、私の好みを知っている人を頼った。

ニーナによると、父は数日前から取引先のところへ行くと言って不在らしい。その隙に弟妹は王都へやってきたと言っていたが、父は父でアレンディオ様に会いに行っていたんだ。

私とアレンディオ様が再会すると、贈り物が私の手に渡っていないことが露呈するから。少しでも早く謝罪を、と思ったのだろう。

父は自分がすべてやったことだと言ったんだろうな。まぁ実際にそうなんだけれど、サミュエルさんがニーナの頼みで贈り物を保管していたことを父は知らないはず。

そして私がニーナに真実を聞いたと、父もアレンディオ様も知らない。

「気の利かない夫で、ソアリスを蔑ろにしてしまってすまないと反省している。怒っていないと君は言うだろうが、せめてもう一度、誕生日の贈り物をやり直したいんだ。君が好きそうな物を選んだつもりだ」

アレンディオ様は、澱《よど》みなく自分のせいだと謝罪した。気の利かない夫だと、五年分のプレゼントは贈っていなかったことにするらしい。

「気に入ってくれるとうれしいんだが……」

私の反応を窺《うかが》うアレンディオ様は、不安げな顔になる。

「ありがとう、ございます」

そんな月並みな言葉を伝えるのがやっとだった。

息が今にも詰まりそうで、お腹《なか》からアツいものがせり上がる。失礼なことをしたのはこちらなのに、彼は優しかった。

「お気持ちが、とても……うれしいです」

偽ってまで、気遣ってくれるその気持ちがうれしかった。

自分が贈り物をしなかったなんて、そんな嘘をつく必要はどこにもないのに。何一つ、悪くなんてないのに。

もう何も言えなくなってしまった私に向かって、贈り物を手に取った彼はゆっくりとそれらを説明してくれた。

「このクマのぬいぐるみがつけているネックレスはルビーで、実際につけることができるらしい。ソアリスは緋色《ひいろ》がよく似合っていたから、赤い宝石もきっと似合うだろうな。その隣にあるジャケットとワンピースは、城勤めの女性たちに人気のある職人がデザインしたものだ。スカートが脚に絡まないから歩きやすくて移動もラクなんだと、商人が教えてくれた。あぁ、一番右にあるのは……」

贈り物を見ながら説明してくれていたアレンディオ様は、私を見て言葉を失った。

手のひらで顔を覆い、小刻みに肩は震えている。もうこれ以上我慢することはできなかった。

「ひっ……うっ……」

嗚咽《おえつ》を漏らすだけで、まともな言葉は出てこず、彼の顔を見ることもできない。涙を止めようとするが、どうやったって止められない。

どうすればいいのだろう。

彼にこんな嘘までつかせて、贈り物まで用意させて。

謝ったって謝りきれないし、お礼を言っても感謝の気持ちは伝えきれない。お飾りにもならない妻が、アレンディオ様に何をしてあげられるのか。

「ソアリス」

アレンディオ様は何も言わずに、そっと私の頭を撫でてくれた。泣き止《や》まない私を静かに引き寄せ、片腕で抱き締めるようにして包み込む。

その腕が少し緊張気味に思えて、そのせいでまた涙がこみ上げる。

「ごめん。つらい思いをたくさんさせて、本当にすまなかった」

あなたが謝ることなど、何一つない。

何もしてやれなかったことが罪になるなら、それはお互い様だ。私だってこの十年間、この人のために何一つしてあげられなかった。

むしろ、嘘をつかせてしまった分だけ私の方が罪深い。

泣いている私を抱き締めたまま、アレンディオ様は根気強く待ってくれている。

彼の誠意に応えたいと、そう思った。妻として私を大切にしようとする、その誠意に。

「アレン、私……」

ぐすっと鼻をすすりながら、本当は贈り物があったと知っていると言おうとした。

「贈り、物を」

けれどそれは、彼の言葉に遮られる。

「何も言わなくていい」

「え？」

「これまでつらかっただろう。何不自由ない暮らしから、貧しくなって働きに出て……。本来であれば支え合うはずの夫は遠い地にいて、家族のために必死にがんばってきたんだろう？　こんな風に泣くほど、これまでたくさん我慢してきたんだろう」

私を抱き締める腕に力が篭る。

「俺は酷い夫だった。でも、これだけは信じて欲しい。俺はソアリスを忘れたことなんてなかった。君とまた会える日だけを願ってきた」

「アレン」

散々に泣いた後、ひりひりと痛む瞼《まぶた》を押し上げ彼を見ると、そこには穏やかな笑みがあった。

涙は止まったけれど、視界が滲《にじ》んで彼の顔がよく見えない。

「目元が赤くなっている」

指先でそっと涙を拭われ、なぜか目元に唇を寄せられた。

「なっ、はっ⁉ え⁉」

ドキンと大きく心臓が跳ね、呼吸が止まるかと思った。

なんでこんなことさらっとできるの⁉

「ソアリス、顔全体が赤い。熱があるのか⁉ すぐに医師を」

「いりませんっ！ 熱はないです！ アレンがこんなことするから……！」

手の甲で顔の熱を取ろうと試みるも、しばらくは無理そうだ。

アレンディオ様は私の肩を抱いたまま、じっと私を見下ろしている。

こういうスキンシップに慣れているの？ 彼にとったら軽いことなのかしら。何を考えているんだろう。じぃっと見つめ返すと、蒼い瞳が柔らかな光を帯びた。

「不用意に触れてはいけないと、一応わかってはいるんだが」

彼は少し照れたように笑い、私の頬を指でなぞる。

「そんなに見られたら離れたくなくなるな」

「っ⁉」

あまりに麗しい笑みを向けられ、危うく意識が飛びかけた私は慌てて一歩飛び退《の》いた。

その反応を見てクスクス笑うアレンディオ様は、将軍という偉大な肩書を背負うとは思えない普通の青年に見えた。

「笑わないでください……！」

「ごめん、だってかわいすぎて」

「やっぱり戦で目をやられたんですね⁉」

恨みがましい目を向けると、彼は小首を傾げてまた微笑んだ。

「ソアリス、ネックレスは俺がつけてもいい？」

「え、あの」

私の返答を待たず、彼はルビーのネックレスを手に取ると、私の背後に回ってそれをつけてくれた。

少しだけうなじに触れた指に、大袈裟《おおげさ》に肩が揺れてしまう。

「きれいだ。よく似合っている」

「ありがとうございます……」

優しくて誠実な人。たった数週間で、アレンディオ様に対する印象が変わってしまった。

立派なのは肩書でも剣の腕前でもなく、中身も素敵な人なんだと知ってしまった。

私は、この人と結婚してよかった。

形だけの夫婦だけれど、初めてそう思えた。もしも政略結婚の相手が彼じゃなければ、今の私の日々はなかったはず。

アレンディオ様でよかった。

しみじみとそう思った。

「本当にありがとうございます。結婚してくれたのが、アレンでよかった」

こんなに素敵な思い出をくれて、結婚っていいものなんだなと教えられたような気がする。

「ソアリス……。まさかそんなこと言ってもらえるとは」

アレンディオ様は私の言葉にとても驚いていて、感極まったようにくしゃりと顔を歪めて笑った。

さっき抱き締められたときは、もしかしたらこの人と一緒にいる未来があるんじゃないかとちょっとだけ思ってしまった。

そんなわけないのに。

「本当に、本当にありがとうございました」

この気持ちを表す言葉が見つからず、ただただ、ありがとうございますと口にする。

「アレン。私は……」

もう、彼を解放してあげたい。

これ以上、リンドル家に義理立てすることもなければ、妻の枠に収まっているだけの私に気を遣わなくていいように。

胸がいっぱいで何も言えずにいると、アレンディオ様は静かに首を振った。

「お礼を言うのはこちらの方だ。十年前、リンドル家に救われたおかげで、今のヒースラン伯爵家と俺がある。あのときは未熟で、君に対しておもいやりも優しさも示せなかったことを心から後悔している」

アレンディオ様は私の髪を撫で、優しい笑みを向けた。

「十年経ったとはいえ至らぬことばかりだと思うが、君に喜んでもらいたくて贈り物を選んだ。どうか見てやってくれないか？」

彼はそう言って、ずらりと並ぶ衣装や装飾品に目をやる。

労わるように背に手を添えられると、私は自然に身体の向きを反転した。

贈り物はどれも素敵で、何より彼の誠実さがありがたかった。

私たちは仲のいい夫婦のように、二人で並んで贈り物を一つ一つ見ていく。サイズは見事に大人のそれで、あの手袋のように子ども用が混ざっていることはなかった。

「女性の服を選んだのは初めてだ。どれもソアリスに似合いそうだと、なかなか決められずに困ってしまった。今度は一緒に選ぶのもいいかもしれないな」

「……ありがとうございます」

うれしそうに話す彼の横顔を見ていたら、もうしばらくこのままでいたいと思ってしまった。

さりげなく繋がれた手はとても安心できるもので、私は彼のことを信頼しているのだと気づかされる。

この手が離れたら淋《さび》しいと思ってしまうくらいには、アレンディオ様のことを好意的に思えるようになっていて、私の胸はずきりと痛んだ。

【第四章】 夫は妻の愛を乞う

「さぁ、どういうことか教えてもらいましょうか？」

「「…………えー？」」

金庫番の仕事終わり。

私は、メルージェとアルノーを連れて王女宮の一室にいた。ここは職員なら自由に使える部屋で、応接セットや簡易キッチンがある。

二人は苦笑いで目を見合わせると、すんなり白状した。

「将軍が私たちを訪ねてきて、『ソアリスが好きな物を教えてくれ』って頼み込んできたのよ。ソアリスのお父様も一緒に」

やっぱり父も一緒だったのね。父なら、私が親しいこの二人の存在を知っている。

アレンディオ様からの贈り物は、どう見ても私の好みにぴったりだった。ぴったりすぎた。

父が選んだ可能性もあったけれど、一人ではあそこまで好みに寄せてくることはできない。

絶対にこの二人が絡んでいる、と思って聞いてみれば案の定の返答である。

「ごめんね、今後もスタッド商会で優先的にお買い上げしてくれるっていうからつい。しかも英雄将軍御用達《ごようたし》って名乗ってもいいっていうから」

この商売上手め！

アルノーは満面の笑みだった。

メルージェはというと、彼の低姿勢にほだされたらしい。

「だって将軍ったら英雄なのに全然偉ぶってなくて、誠心誠意お願いしてきたのよ？　平民の私にまで『ソアリスの親友なら王族に匹敵する待遇をしなければ』なんて本気で言うんだもん」

何を言っているの、あの人は⁉

私はそんな大層な身分ではない。

「それにあの顔でしょう？　夫がいても、目が合っただけでときめくわよ！　近くでなくていいから、遠くから眺めたいって思っちゃったわ」

「近くで見たのは二度目だったけれど、あれは男でも見惚《みと》れる美貌だね。女の子に生まれていないことが残念だよ」

「やだ、アルノーったら。女の子に生まれていてもあなたにどうこうできるレベルじゃないわよ」

「だよね〜」

二人が盛り上がり始めて、私は置いてけぼりにされている。楽しそうなのは何よりだけれど、こっちは大変だったのよ。

私が事情を説明すると、二人は「「え！」」とひと際大きな声で驚いた。

「妹さん、やるわね」

「そうね。ニーナが教えてくれなかったら、私は本当のことは何も知らないままだったわ」

「俺たちはソアリスのお父さんから聞いたんだ。将軍は最後まで何も言わなかったよ。ただ、ソアリスに謝罪したいって、贈り物を用意したいんだってそれだけ」

アレンディオ様が品物を見ている間、父が二人にこっそり伝えたらしい。自分が売ってしまったばかりに、こんなことになってしまったと。

「ありがとう、おかげさまで素敵な贈り物をいただけたわ」

「「どういたしまして」」

スカスカだった寮のクローゼットには、アレンディオ様がくれた一部を収めてある。淋《さび》しかったクローゼットが一気に華やいで、まるで自分の部屋じゃないみたい。

私がお礼を言うと、二人はうれしそうに笑った。

「よかった、ソアリスが幸せそうで。なんだかんだでいきなり帰ってきて戸惑うのはわかるけれど、将軍もいい人そうだし、ソアリスに惚《ほ》れ込んでるのはわかったし、これからきちんと夫婦をやり直すのよ？」

「尻に敷けるって、夫婦関係では大事だよな～」

あはははと楽しげに笑い声を上げる彼らに向かって、私は言った。

「離婚のことは、迷ってるわ……」

「「!?」」

絶句するメルージェ、目を見開いて驚くアルノー。

私は今、そんなにおかしなことを言ったかしら!?

「だって、知れば知るほどアレンディオ様がいい人すぎて……！　私が返してあげられるものが何もないのよ！」

贈り物を売るなんて失礼なことをして、あんな嘘《うそ》までつかせて気を遣ってもらって、こんなに迷惑をかけているのにこのまま妻として居座るなんてできない。

「私たちは政略結婚だから、リンドル家が何の力もない今、彼が得るものがないじゃない。将軍として華々しい道を進むアレンディオ様には、私の存在はお荷物だわ。それに、あんなに優しい人なんだから幸せになって欲しい。もっとふさわしい人と出会うべきなのよ」

「まぁ、ソアリスの言い分はわかるけれどさ」

アルノーは机に頬杖《ほおづえ》をつき、ため息交じりにそう言った。

「それだけじゃないの。きっとこれからも実家がらみで何かと迷惑をかけると思うし、将軍の名に傷がつく前に別れた方がいいと思うのよ」

どう考えても、その方がいい。

けれどアルノーは、ちょっと不満げに口を尖《とが》らせた。

「えー、でもさ。昔は援助していたわけだからそれってけっこう大きいよね」

「だからって、アレンディオ様がそれに縛られることはないと思う。だってうちが困窮したとき、ヒースランのお義父《とう》様はお金も時間も人員も使って援助してくれたの。もう十分に恩返しはしてもらっているわ」

これ以上を望むのは、贅沢《ぜいたく》だ。

「それなら、ソアリスは本当に彼と離れてもいいの？　家とか恩返しとかじゃなくて、ほかの女の人が将軍と再婚しても平気？」

メルージェは私の心配をしてくれていた。

でもそれは心配には及ばない。ちょっと気持ちはもやもやするけれど、アレンディオ様の隣にこんな平凡な女は似合わない。

そんなことは、わかりすぎているから嫉妬なんて起こらない。

「平気に決まってるじゃない」

「「そんな顔には見えないけれど」」

二人して声を揃《そろ》えて言わないでくれる!?」

アルノーは、まるでワガママを言う子どもを宥《なだ》めるようにして言った。

「ソアリスは自分の幸せを考えなって〜。これからもお父さんが問題を起こしそうなら、なおさら将軍に守ってもらわないと。そもそも、将軍と縁続きっていう看板は大きいよ？　詐欺だって未然に防げるくらいにはね。ほかに好きな男がいるんならともかく、そうじゃないなら一生かけて償わせてやれば？　何のための十年だったのさ。恩を売るためでしょ？」

「違うわよ」

なんて失礼なことを言うの!?

本当に、根っからの商人で儲《もう》け重視の考え方ね！

メルージェもアルノーの考えには賛同できないみたいで、横目で睨《にら》んでいる。

「ねぇ、ソアリス。もしもよ？　もしもあと三日しか寿命がなかったとして、それでも離婚する？」

「え、それはさすがにしないよ。だって三日しかないんでしょ？」

いきなり何を言い出すのか。私が即答すると、メルージェは遠い目をして言った。

「私の母が家を出ていくときに父に言い残したことなんだけれど、『あんたなんて私の寿命があと三日だとしても絶対に離婚する！』って」

それは情熱的な離婚だわ。情熱的って言っていいのかわからないけれど。

「もう絶対に一緒にいたくないっていうのが、本気の離婚よ。ソアリスの場合は、いろんなことを考えすぎているだけじゃない？　同じ人とは二度と再婚できないんだから、せめてもうしばらくお互いのことを知ってみて、本当にこの先一緒にいられないって思ったらそのときに離婚すれば？」

メルージェの言葉に、アルノーもうんうんと頷《うなず》く。

とはいえ、私の悩みは解決しない。

贈り物のことがあるから、父にも事後報告っていうわけにはいかなくなって、離婚について相談しなきゃいけない。

「「ええ……」」

「離婚のことは、父と話してからアレンディオ様に相談するわ」

「もったいないなぁ。このままでいればいいのに」

アルノーが残念そうにそう言った。

私は苦笑いで話を終わりにすると、すっかり冷めた紅茶を口にする。

窓の外は、もう夕焼けが紫色に変わる頃だ。

流れる雲をぼんやりと眺めていると、今度はメルージェが大きなため息をつく。

「それにしても、せっかく帰ってきたのに軍部は忙しすぎよ！　全然休まる暇がないの」

メルージェの夫は、アレンディオ様の部下だ。男爵位を持つ騎士で、平民の精鋭部隊の司令官をしている。

メルージェは私と違って恋愛結婚で、夫が忙しくしているのが不満らしい。

「もー、全然会えないの。帰ってきた日も寝顔しか見てないし、会話もロクにできないし、これじゃ帰ってきた感じがしないわ」

「そんなに忙しいのね」

「今日だって王太子殿下がお忍びで出かけるから、護衛に駆り出されているのよ。本人はお忍びのつもりだけれど、事前に行き先には通達がいってる謎のお忍び」

「全然忍んでない」

それ何か意味があるの？　ってアルノーも顔が言っている。

「でもそろそろ戻る時間じゃないかしら。ねぇ、ちょっと騎士団に行かない？」

メルージェは、笑顔で私の腕を取る。

これは断れそうにない。将軍の妻がいれば、きっと門前払いされないって思ったのね？

「私、もう帰りたいんだけれど」

顔を顰《しか》める私を見ても、メルージェは笑顔で押し切る。

「うれしい！　さすが親友ね！　帰るついでに行きましょ」

「ええぇ」

しっかりと腕を掴《つか》まれているので逃げられず、私は諦めて一緒に行くことにした。

「皆で行く？」

「え、俺は行かないよ。用なんてないから」

アルノーはさらりと断り、私たちは二人で騎士団の執務棟へと向かうのだった。

騎士団の執務棟は、訓練場のすぐ北側にある。下級兵は入れない、上官だけの特別な区域だ。

アレンディオ様やルードさん、それにメルージェの夫であるダグラス様もここにいるらしい。

「どうぞ、お入りください」

警備兵に身分証を提出するまでもなく、平凡顔の金庫番制服な妻は顔パスで門を通過する。

ねぇ、もっと確認して？　どこにでもいる顔だから、あなたの間違いかもしれないわよ？

心の中でそう訴えかけるも、私はメルージェと一緒にありがたく中へと入っていく。

「ありがとうございます。失礼いたします」

メルージェは夫に会えるのがよほどうれしいらしく、ニコニコ顔で廊下を行く。

「四階に司令官の部屋があるのよ。アレンディオ様はさらに上ね」

別に行くつもりはないので、教えてもらわなくていいのだけれど。あくまで私は、メルージェの付き添いですからね⁉

すれ違う騎士や文官、警備兵は九割が男性で、私たちはものすごく目立つから早く帰りたい。

所在なさげに歩いていると、四階の司令官室から見知った人が出てくるのが見えた。

向こうも私に気づいたようで、驚いて目を丸くする。

「どうなさいました⁉　奥様！」

「ルードさん、お久しぶりです」

まさかここで遭遇するとは。

私は、メルージェの夫に会いに来たのだと用件を告げる。

するとルードさんは自分の持っていた鍵で扉を開け、メルージェを中へ入れてくれた。わざわざ夫のダグラス様を呼んでくれて、きめ細かいおもてなしだわ。

「じゃ、将軍によろしくね」

「え？」

笑顔で手を振るメルージェ。

待って、私のことを置き去り!?

やだやだと彼女に縋《すが》ると、ルードさんが悲しそうな顔で言った。

「実はアレン様が……」

思わせぶりな態度に、私は顔を顰める。

「何かあったんですか？」

無情にもパタンッと扉が閉まった。廊下にルードさんと二人きり。正確には警備兵もいるけれど、彼らは数に入らない。

「今日の午後、王太子殿下の護衛で街へ出たときに奇襲を受けまして」

「奇襲!?」

もしかして、怪我《けが》でもしたのではとゾッとする。

「執務室で横になっておいでですが、しばらく起き上がれるかどうか……」

「そんなっ！」

私の顔から血の気が引き、慌ててルードさんに尋ねた。

「どこですか！　執務室はどこです!?」

「こちらです」

さらりと案内され、私はすぐに五階へ向かった。

「急いでください！　アレンディオ様が死んじゃったらどうするんですか！」

半泣きの私を見て、ルードさんはちょっと困っていた。

「いえ、あの、死にはしないと思います。多分」

随分と歯切れの悪い返事だわ。

「多分って何ですか！　起き上がれないのに、死なないって保証がどこにあるんです⁉」

五階の最奥の部屋。ダークブラウンの大きな扉を開けると、そこは本棚に三方を囲まれた書斎みたいな部屋だった。

正面の書机には誰もおらず、広い部屋だが病人が眠れるようなベッドはない。ほかに続き間があるようにも見えず、私は「え？」と声を漏らした。

「アレンディオ様は？」

振り返ると、ルードさんは部屋の中へ入っておらず、扉の向こうで申し訳なさそうにしていた。

「そちらのソファーで寝ています」

彼は、大きな背もたれのソファーを指差す。恐る恐る背もたれから向こう側を覗《のぞ》くと、仰向《あおむ》けで眠っているアレンディオ様がいた。

青白い顔は、生きているか不安なほど。

けれどルードさんは、私の想像と違う言葉を続けた。

「もう何日もロクに寝ていなかったので、今日の午後なら三時間ほど眠れるかと思っていたのですが、王太子殿下のおでかけが入ったので急遽《きゅうきょ》護衛として張りつきまして」

「は……？」

「襲撃されて、あっさり撃退して、こちらに戻ってきて会議を終えてお休みになられました。元気ではないですが、無傷です。しばらく起き上がれないとは思いますが」

――パタンッ……。

しんと静まり返った部屋。ルードさんは私を置き去りにして、一人で行ってしまった。

ここからどうすればいいの？　大怪我だったらどうしようって、焦ってここまで来ちゃった。

「私、いらないじゃないの」

怪我をしていたとしても、私がいて何ができるわけじゃないから一緒なんだけれどね？

もう一度アレンディオ様を見ると、ものすごく顔色が悪い。怪我をしていなくて何よりだけれど、これはこれでよくないのでは？

ソファーの正面に回り込み、そっと膝をついて観察する。

まつ毛が長くて寝顔もきれいだわ。目の下にくっきり青黒いクマがあるとはいえ、特に具合が悪いようには見えない。

「きれい」

美形は寝不足でも美形だった。

こっそり帰ろうかな。でも執務棟を一人で歩いていいものなのかしら？

金庫番の制服を着ているから誰も文句は言ってこないと思うけれど、慣れない場所にちょっと不安になる。

「ん……？」

迷っていると、アレンディオ様が目を開けた。

「「……」」

見つめ合うこと数秒。

意識がはっきりしていないようで、彼はじっと私を見たまま何も言わなかった。

「アレン？　お、おはようございます」

貴重な睡眠時間を邪魔してしまった。

しかし罪悪感を覚える暇もなく、突然起き上がった彼に抱き締められる。

「きゃぁぁぁ！」

「ソアリス、会いたかった……！」

さすがに最初に再会したときみたいな殺人的な力ではなかったけれど、衣擦《きぬず》れの音がするくらいには強めに抱き締められた。

あぁ、叫んでも誰も助けに来てくれないのね!?　どうなっているの、ここの警備は！

アレンディオ様は寝ぼけていて、私の髪に頬擦りを始める。

「ソアリス、ソアリスだ……！　とうとう夢に出てきてくれたんだな」

「起きてください！　夢じゃないです！」

体格差がありすぎて、どれほどもがいてもアレンディオ様の身体《からだ》はびくともしない。

寝ていたから彼の体温があったかくて、それがまた妙に生々しい。顔に熱が集まってきて、恥ずかしくて失神しそうになった。

「ソアリス、本当にごめん。俺の首で許してくれ」

「なっ⁉　いりません、そんなもの！」

寝言が物騒！　夫の首をもらう妻って何⁉　騎士ってそんな慣習でもあるの⁉

「アレン！　起きてください～！」

私の必死の抵抗が伝わったのか、彼はようやく腕の力を緩め、しっかりと顔を見合わせてくれた。

「ソアリスだ」

「はい。それは合ってます」

何度も瞬《まばた》きをして、右手で目を擦《こす》り、現実認定をする。

「ソアリスが、いる？」

「ちょっと事情があって、司令官室に寄ったらルードさんに騙《だま》されてここへ連れてこられました」

「よくわからないが、何となくわかった。ルードがすまない」

アレンディオ様はゆっくりと私から腕を離し、しばらく考えてからぽつりと言った。

「えっと、座る？」

「……はい」

床に膝立ちだった私は、何となく気まずい空気のまま彼の隣に腰を下ろした。

寝ぼけていたとはいえ、抱き締められて頬擦りされるなんてかなり衝撃的だった……！

不可抗力でも、羞恥と後悔が押し寄せる。

「すまない」

「いえ」

ちらりと隣を見れば、彼の顔も少し赤くなっている。

「詫《わ》びはどうすれば？」

「いりません」

「本当に？」

「はい」

相手が私でよかった。

少ないとはいえ部下には女性騎士もいるから、英雄が寝起きに抱きついたなんて事故が発生すると大惨事だ。相手が既婚者なら、不倫疑惑になってしまう。

俯《うつむ》いていた私が自分の膝からふと視線を外すと、アレンディオ様の左手が見えた。

「それは？」

彼が握りしめていたもの。くすんだ厚手のハンカチで、上質なものに見えた。

「あ……」

アレンディオ様は自分がそれを握っていたことに今気づいたらしく、くしゃくしゃになった生地を丁寧に伸ばし始める。

「それ、もしかして」

うまいとは言えないが下手でもない、ツグミとクローバーの刺繍《ししゅう》。彼の名前だった部分は、青い糸がもう半分ほどになってしまっている。

「私が渡した物ですよね」

背もたれに身体を預けた彼は、まだ眠気が完全に取れていない感じでふにゃりと笑う。そのあどけない表情は、英雄と称される将軍というよりは普通の青年だった。

とてつもない美青年ではあるけれど、いつもの凛々《りり》しい感じではなくてちょっとだけどきりとする。

「今でもずっと、お守りとして持っている」

十二歳が、不貞腐《ふてくさ》れて投げやりに施した刺繍。お守りと呼べるようなものではない、そう思った。けれど彼は愛《いと》おしそうにくすんだハンカチを見つめ、大事にしているのが伝わってくる。

「大切にしてきたつもりだったが、明るいところで見るとやはりくすんでいるのは間違いないな。もっと丁寧に洗わなければいけなかったのかも」

後悔を滲《にじ》ませるその声に、そんなことはありませんと気づけば口にしていた。

「十年ですよ？　そんなに前のものなのに、破れていないだけでも驚きます。刺繍は三年もすれば糸がほつれたり切れたりしても当然です。それに、そのハンカチを今も持っていてくださるなんて思ってもみませんでした」

とっくの昔に、汚れて使えなくなっていると思っていた。

「持っているに決まってる。君がくれたものだから」

彼は天を仰ぐようにして目を閉じ、リラックスしているように見えた。

「戦場でも、これだけは肌身離さず持っていた。敵に囲まれても、必ずソアリスの元へ帰らなければと思えたのはこれがあったから……。血を流しても止血には隊服のシャツを切って使って、ハンカチはなるべく汚れないようにした。いつもこれを見るたびに、ソアリスのことを思い出していたんだ」

「アレン」

「乾季で水が足りないときは、飲み水で洗濯したよ」

「飲み水は洗濯に使わずにちゃんと飲んでください。何やってるんですか」

とんでもないエピソードに、思わず口元が引き攣《つ》る。

「同じことを、当時の上官にも言われた。それで飲み水で洗濯して、川の水を飲んで腹を壊したこともある。まぁ、それからはきちんと川で洗濯するようにしたよ。飲み水がたくさんあるときは、そっちで洗ったけれど」

私が呆《あき》れているのに、アレンディオ様はあはははと明るく笑い飛ばした。

「十六の男なんてそんなものだよ、ソアリス」

残念なお知らせだわ、それは。

私はじとりとした目で彼を見る。

「皆が皆そんなことでは、国が滅びます」

「でもそんな男が将軍でも、国は勝ったよ？　滅びていない」

それを言われると返す言葉はない。

軍部の頂点に君臨する将軍にそんな時代があったとは。絶対に秘匿しよう、と思った。

けれどよく考えると、十六歳の私だって褒められたことはしていないような……。

「そういえば、私は十六歳のときに初めて川で釣りをしました。お金がなくて、妹たちにごはんがないって言えなくて。パン屋のおじさんに釣り道具を借りて、一人で川へ行ったんです」

それまで私は、生魚なんて触ったこともなかった。

でも没落したら、川や海はてっとり早く食糧を調達できる恰好《かっこう》の場所だった。元手が私の労働力だけなので、うまくいけばけっこうな量の食事になる。

「それは釣れたの？」

彼は驚いた顔で、私を見た。

「全然！　針なんてすぐどこかいっちゃいました」

笑ってそう言うと、アレンディオ様も「ダメじゃないか」と笑う。

「でもタモも借りてきていたので、川に入って掬《すく》いました。けっこう取れましたよ？」

「君はすごいことをしていたんだね」

貴族令嬢のやることじゃない、それは私もそう思う。でも泣いても叫んでもお腹《なか》は満たされないし、母はお花畑な人だったからいつも「きっと何とかなるわ」と笑っていて頼りにならなかったし、自分でがんばるしかなかったのだ。

品性や誇りより、持つべきものは釣り道具だと今でも思う。

彼は私の話を聞いて同情したのか、罪悪感を持ったのか、眉尻を下げて悲しそうな顔になった。

そんなつもりで話したんじゃなかったのに。

「あの、もちろんずっとそんなことばかりやっていたわけじゃないですよ？　さすがにこれじゃ食べていけないって思って、王都へ出て……お義父様が紹介してくれたラティース侯爵家で、子どもたちの教育係をさせてもらいました。そこには優しい奥様と五歳の双子がいて、とても楽しい半年間でした」

「そうか」

「金庫番の仕事はアルノーに紹介してもらったんですよ？　こないだ会ったときに聞いていますか？」

ちらと横を見て尋ねると、アレンディオ様は目を閉じたまま答えた。

「ん？　あぁ、ちょっとだけ聞いた…………あ！」

アレンディオ様は、寝不足で頭が回っていないんだろう。アルノーに会ったことを認めてしまった。口元を手で覆い、「まずい」という目をしている。

「ごめんなさい。意地悪しちゃいました」

謝る私を見て、彼は申し訳なさそうに尋ねた。

「彼から聞いたの？　俺が、その……」

「いいえ、ニーナです。アルノーとメルージェには、私から聞きました」

「ニーナ？」

なぜここで妹が出てくるのか。眉根を寄せたアレンディオ様に、私はすべてを告白する。

「ごめんなさい。本当にごめんなさい。ニーナから聞いてしまったんです。本当は五年間ずっと、あなたから贈り物があったって。あの子たちが王都へ来たのは、あなたからの贈り物の一件を私に伝えるためだったんです」

「ニーナはどうして知っていたんだ？　俺がお父上から聞いたとき、自分のほかに誰も知らないとそう言っていた」

父はやはり、サミュエルさんがニーナの願いで贈り物を売らずに保管していることは知らなかったのだ。

「最初の贈り物を父が売ったとき、偶然それを見ていたそうです。それで、ニーナは借金取りで商人のサミュエルさんに『いつか絶対に買い戻すから売らないで』と頼んだと。ニーナは私が何も知らないままだとまずいと思って、それでここまで来たんです」

その結果、私の手元にはアレンディオ様からの贈り物の一部がある。

「父が売ってしまった贈り物は、今は私のところに……」

私の告白に、アレンディオ様は「そうか」と小さく呟《つぶや》いた。

「ごめんなさい」

こんな言葉では済まされないけれど、謝らずにはいられない。

でも彼は静かに首を振った。

「いや、君は悪くない。仕方のないことだったと思っている。お父上から全部聞いたうえで、俺がソアリスには黙っていて欲しいとお願いしたんだ。君に嘘をつくことを決めたのは、俺だ。騙したかったわけではないが、結果的にそうなってしまった。本当にすまない」

謝罪され、私は全力で否定する。

「いえいえいえ！　謝らないでください！　悪いのは全面的に我が家なのです……！　本当にごめんなさい。あなたのお気持ちを、ずっと知らずにいました」

「いや、俺はただ当然のことをしただけだ。妻に贈り物をするのは当然なのだから」

「でも命がけで戦っているときに、いっときでも私のことを思い出して贈り物を選んでくれたなんて……。本当に感謝しています」

「いや、まぁ……君の元へは届くのが遅くなってしまったけれど」

悲しげに目を伏せるアレンディオ様に、私はなおも伝えた。

「とても素敵な手袋とショール、髪飾りもいただきました。うれしかったです。あぁ、それに」

ここで私は、はたと気づく。あのキノコの化け物はなんだろうか？　ぬいぐるみという解釈であっている？

「それに、何？」

悩んでいた私を、アレンディオ様が不思議そうな顔で見つめる。

「いえ、あの、キノコが崩れたみたいな謎のぬいぐるみがありまして。三年目の贈り物だと聞いたあれは、一体何と言えばアレンに伝わるかと」

「!?」

アレンディオ様が驚きのあまり目を瞠《みは》り、ものすごい形相になった。そしてすぐに右手で顔を半分以上覆い、絶望している……！

「三年目に贈ったのは魔除《まよ》けの置き物だった、と思う。黒曜石の魔除けっていう文字情報だけで選んでしまったんだ」

「黒曜石ですか。なるほど……！　確かにキノコの目が黒い宝石でした」

ようやくキノコの正体が判明し、私は大きく頷いた。

魔除けだったのね、あれは。どう見てもあれ自体が魔物みたいな雰囲気だけれど、魔除けなのね？

「おかしなキノコを、俺が？」

茫然《ぼうぜん》自失のアレンディオ様。ものすごくショックを受けている。

彼はキノコの実物を見ていなかった。

実物を見て選んだわけではないと知り、私はとても納得した。

「アレンは私が傷つくと思って、嘘をついてくれたんですよね？　父が貧しさゆえにしたことなのに、自分のせいだと罪を被《かぶ》ってわざわざ贈り物まで用意してくださって」

「君に贈り物をしたかったのは本当だ。でもまさか、全部知っていたなんて」

そう言って笑うアレンディオ様は、力なく息をはいた。

「ごめん、俺すごくかっこ悪い……」

「そんなことありません！　驚きましたが、とてもうれしかったです。あなたのお気持ちが、私を思いやってくれる心がうれしかった」

「ソアリス」

「ありがとうございます。それに本当にごめんなさい。あぁ、ニーナから受け取ったのは最初の三年分の贈り物ですが、父に催促して最近の二年分も近々受け取ろうと思っています」

アレンディオ様は「それなら」と呟くと、立ち上がって書机の引き出しを開けた。

「それは？」

彼が手にしているのは、白い布に包まれた何か。再び私の隣に座ったアレンディオ様は、私に向かってそれを差し出した。

「お父上から預かったものだ」

そっと受け取り、白い布を開いていく。

するとそこには、目が覚めるような青い上質な生地と翡翠《ひすい》のブレスレットがあった。

「これは？」

顔を上げると、彼は淋しげに微笑《ほほえ》み頷く。

「ソアリスに似合うと思って、俺が贈ったものだ。今さらだが、やはりこれは君に持っていて欲しい。身勝手な願いだが、それは君のための誕生日プレゼントだから」

「とても美しいです……ありがとうございます」

もしこれを、五年前から毎年受け取っていたら何か変わっていただろうか。

でもそんなことを考えても仕方がないので、私はすぐに頭を切り替える。

「本当にすみませんでした。知らなかったとはいえ、私にも責任が」

そう言いかけると、アレンディオ様が途中で言葉を遮った。

「ソアリスに責任などない。あるわけがない。君はただ、家族のためにがんばっていただけだ。それに責められるべきは俺だ」

「そんな！」

生地を持つ私の手をアレンディオ様がぎゅっと両手で握り、その美しい顔を歪《ゆが》める。

「いや、俺がすべて悪い。君は行かないでくれと言ってくれたのに、自分の矜持《きょうじ》のために戦場へ向かった。君が苦しんでいるときに、そばにいることもできず、優しい言葉の一つもかけてやれなかった。支えてやれなかった。ソアリスにふさわしい男になりたいと思って剣を取ったのに、結局は一番守りたい人を守れなかったも同然だ」

予想外の言葉に、私は目を丸くして呆気《あっけ》にとられる。

「私に、ふさわしい男になりたいって……？」

一体どういうことなのか。あれほどそっけない態度だったのに、と胸に疑問が湧く。

アレンディオ様は、膝の上で握った手に視線を落としながら静かに話し始めた。

「結婚する一年前に、俺たちは会っているんだ。アカデミーの合格発表の日、俺は街で君に救われた」

私とアレンディオ様が、会っていた……？　私は目を瞬《しばたた》かせ、話の続きを待つ。

「あの日君は、すべてに絶望した俺に優しく声をかけてくれた」

アレンディオ様が語ったのは、私にはまったく覚えのないことだった。

けれど、そのときに彼の傷を拭ったというハンカチを見せられたら確かに見覚えがあり、それが私だということは信じられる。

「あのときの俺は、喧嘩《けんか》の後で瞼《まぶた》は切れて頬は腫れていたし、薄汚れていたし……君が覚えていなくても当然だ」

服はボロボロ、顔は腫れ上がり、そんな状態だったからわからなくて当然だと彼は笑う。

私はたまたま傷だらけの少年を見かけて、ハンカチを渡したのだと思った。だから、そんな出来事があったこと自体まったく記憶しておらず……。

「そんな顔しないでくれ。覚えていなくていい。君は、ただ天真爛漫《らんまん》で優しかった。俺が喧嘩で負けて落ち込んでいるんだと思った君は、無邪気な顔で『次は勝ってね』って言ったんだよ」

「私がそんなことを!?」

余計なお世話だ。いくら子どもの頃の話とはいえ、恥ずかしくなってくる。

「俺はその言葉で救われたんだ。あのときは、次があるなんて思いもしなかった。何もかもが無駄だと思えて、どれほどがんばったとしても母上のように儚《はかな》くなってしまう未来しか見えなかった」

アレンディオ様のお母様は、十年に及ぶ闘病生活の末に亡くなってしまった。幼い頃から少しずつ弱っていく母を見続けた彼は、心にどれほどの傷を負ったのだろう。

「でもソアリスは、笑って『次』だと言ってくれた。俺はそれを信じてみたくなった。だからこそ、ボロボロで貧相な男ではなく、騎士になって立派になったらソアリスに会いに行こうとそう決意した。文官を目指すのはやめてアカデミーへは行かず、騎士になろうと思ったのもソアリスに出会ったからなんだ」

「嘘」

信じられない話に、思わずそんな言葉が漏れる。

アレンディオ様は懐かしそうに微笑み、話を続けた。

「でも一年後、目の前に現れた君は政略結婚の相手としてだった。俺は立派になって君に会いに行くどころか、無様にも君の家に買われて夫になった。それが悔しくて恥ずかしくて、堪《たま》らなかった。なぜ君なんだと神を恨んだよ」

私の記憶にあるアレンディオ様が脳裏に浮かぶ。

『なんで君なんだ』

悔しそうにそんなことを言った、昔のアレンディオ様。あれは、私みたいな成金の平凡顔の娘が妻だなんて嫌だって意味なんだと思っていたけれど、そうじゃなかったんだ。

「私はてっきり嫌われていると」

「違う。俺は街で初めてソアリスに会ったときから、君が好きだったんだ」

「は？」

ガツンと頭を殴られたくらいのショックに襲われた。

今、アレンディオ様が「君が好きだった」と言った？　そんなことがあるわけがないのに……！

「好き、という言葉でこの気持ちを表すのが正しいのかどうかもわからない。君が好きで、大好きで、大切で、愛している」

目を見てそう言われると、倒れそうなほどに驚いた。

一瞬で心臓がバクバクと早く鳴りだし、ただ座っているだけなのに息が上がりそうだ。

「ありきたりな言葉では表せないと思うくらい、君が愛おしい」

蒼《あお》い瞳が、まっすぐに私に向けられている。

この人が私を好き？

妻として大事にしてくれているんじゃなくて、私のことが好き？

「嘘です……！」

「嘘じゃない。真面目で優しくて、一生懸命で、家族想《おも》いで、君は素晴らしい女性だ」

息をするように繰り出される褒め言葉に、私は恥ずかしくて眩暈《めまい》がした。

「俺にとって君は、高嶺《たかね》の花なんだ」

「高嶺の花⁉　そんなわけないじゃないですか……！　だってあなたは由緒正しい家柄で、英雄にまでなった将軍で、とても私とは」

ところがアレンディオ様は、さらに予想だにしなかったことを口にする。

「英雄なんて、俺には不相応な称号だ。俺は、国のために戦ったわけじゃない。ソアリスに認められたくて、ソアリスにふさわしい立派な騎士になりたくて、それで戦っただけだ。敵を殲滅《せんめつ》すれば階級が上がって認められて、将軍になれば自信を持って君の元へ帰れると思っただけなんだ。国と君を天秤《てんびん》にかけたなら、俺は迷わずソアリスを取るよ」

「将軍がなんてことを言うのです……！」

私はかろうじて反論するが、アレンディオ様は顔色一つ変えずに言った。

「だとしても、それが本当の俺だ。ソアリスが俺のすべてなんだ」

これほど真剣に訴えられては、信じないわけにはいかないし、この期に及んで疑うほど私はひねくれてもいない。

けれど、素直に受け入れるには私の心が弱すぎた。真摯な思いを、どうやって受け取っていいかわからない。

「そんなこと、言わないでください」

彼から目を逸《そ》らし、泣きそうな声でそう呟く。

「だって私はこの十年の間、あなたをいないものとして生きてきました。『今何をしているのだろうか』とか『危険な目に遭っていないだろうか』とか、そんな心配すらしていなかった酷《ひど》い妻なんですよ。だから今さらそんなことを言われても、私にはあなたの気持ちに応える資格はありません」

……！

「ソアリス、俺は」

今度は私が彼の言葉を遮った。振り払った手は、あっけなく解けてしまう。

「贈り物を売ってしまうような、そんな酷いこともあったし」

「それは君のせいじゃない！　そんな環境に陥っているとも知らず、助けられなかった俺の落ち度だ」

アレンディオ様は必死にフォローしてくれた。でも私はもう止まらなかった。

「私は、そんなに想ってもらえるような人間じゃありません。戦地で死ぬ思いをして戦って、立派になって帰ってきたあなたのことを『いきなり帰ってきても困る』って、お邸《やしき》に連れて行かれて迷惑だとすら思っていたんです」

「うっ！」

思わず叫んだ本音に、アレンディオ様が衝撃を受けたようだった。

しまった。言うつもりのないことまで言ってしまった。でも勢いは加速し、堰《せき》を切ったように私の本音が飛び出す。

「パレードだって、あなたがきれいな人を見て好きな人でも作ってくれたらいいのになってそんな気持ちでいました。着飾ったところで微妙な私を見て、幻滅してくれればいいって……！　カラーの花をもらったときも、あんなに大勢の前で逃げられないような状況を作られて、どうしていいかわからず戸惑いました」

「そ、そうか……」

「毎日手紙が来るのも、このやりとりはいつ終わるんだろうって、なんで毎日やりとりしてるんだろうって不思議で仕方ありませんでした」

全部言ってしまった。解放感と罪悪感が同時に湧き、私はようやく一息つく。

「私はあなたに想ってもらえるような妻じゃないんです。好きだなんて言ってもらえるような女じゃありません」

「ソアリス」

「あなたはとても立派な人です。だから、私の方があなたにふさわしくない。そばにいるべきじゃないんです。アレンには幸せになって欲しいから、だから……」

長い長い沈黙の後、アレンディオ様は静かに尋ねる。

「俺のこと、恨んでる？」

私は慌てて否定する。

「まさか！　恨んでなんかいません！」

「そうだよな……。そもそも期待されていなかったんだし、いないものと思われていたんだし、恨む以前に俺のことはどうでもよかったんだよな」

「ど、どうでもいいとまでは」

どうしよう。かなり落ち込んでいる！

しかし彼は突然ぐっと拳を握りしめ、目に力を込めて宣言する。

「これまでのことが許されるとは思っていない！　だがこれからは、ソアリスのそばでソアリスのために、俺のすべてを賭して精いっぱい尽くすことを誓う！」

「えええええ!?」

どこにやる気を出しているの!?

「私は川で魚を獲《と》っていた女ですよ！」

「素晴らしい行動力だ。今度は俺が魚を獲るから、ソアリスはのんびり見ていてくれ」

いやいや、行かないでしょう！　将軍がそんなところに！

「金庫番の仕事にかまけて、伯爵家のために社交をしない女ですよ!?」

伯爵夫人、将軍の妻としてはありえないことだと思う。

でも彼は一歩も引かなかった。

「好きなことをして何が悪い？　これまで苦労したんだ、君は好きなことをすればいい。それに、社交なら俺が騎士団の連中を鍛え上げてしっかり繋《つな》がりを作るから任せてくれ」

鍛えて繋がりを作るって、何？　剣を交えたら友情が芽生えるっていうアレですか……？

それは社交というのかしら、と私は首を傾《かし》げる。

「ずっと、伝えたかったことがある」

彼はソファーから降り、私の前で片膝をついた。その姿は凛々しい騎士そのもので、思わず見惚れてしまう。

しかも熱の篭《こも》った眼差《まなざ》しに射抜かれて、不覚にもドキドキしてしまった。

「ソアリス・リンドル子爵令嬢。俺と一緒に、これからの人生を生きてください。生涯をかけて、君を幸せにします」

疲れていても、目が眩《くら》むような美男子がまっすぐな目で私を見て求婚している。それは十年前にはなかった求婚だった。

もう結婚しているのに、改めて結婚を申し込んでくるなんて……。

うれしいと思っては、いけない。

心を乱されては、いけない。自分の理性を総動員して、この空気に抗《あらが》った。

でも私が何か言う前に、彼はトドメを刺してきた。

「君だけを、愛している」

「っ！」

右手の甲に、そっと唇が触れる。

離婚申立書を渡す気だったのに、なぜ求婚される事態になっているの⁉

「政略結婚ではなく、君に俺自身から求婚したかった」

十年前にそっけなかった少年は、もういない。

好き？　好きって誰が、誰を？

お飾りの妻じゃなくて、アレンディオ様が私を好き⁉

愛してるって言った⁉　その「愛してる」は、私の認識している愛してると同じ意味なのかしら⁉

顔だけでなく指先まで真っ赤に染まった私は、呼吸すらままならない状態になっている。ここからどうすればいいか、頭が混乱していて何も思い浮かばない。

しばらく愕然《がくぜん》としていると、アレンディオ様の目がキラキラと輝いているのに気づく。私の答えを待っているんだと思うと、心臓がまた一段と大きく跳ねた。

「「…………」」

ずっと好きだったと新事実を告げられ、真正面から誠意を伝えられ、甘い声で求婚されて私は揺らいでいた。

自分で自分がわからない。

私はこの人のことをどう思っているの？

見つめ合うだけで時間が過ぎていく。

「「…………」」

眩《まぶ》しい！　ご尊顔が眩しすぎる！

そもそも「好き」って何なの……⁉

頭の中でぐるぐると同じことが回り、アレンディオ様からのキラキラ光線がさらに私の思考を混乱させ、何も言えないまま沈黙が続き――

「失礼しまーす」

「!?」

突然、ノックもなしに執務室の扉が開く。入ってきたのはアレンディオ様の部下で、つい親しみを持ってしまう平凡顔の騎士だった。

「え!?　アレン様が起きてる!?」

私たちを見て、彼もドアノブを握ったまま動きを止めた。

「ジャックス、何か用か？」

一瞬にして、アレンディオ様は将軍の顔つきになっていた。

それを見た彼は、慌てて弁解を始める。

「うわわわわ、ごめんなさいすみません！　申し訳ございません！　てっきり寝ていらっしゃると思ってノックもなしに……！」

「いや、構わない。ちょっと求婚していただけだ」

ちょっと求婚って何ですか？

ジャックスさんも「は？」ってなってますよ!?

「あの、アレン様。宰相様が面会したいと」

「わかった。すぐに向かう」

アレンディオ様は、私の手を引いてその場に立ち上がった。

羞恥心から顔を上げられない私は、黙ったまま彼の後に続いて執務室を出る。

「返事はまた今度でいいから」

アレンディオ様は私の肩をポンと叩《たた》いてから、ジャックスさんに私を下まで送るように告げて去っていく。

残された私たちは、しばしの沈黙の後どちらからともなく階段へと向かった。

「えーっと、奥様。大変申し訳ございませんでした」

「いえ、まったく」

「本当にすみませんでした」

「……お忘れください、お願いします」

気まずい空気は、別れるまで続いた。

【第五章】拗らせた恋の結末は

アレンディオ様から求婚されて五日後。私は、彼の邸《やしき》を再び訪れていた。

今、目の前には力なく項垂《うなだ》れた父がいる。

「本当にすまなかった……！」

「顔を上げてください。もういいですから」

私の隣にはニーナが、正面には父とエリオットが座っている。主人不在なのに、私たちがここにいる違和感がすごい。

父は贈り物を売ってしまったことを何度も謝罪し、それらを秘かに買い戻してきたニーナとエリオットにしきりに感謝していた。

「お父様、贈り物を売ってしまったのは、エバンディ伯爵から養子縁組の話があったからですね？」

「……………そうだ」

五～六年前のあの頃は、生活がとても苦しかった時期で「明日どうなるんだろう」って本当に怖かった。そんなとき、私とニーナを姉妹揃《そろ》って養女にしたいと言ってきた貴族がいたのだ。

若い頃に私たちの母・シンシアに熱烈な恋文を送ってきていて、相手にされずフラれたことをずっと根に持っていた人だ。

養女は建て前。愛人として手元に置くつもりだったのは明白で、昔好きだった女性の娘をお金で買おうだなんてとんでもない人だと思う。

しかも当時の私は十六歳で一応は既婚、ニーナにいたってはまだ十一歳。

私の名ばかりの結婚は周知の事実だったし、これから妹の教育費もかかる時期で、相手はうちにお金がないことにつけ込んできた。

私は、アレンディオ様と離婚して自分だけでも伯爵の愛人になろうかと迷ったくらいだ。

だが父は、取引先のほとんどを伯爵に押さえられていることをわかっていてその話を断った。

——娘だけは売れない、と。

結局、窮地に陥ったリンドル商会を助けてくれたのはヒースランのお義父《とう》様だった。伯爵との間に入ってくれて、私とアレンディオ様を離婚させないと強く拒絶したのだ。

ほかにも、父を慕う色んな人にも助けてもらい、どうにか私たちは身売りせずに済んだ。家は極限まで没落したけれど、こうして今もリンドル家の姉妹は元気に暮らせている。

「エバンディ伯爵のことは、アレンディオ様に話したのですか？」

知ればきっと、いらぬ罪悪感を持つだろう。あれほど優しい人なのだから。

父は、ぐったりと項垂れて嘆くように言った。

「伝わっていると、思う」

「伝わっている？」

「補佐官のルード様に問い詰められて、本当のことを全部話してしまった。ソアリスとニーナをどうしても渡したくなかったんだと、金が必要だったと」

怯《おび》える父を見ると、ルードさんは一体どんな問い詰め方をしたんだろうと疑問に思った。

いつもニコニコしていて優しい感じだったけれど、私を騙《だま》して執務室へ連れて行ったことといい、実は二面性がある人なのかもしれない。

「贈り物のことを隠し続けたのは、私に売る決断をさせないためですよね」

「知れば、ソアリスは躊躇《ためら》いなく売ると思ったんだ。それだけはさせるわけにいかないと……。知らずにいれば、将軍が戻ってきてもソアリスのことを責めないだろうから」

私を、被害者でいさせるため。

父親に贈り物を勝手に売られたかわいそうな娘にするために、ずっと黙ってきたんだ。

「でも何も知らずにいた私にも責任があります」

そう言い切った私に対し、父は静かに首を振った。

「アレンディオ様はそうはおっしゃらなかった。ただ、自分がそばにいられなかったことでソアリスにつらい思いをさせたと嘆いておられた」

父の思惑通り、私は彼に咎《とが》められなかった。

「本当にすまなかった」

私のことを守ろうとしてくれたんだっていうのはわかるけれど、やはり自分のことなんだから知っておきたかったという気持ちは消えなかった。

誰を責める気にもなれず、釈然としない気持ちだけが残る。

「アレンディオ様がお父様を許してくれたのですから、私からは何もありません。今度、ゆっくり話をしたいと思っていますから、そのときはどうか同席して一緒に謝って欲しいです」

「わかった。もちろん、一緒に行く」

もう贈り物の話はこれで終わりだ。

弟妹はホッとした顔で、お茶やお菓子に口をつける。この子たちはもういいとして、私は父にまだ色々と話さないといけないことがあった。

「ニーナ、エリオット。お父様と話があるから、あなたたちはちょっと席を外してくれる？」

「「わかった」」

弟妹はお菓子を食べきってから、部屋を出て行った。

父と二人きりになると、話は自然に今後のことへ移る。

「アレンディオ様に、新しい取引先を紹介してもらってね。ヒースラン伯爵へいい報告ができそうだ」

父は明日には田舎に帰ると言い、弟妹も一緒に連れて帰ると話す。

サミュエルさんはまだ仕事があるからしばらくこっちにいるらしく、父はくれぐれも礼を言っておいてくれと念を押した。

「お父様、あの……」

これからアレンディオ様と、どうすればいいのか。相談しようとした私に向かい、父はさらりと言った。

「離婚するつもりなんだろう？」

「え！」

まさか言い当てられるとは。そんなそぶりは見せなかったと思うのに……。

でも父の表情を見る限りでは、止める気はなさそうだ。

「いいんですか？　私が離婚しても」

意外だと思った。目を瞬《しばた》かせていると、父は苦笑いになる。

「ソアリスにはつらい思いをさせてしまった。アレンディオ様なら政略結婚でもおまえを幸せにしてくれると思っていたが、それは今でも思っているが……もうソアリスの好きにしていい。私が謝って済む話ならいくらでも頭を下げるさ」

「でもお父様、新しい取引先を紹介してもらったのに」

私が離婚したら、それが原因で取引が終了するのでは？　せっかくうまくいき始めた商売が、私の離婚によって危うくなるのでは？

でも、父は心配いらないと笑った。

「スタッド商会は、アルノーくんの実家なんだろう？　将軍よりもソアリスとの繋《つな》がりの方が強いから、離婚しても取引には影響しないと彼から聞いている」

「アルノーが？」

「取引のことや家のことは心配しないでくれ。父さんに説得力はないが……。ソアリスの好きにしていい。もう十分、がんばってくれた」

まさかそんな風に言ってもらえるなんて、びっくりした。

「アレンディオ様と添い遂げてくれたらと思ってはいるが、いくら娘の幸せを願ってのこととはいえ十二歳で結婚させ、不本意な十年間を送らせてしまった。しかも家のために、毎日一生懸命に働いて仕送りまで……。もういいんだ。これからはソアリスのしたいようにしてくれたら」

もっとがんばらなきゃって思っていたのに。

ニーナとエリオットが一人前になるまではって、そう思っていたのに。

父は昔と変わらず、幼い子どもに言い聞かせるように言った。

「ソアリスは大事な娘だ。家族の犠牲にするために育ててきたんじゃない。ニーナとエリオットのことは、頼りないが私たちに任せてくれ。こんな両親でも、親なんだから」

父は結局、私に何も要望は出さなかった。

ただ、幸せになってくれとだけ言って笑っていた。

私は困ってしまい、ため息をつく。

「どうしていいかわからないの。アレンディオ様とのこと、迷ってる」

彼に昔から好きだったと言われたことを父に伝えた。そして、どうしていいかわからないという正直な気持ちも。

「だって、私に英雄将軍の妻が務まるはずがないのよ。お父様だってそう思うでしょう？」

娘のことは父がよくわかっているはず。そう思って問いかけたのに、父は意外にも「そんなことはない」と答えた。

「英雄だろうが将軍だろうが、趣味が悪かろうが、アレンディオ様だって一人の男だからなぁ」

「何で趣味が悪いって確定してるの」

父もあのキノコのぬいぐるみについて、言っているとすぐにわかった。

「あ〜、なんだそれは置いておくとして」

じとっとした目で父を睨《にら》む。本当に自分が悪いことをしたってわかっているの？　ムッとする私を見て、父は苦笑した。

「どんな名誉や地位を得ても、家の中ではただの人間だよ。将軍だって、妻の前でずっと騎士で居続けるのは苦しいはずだ。ソアリスは英雄の妻になったんじゃない、アレンディオ様の妻なんだよ」

「アレンディオ様の、妻？」

「政略結婚は家同士の利益交換によって成立するけれど、本人たちにとっては家族の営みだ。互いのことを知り、思いやって暮らせばそのうち愛情は湧くんじゃないか？　アレンディオ様は優しい方なんだから」

「それは、そうかもしれないけれど……」

「おまえたちは、互いに歩み寄る時間がないまま離れ離れになってしまった。でも幸いにも、二人とも生きている。失った時間は戻らないが、これからでも互いのことを知って、家族になることはできるんじゃないかな」

――家族になる。

そんなこと、考えたこともなかった。もう十年も結婚しているのに。私の家族はリンドル家の家族であって、ヒースランのお義父様はヒースランのお義父様っていう枠がある。

アレンディオ様なんて、遠い世界の人だった。これから家族になるなんてこと、できるんだろうか。

もう私たちの道が重なることはないと思っていたのに。

「父さんと母さんも、昔はよくすれ違って喧嘩《けんか》もした。他人が一緒に暮らして家族になるっていうのは、恋愛結婚でも楽なことではないんだ」

恋愛結婚だった両親は、ずっと仲がよかった。私たちの前では、喧嘩したことなんてなかったのに。

「アレンディオ様なら、ソアリスの頑固なところも受け止めてくれると思うよ」

「一言多いです。それに、頑固はお父様譲りです！」

そうかと呟《つぶや》いて笑った父は、鞄《かばん》の中からいくつかのカードを取り出した。

随分とくすんだものと、真新しくきれいなものがある。

「アレンディオ様は捨ててくれとおっしゃったんだが、ソアリスが完全に離婚の意志を固めていないなら見せた方がいいと思ってね」

「アレンディオ様が？」

サミュエルさんから買い取った贈り物は、品物それだけだった。そういえばメッセージカードがあったはずなんだと、今さら気づく。

「捨ててくれだなんて……」

また私のため？　今さら見せても、私が混乱すると思ったの？

あの人はいつも私のことばかり。手にしたメッセージカードを見ると、胸がズキリと痛んだ。

「離婚は、いつでもできるから。まぁ、離婚届を出す権利は夫側にしかないが、彼ならソアリスの気持ちを無下にはしないだろう」

あの人は優しい人だから、私がどうしても離婚してくれと頼み込めばきっと……。受け取ったメッセージカードの束を見て、私は黙り込んでしまう。

「よく考えて、結論を出しなさい」

父は取引先との食事会があるとのことで、上着を羽織って出て行こうとする。明日の朝、ニーナとエリオットを迎えに来るそうだ。

「ん？」

扉の陰から、こちらをじっと見つめる視線に気づく。

「エリオット！　あなた何しているの？」

まさかずっと盗み聞きしていたの!?

弟は悪びれもせず、普通に部屋の中へ入ってきた。

今では、父とそう変わらない身長に育ったエリオット。十五歳にしては背が高く、首や手首を見るとすぐに痩せっぽちだとわかるところが残念だけれど、顔はわりと整っていてきっと将来はモテるはず。

私と同じキャラメルブラウンの髪に、父親譲りの黒い瞳で、少し見ないうちにまたちょっとだけ大人っぽい顔つきになっている。

弟は父を見て、真顔で言った。

「離婚についてはちゃんとしたことが言えるのに、何で贈り物を売ったりしたの？」

「!?」

弟は裕福だった頃の記憶がほとんどないため、姉二人よりも父に対する尊敬の念が少ない。少ないというより、ほぼない。

私は弟と父の間に入り、必死で説明した。

「エリオット、お父様はやむにやまれず……！」

「ソアリス、大丈夫だ。今回のことは何一つ反論できない」

父があっさり非を認める。

「でもあれは私たちを身売りさせないため、どうしようもなかったことです」

父を庇《かば》う私を見て、エリオットは小さくため息をついた。

「事情がわからないわけじゃないけれど、せめてきちんと話して欲しかったよ。姉上ばかりに我慢させて、アレンディオ様からの贈り物を金に換えてまで僕はアカデミーに行きたくなかった」

弟の気持ちはわかる。けれど、働いている身としては「何としてもアカデミーを卒業してもらいたい」という父の気持ちもわかる。

苦い顔をしていた私に向かい、エリオットは自信満々に言った。

「姉上。将来は僕が立派な借金取りになって、ラクさせてあげるからね。もしもアレンディオ様と離婚したら、僕がちゃんと養って老後は看取ってあげるから」

いっきに老後の話まで駆け抜けたわね⁉

ありがたいけれど、私はあなたに養われたくはない。

「金貸しになるには、元手がいるわよ」

「うっ！　それはどうにか考える！」

職業に貴賤《きせん》はないとはいえ、できれば借金取り以外でお願いしたい。領地なし貴族なんだから、堅い職業に就いて欲しいわ。

「少し一人にしてもらえる？　気持ちを整理したいから」

父とエリオットは、二人で部屋から出て行った。

一人になると、私はしばらく窓の外を眺める。

この一ヶ月の間に色々なことが起こりすぎて、ずっと混乱が続いている。

メッセージカードは、今夜にでもゆっくり見よう。今はまだ、中を見る勇気がない。

円筒型のバッグにそれを仕舞うと、アレンディオ様からのメッセージカードと離婚申立書が共存しているというおかしな状況になっていた。

離婚申立書は、部屋に置いていて使用人に見られたら困るので持ち歩くほかはない。

今日はアレンディオ様が夕方には戻るそうで、一緒に夕食を摂《と》る予定だ。

ゆっくり話ができるのはいつになるかわからないけれど、彼が寝ないで仕事をしているのが私との時間を取るためだと知り、「どうか睡眠を優先してください」と伝えてある。

ルードさんはアレンディオ様のスケジュールを調整しますと言ってくれたが、将軍はとても多忙らしい。隣国との話し合いや騎士団の人員調整、面談、予算の配分、そして彼にはさらに王国の象徴としての顔見せなんかもあると聞いている。

「私に将軍の妻なんて務まるのかしら……」

計算と事務処理しかできない妻って、一体何なのだろうか。これまで自分がやってきたことを否定するわけではないけれど、金庫番としてならともかく、将軍の妻としてはまるで役に立たない。

強力な後ろ盾のある妻であれば、彼をバックアップすることもできるだろう。あいにく没落子爵家の娘にそんな力はないわけで。

これからがんばればいいっていう考え方もあるけれど、私にそれが務まるかというと自信がなさすぎて考えただけで落ち込んでしまう。

あぁ、私ってもっとさっぱりして前向きな性格じゃなかったのかな。こんなにもやもやした気持ちで悩んだことなんて、これまでなかった。

悩んでいる時間があるだけ余裕がある、とも取れるけれど。食事の心配をしなくていいだけいっか、とも思えるけれど。平穏を知ってしまったら、自分に甘くなるのかもしれない。

特に、アレンディオ様に甘やかされたらつい寄りかかってしまいそうになる。逞《たくま》しい自分がどこかへ行ってしまいそうになるのだ。

少し頭を切り替えようと思った私は、弟妹を探すために部屋を出た。

客室にはおらず、メイドによると庭へ出たらしい。

二人を追って玄関を出ると、ユンリエッタさんとタイミングよく会った。

「ニーナ様とエリオット様なら、北側の庭園に向かうとおっしゃっていましたよ。ガゼボにお茶をお持ちしますので、皆様でゆっくりなさっては」

「ありがとうございます。そうさせてもらいます」

ユンリエッタさんにお茶の準備をお願いして、私は北側の庭園へ向かった。

◇◇◇

ソアリスが父親と話していた頃、アレンディオは邸へ向かうために、ルードと二人で馬車に乗っていた。

揺れを抑え快適性を重視した馬車も、大量の決済書類と報告書が同乗していては、乗り心地などどうでもよくなってくるなと彼は思った。

窓際で肘をつき、早くソアリスに会いたいと思考を逸《そ》らすアレンディオに、ルードは立て続けに報告を上げていく。

「退団希望者の身の振り方は、ほとんど話し合いが終わりました。休暇を取っていた者も、五日後には戻ってきます」

「そうか」

「あと、例のエバンディ伯爵の件ですが」

ソアリスと妹を買おうとした、悪徳貴族の末路。アレンディオが直接乗り込んで斬り捨てるのを防ぎたかったルードは、あらゆる権力とツテを使い、エバンディ伯爵による役人への賄賂の事実や脱税の証拠を集め、貴族院に提出していた。

「ずるずると出るわ出るわで、すべて突きつけたときの怯えた顔は見ものでした。笑いが止まらなくて困りましたよ」

「それは何よりだ。いずれ出す膿《うみ》だ、早い方がいい」

アレンディオは少しだけ口角を上げる。

(いい見せしめにもなるだろう。俺の妻に手を出そうとしたらどうなるか、ほかのヤツらも思い知るといい。せいぜい派手に始末してやる)

主人の機嫌が少しばかり浮上したところで、ルードは最後の報告を上げた。

「先日の王太子殿下襲撃事件については、どうやら狙いは別にあったようです」

「だろうな」

本気で命を取りに来たとは思えない、子ども騙しの襲撃。単なる嫌がらせと思えたその事件の犯人は、国内のならず者だった。もちろん、彼らははした金で雇われただけで主犯は別にいる。

「属国化した敵の生き残りならばともかく、政権争いのない自国唯一の王子をこのタイミングで襲撃する意味はないからな」

「ええ、そうですね」

犯人の五人中、二人が拷問にかけると脅しただけで白状した。

「将軍が護衛中の王子を狙うことで、あなたの名に傷をつけたかったのだと」

「俺？」

「はい。あなたです」

アレンディオは眉根を寄せて、ルードを見た。今さら名に傷がついたところで痛くも痒《かゆ》くもない、そんな気持ちを露骨に表して。

「まぁ、アレン様は大して興味がないでしょうが、あなたに恨みを持つ者からすれば些細《ささい》なことでも溜飲《りゅういん》が下がるというものなのではないでしょうか」

「くだらない」

将軍になるまでに、味方からの恨みを買ったという自覚はある。

貴族しか司令官になれない仕組みを変え、平民でも実力のある者や才能のある者は重要なポジションにどんどん取り立てた。そうすれば戦を早く終わらせられると思ったからだ。

実際、アレンディオが実力主義を徹底してからは瞬く間に戦況がよくなった。

だが、貴族令息というだけで優遇され、手柄を立てられる位置にいた者たちは不満を募らせたのも事実で――

「横領事件の一件が絡んでいると思われます」

ルードの言葉に、アレンディオは不機嫌そうに顔を歪《ゆが》める。

「ヴィッツリー侯爵家の次男か。名前は……忘れた」

「ベルン・ヴィッツリーですよ。二十一歳、中尉から一般兵に降格した」

「あぁ、やたらと髪形を気にするあいつだ、赤毛でくせ毛の。顔は覚えていないが」

援助物資の横流しと軍費の横領。侯爵家のはみ出し者と前評判からすでに最悪だったその青年騎士は、戦場にいながら遊ぶ金欲しさに横領を重ね、商人から賄賂を受け取り物資の横流しもしていた。

アレンディオは容赦なく捕縛し、見せしめに刑を執行しようというルードの意見に許可も出したが、事務方から「それだけはやめてくれ」と嘆願されて降格処分を下した。

「今は謹慎中じゃなかったか？」

アレンディオが問いかける。

「ええ、そうですよ。でも謹慎先の別荘を抜け出して、賭博場に出入りしているという情報が入っています。そこで知り合った男らに、先日の襲撃を依頼したそうです」

「父親はまともなのにな。子の教育まで手が回らなかったか」

「親と子は別の生き物ですから、そういうこともあるかと」

ヴィッツリー侯爵は、かつて王族の剣術指南役だった。

心技体、すべてにおいて立派な父親がいても、その実子はどうしようもない放蕩《ほうとう》息子だから嘆かわしい。

「で？　戦場から戻った今、俺に嫌がらせとはよほど暇を持て余しているんだな」

「そのようです。でも金はあるんで、反王政派と繋がってあれこれ行っているみたいですよ。あなたへの嫌がらせも、四方八方手を尽くしているみたいですが今のところ成功していません」

証拠はすでに揃っていて、後は貴族院の連中から捕縛の許可をもぎ取るだけだとルードは話す。

「たとえ反対されても捕らえます」と付け加えると、アレンディオはそれでいいと頷いた。

「俺に直接決闘でも申し込んでくればいいものを」

「そんな腕と根性があれば、このようなことにはなっていないかと」

貴族院の本会議へ乗り込んでやろうか、アレンディオはそんなことを考える。が、現実的ではないためすぐに諦めた。

「念のため、ソアリスの周辺を護衛で固める」

「よろしいのですか？」

これまでは、ソアリスが嫌がると思って護衛で囲むことはしなかった。しかし狙いが自分である以上、ベルン・ヴィッツリーを捕縛するまでは護衛をつけるとアレンディオは決める。

「報告は以上です」

言うべきことは言った。報告を終わらせたルードに向かって、アレンディオは怪訝《けげん》な顔で尋ねる。

「まだだろう」

その一言に、思い当たる節のないルードは眉根を寄せる。

「いえ、もうこのほかには」

「ユンリエッタ」

「は？」

アレンディオは、補佐官の私的なことに口を出すような男ではない。だが、これだけは言っておかねばと苦言を呈する。

「どうするつもりだ？　話し合いはまだついていないんだろう。ユンリエッタの父親から、ルードを説得してくれと俺のところに使いが来た」

つい昨日のことだった。アレンディオがどちら側にもつく気はないと追い返したと告げると、ルードはいつものように柔和な笑みを浮かべたまま「すみませんでした」と答える。

「謝罪はいい。どうするつもりかと聞いている」

「どうするもこうするも、婚約はすでに解消しています。今さら復縁することはありません」

「だが解消したのは、いつ戦地から戻れるかわからないからという理由ではなかったか？　もう戦は終わって、二人とも王都にいるじゃないか。何を躊躇うことがある」

ルードはめずらしく表情を崩して、渋面になった。

「彼女には、もっといい人がいると思うからです」

ルードは辺境伯爵家の次男で、騎士として身を立てる以外に今のところ道はない。将軍補佐官の仕事は、アレンディオが退けばそれまでで、後はヒースラン伯爵家の家人になるだけだ。

「私はこの先、一代限りの騎士爵を持つだけの使用人になります。彼女に与えてやれるものはあまりに少ないと思うのです」

ユンリエッタは名門侯爵家の三女で、身分的には釣り合っていないと言える。

「陛下はいずれ、俺に侯爵位を、おまえに伯爵位をという意向をお持ちだが？」

「絶対に御免です。そんなことになれば、実家を継ぐ兄との諍《いさか》いが起こります。親族を巻き込んで、それはそれは大きな内部分裂になるでしょう。それに爵位のことがなくても、ユンさんにはもっといい人がいると思うのです」

「ほかにもっといい人が、と言ってもユンリエッタがおまえでなければ嫌だと言うのなら仕方ないだろう。身分がどうのという前に、長引く戦で男が不足しているんだから侯爵家としてもルードが結婚してくれるなら異論はないらしい」

使いの者から、聞いてもいない事情を聞かされたアレンディオ。半ばげんなりした表情でルードに告げた。

「ユンリエッタの姉二人も、政略結婚ではないと聞いた。あの家の娘は、揃って気が強いと……」

「ええ、それはもう、とてつもなく」

侯爵家の娘が、一人は出入りの商人に、一人は十五歳も離れた文官の後妻になるなど普通では考えられない。しかし、恐ろしく我の強い娘たちはそれを成し遂げてしまった。

狙われた相手に同情する声まであったくらいだ。

美しいが恐ろしい、それがユンリエッタら三姉妹への評判である。

「ともかく、おまえも一度は好きで婚約したんだろう？　意地を張っていないで、さっさとユンリエッタと話し合え。結婚はいいぞ」

「いや、リンドウお悔やみ案件に最も近かった人から『結婚はいいぞ』と言われましても」

呆《あき》れ顔のルードを見て、アレンディオはにやりと笑う。

「断るなら断れ。その代わり」

「？」

「地獄の果てまで追いかけられることになる」

「それ、私に選択肢なんてないですよね!?」

口元を引き攣《つ》らせるルードだが、頭ではとっくに理解している。

おそらく、彼女からは逃げられないと。ただし、補佐官として生涯に渡りアレンディオを支えると決めた彼にとって、家族を持つということ自体に躊躇いがあった。

大切に想うからこそ、己よりも彼女を愛してくれる者と一緒になってもらいたい。その気持ちは伝わっているはずなのだが、ユンリエッタが諦めるそぶりはまったくなかった。


馬車に揺られること四十分。赤レンガの外壁が見え、色とりどりの花が咲き乱れる庭園を抜けて正面玄関へと到着する。

「おかえりなさいませ、旦那様」

「あぁ」

アレンディオを出迎えたのは、家令のヘルトやソアリスの弟妹、使用人たち。

そこに、昨夜から泊まっているはずのソアリスの姿がない。ユンリエッタの姿もないところを見ると、二人は共にいるのだと思われた。

「ソアリスは？」

「北側の庭園にいらっしゃると。ユンリエッタが迎えに行っておりますので、すぐにお戻りになられるはずです」

「そうか」

ソアリスに会える。そう思うだけでアレンディオの表情が和らぐ。

求婚は邪魔が入って答えを聞けなかったが、その場で断られなかっただけ幸いだとアレンディオは思っていた。

午後は久しぶりに時間が取れる。明日になれば帰ってしまう弟妹との時間も大切にしてやりたいが、ソアリスと二人で過ごす時間が取れるだろうかとアレンディオは期待していた。

ところがそこへ、メイド服を着たユンリエッタが血相を変えて走ってきた。

「アレン様！」

まるで戦場での一報を届けるような、緊迫した声。

その手には、泥だらけになったソアリスの上着と平たい筒状のバッグがあった。

自分がつい先日贈った服とバッグだと、アレンディオは気づく。そしてこれから悪い知らせがもたらされるのだと、無意識に身体《からだ》が強張《こわば》り、心臓はドクンと大きく鳴った。

「奥様が行方不明です！」

庭園に向かったソアリスを追い、お茶の準備をして後を追ったユンリエッタ。まっすぐ小路《こみち》を歩いていると、そこへ弟妹が正門から入ってきた。

彼らもソアリスと同じく、北側の庭園にいたはず。疑問に思ったユンリエッタに、ニーナは笑って言った。「扉から外へ出たら戻れなくなった」と。

北側の庭園の端には使用人用の出口があり、外へは出られるが中へは入れないようになっている。王城や騎士団にもこのような構造の扉はあり、外からの侵入を防ぐために設けられた防犯扉だった。

弟妹は何も知らずに出て、戻れないとわかったので外壁に沿って正門まで歩いて再び敷地に入ってきたという。

ユンリエッタは、急いで北側の庭園に向かって駆けた。やはりソアリスの姿はなく、弟妹と同じように外へ出てしまったのかと自分も後を追った。

そして、出口から出てしばらく歩いたところで泥だらけの上着とバッグを見つけたのだった。

「すぐに特務隊を招集しろ！　ジェロムもだ！」

現場の状況から、ソアリスが何者かに誘拐されたことは明らかだ。

アレンディオは、すぐに将軍直属の特務隊を招集することを決める。ジェロムは狼《おおかみ》と交配した特殊な犬で、匂いを覚えさせると対象まで走っていく特務隊の一員だ。

ルードとユンリエッタはすぐに散り、二十分後には邸の庭に三十人の騎士が集結した。オロオロするばかりだったニーナとエリオットは、ヘルトが客室へと下がらせる。使用人をつけ、姉が戻るまで部屋にいるよう指示をした。

犯人の目的がわからない以上、二人がターゲットにならないとも限らないからだ。

（ソアリス……！　無事でいてくれ）

アレンディオは一分一秒が惜しいほどに苛立《いらだ》ち、なぜもっと早くソアリスに護衛をつけなかったのかと激しく後悔した。ユンリエッタは騎士だが、素性を伏せて世話係としてつけているため二十四時間そばに張りつくことはできない。

彼女は自分の落ち度だと嘆いていたが、とても責める気にはなれなかった。

（俺のせいだ……。嫌われたくなくて、必要最低限の警護に留めてしまったから）

ふとソアリスの残した荷物に目をやれば、鞄のそばに散乱していた物がテーブルの上に揃えられていた。

「これは……？」

メッセージカードは、父親からソアリスの手に渡ったのだとすぐにわかる。だが、薄茶色の封筒を開くとアレンディオは顔色を変えた。

『離婚申立書』

ソアリス直筆のそれは、アレンディオに衝撃を与えた。

「なぜこんな物が」

実物を見るのは初めてで、そこには確かに自分とソアリスの名前が記入されている。

「準備が整いました。……アレン様？」

ルードが怪訝な顔で、主《あるじ》を見る。

一枚の紙を持ったまま、アレンディオは怒りに震えていた。

「おのれ……！　誰がこんなものをソアリスに書かせた!!　そうか、ソアリスに懸想した男が脅して無理やり書かせたんだな！」

殺気を撒《ま》き散らし、感情のままに叫ぶアレンディオ。

そのあまりの形相に、特務隊の騎士らもゴクリと唾を飲み込む。

(((砦《とりで》を落としたときの将軍だ……！)))

こんな風に見られる予定ではなかった離婚申立書。ソアリスの思惑とはまったく違う状況で、アレンディオの目に触れることになってしまった。

「ソアリス、待っていろ。必ず助ける！」

離婚申立書は、ぐしゃりと音を立てて握りつぶされる。それを乱暴にポケットに突っ込んだアレンディオは、妻の救出と犯人への報復を誓った。

ここで彼の元へ、一匹の犬が連れてこられる。

「ジェロム、頼んだぞ」

ここにある上着とバッグには、泥がついている。ジェロムが正確に匂いを嗅ぎ取れるか、という懸念はユンリエッタによって覆された。

「奥様の匂いでしたら、これを」

騎士服を着たユンリエッタが持ってきたのは、不気味な魔除《まよ》けのぬいぐるみ。ふかふかのそれは、今日も二つの瞳が妖しげに光っている。

「昨夜もこれを抱いてお休みでしたので、最適かと」

黒曜石の目が不気味な光を宿している。

騎士は平静を装うが、全員それに釘付《くぎづ》けだった。

(((何、あのキノコ……！)))

将軍の邸に、なぜあんなものがあるのだろうか？

一同は気になって仕方ないが、今は絶対にそれを尋ねるタイミングでないことはわかる。

訓練された犬は動じず、匂いを嗅ぎ、すぐに門の方へ走り出す。

「第一隊は予定通り！　第二、第三隊は王都の外周から行け！」

馬に跨《また》がったアレンディオは、キノコのぬいぐるみを左手で抱えて出発する。

それに続いたのはルードで、必死にスピードを上げて手の届く距離を並走した。

「アレン様！　お願いですから、そんなものを抱えて行かないでください！」

「なぜだ!!」

「国の威信にかかわります！」

将軍が、キノコの化け物のぬいぐるみを抱えて馬を駆る。とんでもない状況に、ルードは必死でそれを寄越せと言った。

「そんなものとは何だ！　これは俺がソアリスに贈った誕生日プレゼントだ！　しかもソアリスはこれを気に入ってくれている！」

「なんて物を贈ってるんですかぁぁぁ!?　どんな趣味してるんですか！」

「ソアリスを侮辱するな！」

「私が引いているのはあなたのセンスです！　奥様がそんなもの気に入るわけないでしょうが！　絶対に気を遣われてますって！　とにかく預かります、預かりますから寄越してください！」

必死のルードに根負けし、アレンディオは前を見たままぬいぐるみを投げ渡す。

見事に受け取ったルードは、片手でそれを抱えてアレンディオと共に馬を走らせた。

「ソアリス……！」

どこの誰が彼女に離婚申立書を書かせ、あろうことかその身を攫《さら》ったのか。絶対に切り刻んでやる、と殺気立ったアレンディオはわき目もふらずに進んだ。

◇◇◇

「おとなしくしていろ。金さえもらえば、無事に帰してやる」

「…………」

ここはおそらく王都のはずれ。

正確な位置はわからないけれど、男たちに無理やり乗せられた馬車は貴族街を出ると舗装されていない道をまっすぐに南へ進み、鬱蒼《うっそう》と木々が生い茂る森の中へと到着した。

今は、家というよりは物置に近い木造の平屋にいる。

ログハウスなんて立派なものではなく、一昔前の薄暗いテーブルランプや食器棚を見る限りは誰かが生活していた痕跡はあるが、廃屋といった方が合うような小屋だ。

誘拐犯は今のところ四人。一人が表で見張りをしていて、残りの三人はテーブルを囲み休んでいる。

後ろ手に縛られた状態で床に座る私には、男たちが三十代くらいで、身なりからして平民であることしかわからない。

ヒースラン邸で弟妹を探していて、うっかり外へ出てしまった私は、扉が外から開かない仕様なのだと気づくと、もう一度中へ入るために正門を目指して歩いていた。

外壁沿いに歩けば、すぐに門番のいる場所に着く。そう思っていたら、後ろからやってきた幌《ほろ》馬車が私のすぐそばで停車し、中から出てきた男たちに囲まれてあっけなく連れ去られてしまった。

抵抗してバッグを投げ、袖を掴《つか》まれて上着を落とし、今の私は何も持っていない。運よくここから逃げられたとしても、どうやって安全な場所まで行けばいいのか見当もつかなかった。

「何が目的ですか？」

恐る恐る尋ねると、一人の男がこちらを見て言った。

「身代金さ」

シンプルな答えだった。

予想通りだけれど、貴族街で白昼堂々と人攫いをするのはリスクが高すぎない？

しかも、私が一人で外へ出たのは偶然だった。

「どうしてこんなことに」

将軍の妻。私を誘拐すれば、アレンディオ様が身代金を支払ってくれると思ったんだろうか？

我ながら、油断しすぎていたと今さら猛烈に後悔が押し寄せる。私は将軍の妻なんだから、こんなことが起こる可能性は予想できたはずだ。

どうして、と口から漏らしたものの、自分の油断が招いたことだというのは明白だった。

「あっさり誘拐されるなんて……！」

当然のことながら、私に護身術などの心得はない。

一対一でも分が悪いのに、複数人の男から逃げられるわけもなく、ほんの数十秒で馬車に乗せられてしまった。

「おいおい、あっさりだと？　あれだけ暴れてよく言うぜ。ったく」

帽子を被《かぶ》った男が、腹をさすりながら嘆く。

そういえば暴れて何かを蹴ったんだったわ。この人の腹部に直撃したらしい。

「貴族のお嬢さんだってのに、えらいじゃじゃ馬だな」

「もうじっとしていろよ」

私は力なく項垂れる。

幸いにも、今は縛られている以外に何もされていない。殴られたり蹴られたり、貞操の危機があるようには感じられない。

その可能性もあった、というのは考えただけでぞっとする。

ただし、この国で貴族子女の誘拐はかなり成功率が低い。貴族院が高い税金を取っているだけあって、必死で犯人や被害者の消息を追ってくれるからだ。

捕まると、犯人は容赦なく絞首刑。もしくはその場で斬り殺されることもある。しかも本人だけでなく、一族も厳罰に処されるほど刑が重い。

誘拐事件がまったくないわけではないが、身代金だけ取って人質には何もせず、無傷で解放する犯人がほとんどだ。

被害者を殺したり傷つけたりしなければ、この世の果てまで追ってくるなんてことはない。

俯《うつむ》いて黙り込んでいる私を見て、帽子の男は言った。

「将軍が金を払ってくれるよう、せいぜい祈っておくんだな」

こんなことになって、アレンディオ様に申し訳ない。

あの人はきっと、すごく心配すると思う。彼の姿を思い出すと、急に心細くなって会いたくなった。

ところが、私の耳に信じられない言葉が入ってくる。

「なぁ、どうせなら将軍の妻を攫った方がよかったんじゃねぇか？」

え？　今この人は何て？　『将軍の妻を攫った方がよかったんじゃないか』って、そう言った？

驚きのあまり、思わず顔を上げて男たちの方を見る。

「ばかやろう。将軍が妻に惚《ほ》れ込んでるのは有名だろう！　妻を誘拐なんてしたら、無事に帰したとしても絶対に絞首刑じゃねーか」

「そうか。言われてみればそうだな」

「そうだよ！　使用人の女なら、男爵家か子爵家の娘だろうし、無事に返しさえすればそこまで追ってはこないはずだって最初に聞いただろう」

だんだんと私の口元が引き攣っていく。

まさか、使用人と間違われて誘拐されたなんて！

私特有の「将軍の妻コレじゃない感」がもたらした悲劇だった。男たちは、将軍の妻がここにいるとは想像してもいない。

ごめんなさい！　高貴な雰囲気がまったくなくてごめんなさい！

どうかバレないで、と神様に祈る。

「おまえ、貴族だよな？　わりといい服着てるし」

リーダー格の男が尋ねた。

私が貴族だというのはその通りなので、こくりと頷く。

ここで「将軍の妻だとバレたらどうなるんだろう？」ということが頭をよぎった。

予定と違うと、ここに置き去られる？　それとも、殺される……？

嫌な考えばかりがちらつき、心臓がバクバクと鳴る。

「あんたもついてないなぁ。将軍の邸の使用人なんていくらでもいるのに、なんで俺らが張りついてたタイミングで外に出てきたんだか。使いにでも行く途中だったのか？」

「そんなに怯えなくても、身代金を手に入れたら解放してやるよ」

男たちは、軽い口調でそう言った。

使用人女性の身代金。それはいくらなのかしら？

アレンディオ様の資産は知らないけれど、将軍なのだからきっといくらでも払えると思う。ただ、私がそれを弁済できるかと不安になる。

命には代えられない、でもやっとリンドル家の借金返済の目途が立ってこれからだというときに、またお金に振り回されるのかと思うと気が遠くなりそうだった。

「あの、身代金って一体いくらで……？」

「将軍なら軽く払えるくらいの金額だよ。安心しな」

だがここで、一人の男が不安要素を口にする。

「貴族って、使用人のために金出してくれんのか？　噂《うわさ》じゃ、将軍はすげぇ恐ろしい男だって聞くぜ？　部下だろうが役職付きのお偉いさんだろうが、容赦なく切り捨てるって」

初めて聞く話に、私は思わず眉根を寄せた。

アレンディオ様から仕事の話を聞いたことはないけれど、私利私欲のために動く人ではないはずだ。きっとその噂も、賄賂や隠ぺいに失敗した人が流したものじゃないのかしら？

あの人が恐ろしいだなんて、私には思えなかった。

「帰還の行軍で見たときは、すげぇ顔のきれいな男だなってくらいにしか思わなかったぞ。威圧感がすごくて、何の感情もなさそうな雰囲気だったな」

「えぇ？　そんな男が、使用人に情なんてあるか？　誘拐したって知らせて『そんなやつ知らん』って、見捨てられるんじゃねぇか？」

「情がなくても、世間体ってもんがある。将軍が身代金惜しさに使用人を見捨てた、なんて噂が回ったらさすがに困るだろう？　民衆はすぐに態度を変えるからな」

アレンディオ様は、たとえ本当の使用人が誘拐されたとしても、身代金を惜しむような人じゃない。

散々に好き放題言う男たちを見ていたら、無性に腹立たしくなってきた。

睨んでいると、一人の男が私に近づきにやりと笑う。

「まぁ、将軍が血も涙もない男だったとしても、俺たちの仕事はあんたをここに連れてくるまでだ。依頼人から金をもらったら仕事は終わる」

「依頼人……？」

この人たちは、自分たちで誘拐を計画したんじゃないの？

戸惑う私は、思わず尋ねた。

「それは誰なんですか？　その人は一体、何が目的なんです？」

男はただにやにや笑うだけで、答えてはくれなかった。

「さぁな。俺らは言われた通りにしただけだ。もうすぐここに来るから、直接聞いてみるといい」

その後、男たちは酒を片手に賭博の話をし始めた。三人とも、賭博で作った借金があるらしい。

私の身の安全は、これから来る依頼人次第だなんて……。

私は無事に帰れるの？　今になって急に不安が押し寄せてきた。

もしもこのまま、アレンディオ様に会えなくなったら。考えただけで、心が悲鳴を上げる。

もっと早く話をすればよかった。彼に会いに行けばよかった。

後悔ばかりがこみ上げ、彼の顔が頭に浮かぶ。

『俺は街で初めてソアリスに会ったときから、君が好きだったんだ』

思い出すのは、彼が告白してくれたときのこと。私はあの人の優しさに甘え、今日まで何も言わずに来てしまった。

　別れた方が彼のためになるってわかっているのに、私はもう少しだけ彼のそばにいたかったんだわ。

「アレン……」

　このまま会えなくなるのは絶対に嫌だと、心の底から思った。

「あーあ、泣いてんのか？　使用人とはいえ貴族のお嬢さんだから、誘拐されたとなれば嫁にいけねーって心配か？」

「はっ、だったら俺が嫁にもらってやろうか？」

「あはははは、そりゃいい」

　あまりの言い草に、私はキッと彼らを睨んだ。

「お？　泣いてねーじゃねーか」

「気の強い女は嫌いじゃないぜ」

　笑い声が狭い小屋に響く。

　誘拐されてまだほんの少ししか経《た》っていないのに、ここに連れてこられてからの時間がとてつもなく長く感じた。

　そのとき、外にいた見張りが誰かと話している声が聞こえてくる。

「やっと来たか」

　男たちは、一斉に立ち上がる。例の依頼人が来たらしい。

　私の心臓が高く跳ねる。

　扉が静かに開き、この小屋には似合わない身なりのいい青年が入ってきた。

アレンディオ様よりは背が低いけれど、逞しい体躯《たいく》は騎士のように見える。肩より少し長い赤毛はさらりとしていて、彼はしきりに前髪を右手で整えながら歩いてきた。

「うまくいったようだな」

彼は私を見て、満足げに笑う。

男たちは、彼の正面に進み報告した。

「ヴィッツリー様のご依頼通り、将軍の邸から使用人を一人攫ってきました」

「誰にも見つかっていませんから、しばらく追っては来ないでしょう」

それを聞いた青年は、冷めた目で彼らを見る。

「よくやった、と言いたいところだが少し仕事が遅いんじゃないか？　成功したと連絡が入るまで、待ちくたびれたぞ」

蔑みを感じさせるその態度に、男たちがムッとしたのが伝わってくる。

ヴィッツリーと呼ばれた青年の態度に緊迫感や焦りの色はなく、まるでちょっとしたお使いを頼んだような雰囲気だった。

ワガママなお坊ちゃまがそのまま大人になった、というような印象を受ける。

ここで私は、ヴィッツリーという侯爵家があったことを思い出した。

王女宮でご当主様を見かけたことがあり、王族の剣の指南役も任されている立派な方だったはず。

この青年は息子？　それとも親戚？

侯爵家の縁者がこんな事件を起こすなんて、とても信じられなかった。

彼は男たちに対し、尊大な口調で褒める。

「まぁ、初仕事にしてはよくやったよ。金はここに」

男たちは不服そうな顔をしていたが、金さえもらえれば逆らう理由もないようだった。一人が袋を受け取ると、中身を目で確認した後でポケットに入れた。

ここからどうなるの？　私が不安を抱いて見つめていると、ヴィッツリーがその視線に気づいて近寄ってくる。

びくりと肩を揺らせば、彼はその反応を楽しむように笑みを浮かべた。

「こんにちはお嬢さん。こんなことになってかわいそうだね」

「…………」

何も答えない私に、彼はやけに明るい声で話しかける。

「アレンディオ・ヒースランには個人的に恨みがあってね。あいつが王都に戻ってくるのを、ずっと待っていたんだ」

「恨み？」

「僕はね、あいつのせいで不名誉な退団処分を受け、謹慎させられているんだよ。高貴な身分の者として、当然の権利を行使しただけなのに……！」

退団処分ということは、この人はアレンディオ様の部下だった？

この態度からは、どう考えても逆恨みだろうという予感しかしない。

「僕の価値がわからないなんて、あんなやつが将軍としてもてはやされるのは何かの間違いだ。だから僕は、世間に教えてやるんだ。あいつが非情な男で、称賛するに値しないやつなんだって」

だからって、使用人を誘拐する？　それに何の意味があるの？

私は彼を睨みつける。

「こんなことをしても、意味なんてないわ。アレンディオ様は名実ともに立派な方だもの、使用人が誘拐されても評判が落ちるわけがない。それに、あの人はきっと助けに来てくれる」

私の反論を受け、彼はふんと鼻で笑う。

「助け？　そんなものはこないよ」

なぜ、と私が問う前に彼は言った。

「君は今ここで死ぬからね。身代金の交渉なんて、するつもりはない」

彼はそう言うと、短剣を取り出した。

柄《つか》の部分に緑の宝石のついた短剣は、護身用の武器ではあるが人の命を奪うには十分なものだ。

私は思わず息を呑《の》む。

「君は、将軍に『金が惜しい』と身代金の支払いを拒まれ、逆上した犯人にここで殺される。その話が世間に広まれば、将軍の信頼は地に落ちるというわけだ」

「そんな……」

最初から、この人は私を解放するつもりなんてなかった。男たちに罪を着せ、攫ってきた使用人を殺すつもりだった。

憎しみを宿した目が、それを教えてくる。

「あいつだけは許せないんだ……！　少しくらい軍の金を使ったからって何だって言うんだ？　どうせ末端の兵は使い捨てなんだ、武器なんて安物で十分なんだよ。浮いた分を僕が使って何が悪いって言うんだ」

人の命を何だと思っているの？　自分勝手にもほどがある。

必死で戦った兵に、平民も貴族も関係ない。その武器をあえて安物にするなんて、しかもその分の予算を横領するなんてどうかしてる。

アレンディオ様がこの人を退団させ、謹慎処分にしたのは何も間違ってなんかいない。

「最低ね……！　あなたなんて、アレンディオ様の足元にも及ばないわ」

「何だと!?」

胸倉を掴まれ、私は思わず顔を顰《しか》める。怖くて堪《たま》らないのに、この人への怒りが収まらず、絶対に怖がるそぶりは見せたくないと意地になった。

「おまえ……！　使用人の分際で偉そうな口を！」

睨み合う私たち。

しかしここで、ヴィッツリーの背後に男たちが迫った。

「おい、殺すのは聞いてねぇ！　そんなことすれば、貴族院から手配がかかる！」

「そうだ！　この程度の金で殺人犯の片棒を担がされるなんて割に合わねぇ！」

「ふざけるな！　俺たちは関係ないぞ！」

あまりの剣幕に、ヴィッツリーが怯む。私のシャツを掴んでいた手は離れ、短剣も床にゴトッと音を立てて落ちた。

「おいっ、僕に触るな平民どもが！」

ヒステリックな声が小屋に響く。

男たちとヴィッツリーはもみ合いになり、私はそのうちに小屋の隅に逃げた。

何とか今のうちに逃げ出さなきゃ。でもどこへ……？

そう思った瞬間、外から大きな声が聞こえてきた。

「君たちは！　完全に包囲されていまーす！　首が繋がったままでいたければ、今すぐ人質を連れて出てきなさい！」

「⁉」

ドンドンと鳴る太鼓の音。

聞き覚えのあるこの声は、ルードさんのものだ。

驚いた男たちは焦った顔で窓際に張りつき、外にいる騎士の姿を確認して狼狽《うろた》える。

「動きが早い！」

「なんでここがバレた⁉」

小屋に着いてから、まだそれほど経っていない。

あまりの早さに、私も驚きで言葉を失った。

「くそっ、まさかこんなに早く見つかるなんて……！」

ヴィッツリーが悔しげな顔に変わる。

「あああ、計画が狂った！　こうなったら仕方ない」

彼は床に落ちていた短剣を拾うと、素早くそれを抜く。

「っ……！」

「おとなしくしろ。おまえはこのまま僕と一緒に来るんだ」

私を無理やり立たせたヴィッツリーは、強引に出口へと向かう。扉を乱暴に蹴り開けると、私の背後に回って首に刃《やいば》を突きつけてきた。

「騎士は全員下がれ！　この女がどうなってもいいのか！」

目の前には、小屋を囲むように等間隔で騎士がいた。

黒い隊服の彼らは、アレンディオ様の直轄部隊である特務隊だ。街にいる警吏隊よりも屈強で凛々《りり》しく、ひと目で精鋭だとわかる。

「ルードさん」

距離はあるが、正面にいるのは険しい顔つきのルードさんだった。その姿は、いつもの黒い隊服である。

でも、その腕にはどうしても無視できない物があった。

…………なんでキノコのぬいぐるみを小脇に抱えているの⁉

あれって私の？　それともルードさん個人のもの？

もしかして私が知らないだけで、騎士団で流行《はや》ってるの？　マスコットキャラだったりするのかしら⁉

予想外すぎて、じぃっとキノコを見つめてしまう。

「くっ！　ここからどうすれば⁉」

今それを考えるの⁉

この状況から逃げきる方法なんてあるわけがなくて、それでも往生際悪くこんなことをしているヴィッツリーに心底呆れてしまった。

「早く下がれ！　聞こえないのか！」

狼狽えたヴィッツリーは、じりじりと前へ出る。私も押されてゆっくりと前に進んだ。

でも騎士たちは微動だにせず、ずっと犯人を睨みつけている。

「今すぐ馬を用意しろ！　聞こえないのか!?」

「「「………」」」

ルードさん含め、騎士たちは彼の要求に一切返事をしない。何かを待っているみたいだった。

そういえば、アレンディオ様がいない。

違和感を抱いた私の頭上から、恐ろしく低い声が降ってきたのはそのときだった。

「貴様が俺の妻に懸想し、連れ去った男か……！」

背筋が凍るような殺気に、私もびくりと肩を揺らす。

それと同時に、ズバッという音がした。

「ぎゃぁぁぁ！」

ヴィッツリーが叫び声を上げ、私は急に解放される。

直感で「今、振り返らない方がいい」と思ったものの、振り返らずにはいられず、恐る恐る叫び声のした方を見ると、そこには血のついた剣を手にしたアレンディオ様がいた。

「アレン」

屋根から飛び降りたらしいアレンディオ様は、私を捉えていたヴィッツリーを斬り、小屋から飛び出してきた男たちのことも流れるような動きで倒した。

剣の柄で鳩尾《みぞおち》やこめかみに一撃を入れられた男たちは、意識を失っている。

さすがは戦場で武功を立てて、将軍になった人だわ……！

雇われて悪事を働く程度の男たちが束になったところで、将軍に上り詰めた騎士に勝てるわけがない。段違いの強さだと、素人の私にもわかる。

「ううう っ……！　うあああああ！」

ヴィッツリーはアレンディオ様に右腕を斬られ、真っ赤な血を流してもがき苦しんでいる。地面に突っ伏す彼を、騎士らは速やかに捕縛した。

剣を収めたアレンディオ様は、その全身に纏《まと》っていた殺気を解き、私に向かって歩み寄った。

「ソアリス、無事か!?」

抱き寄せられると、その温かさに涙が滲《にじ》む。

「怖かっただろう、もう心配はいらない」

ぎゅっと肩を掴む手に力が篭《こも》り、もう一方の手は優しく背を撫《な》でてくれた。

「すまない、ソアリスに血を見せてしまった」

彼はそう言うけれど、私が誘拐なんてされてしまったばかりに、こんなことになってしまったのは明白で、謝るのは私の方だ。

「ごめんなさい、私が勝手に外へ出たから」

「謝らないでくれ」

「でも」

「君が美しいことに罪はない」

――一体何を言っているんだろう。

抱き締められた状態のまま、しばらく沈黙が落ちる。

ゆっくりと顔を上げれば、アレンディオ様は今まで見たことがないくらい怒りを孕《はら》んだ顔つきで、ヴィッツリーを睨みつけていた。

「貴様、俺の妻と知っていてこんなことをしたのか？　ソアリスに離婚申立書を書かせ、連れ去って己のものにしようなど許されることではない！」

「え？」

待って、待ってアレンディオ様。一体何がどうなってそうなったの⁉

凄《すさ》まじい殺気を向けられたヴィッツリーも、意味がわからず呆気《あっけ》にとられた顔をしている。腕の痛みを忘れるくらいびっくりしている。

「あの、アレン？　あなた何を……」

使用人と間違われたんですけれど？

「貴様、一体どこのどいつだ⁉」

ヴィッツリーは小屋の中であれほどアレンディオ様への私怨を語っていたのに、顔を覚えられてもいなかった。

「よくも俺の妻を……！」

アレンディオ様はさらに続けた。

「ソアリスを攫った罪、ソアリスを視界に入れた罪、ソアリスに触れた罪、ソアリスの声を聞いた罪、ソアリスに懸想した罪、ソアリスと同じ時間を過ごした罪……その命で償ってもらうからな！」

罪状が酷《ひど》い！

それって最初の罪以外、何の罪にもなりませんからね⁉

混乱を極めたところへ、ルードさんがキノコ片手にやってきた。

「えー、奥様。ご無事で何よりです。遅くなりすみません」

「いえ、ありがとうございます。早かったです……」

「それでちょっとお伺いしたいんですが、主犯はこのベルン・ヴィッツリーでしょうか？」

「は、はい」

ここで私が続きを口にするより先に、ヴィッツリーが口を開いた。

「奥様って、奥様⁉　こんな女が、アレンディオ・ヒースランの妻⁉　英雄の妻⁉」

事実を受け入れられないのか、ヴィッツリーは「嘘《うそ》だろう？」と繰り返していた。

私はアレンディオ様の腕の中からそっと抜け出ると、目を伏せつつ真相を口にする。

「あの、私のことは使用人と間違えて誘拐したみたいです。アレンに恨みがあって、使用人を殺して『将軍が身代金の支払いを渋ったせいで使用人が殺された』ということにするのだと言っていました」

ここでアレンディオ様が一気に殺気を放つ。

「ソアリスを殺す、だと……‼」

「ひっ‼」

再び剣に手をかけたアレンディオ様は、ヴィッツリーにそれを振り下ろそうとしてルードさんに止められた。

「ダメです！　奥様のいる前で殺傷は控えてください！」

「くっ……！」

苛立ちを堪《こら》えるようにして剣を収めたアレンディオ様は、ぎりっと歯を食いしばって思いとどまる。

「アレン、私ならこうして生きていますから。どうか抑えてください」

裁判もなしに独断で処分を下せば、将軍による私刑だと責める者が出てくるだろう。

私だってこの人のことは許せないけれど、今ここで命を奪うことはアレンディオ様のためにやめて欲しい。

ルードさんは、特務隊の騎士にヴィッツリーを連れて行けと命じる。

「死なない程度に治療して、独房に入れておけ」

「わかりました」

彼は騎士に連行されながらも、まだ「僕は悪くない！」と叫んでいたが、男たちも全員が捕縛され、森の中は静寂が訪れる。

「あいつの処分はルードに任せる。秘密裏に、誰にも邪魔されないよう速やかな処分を期待する」

「承知しました」

ルードさんは、満面の笑みで返事をする。

秘密裏にって、一体何をするおつもりですか？

ちらりとルードさんを見ると、何か悪いことを考えていそうな笑みを返された。

——奥様には言えませんので、聞かないでください。

そんな声が聞こえた気がする。当然、私は何も聞かない。

「では、私は先に騎士団へ戻ります。馬車にはユンリエッタを待機させていますから」

そう言うと、ルードさんは颯爽《さっそう》と歩いていった。

私にキノコを押しつけて……。

やっぱり、これは私のだったんだ。

そうよね、これが二つとあるわけないものね。もふもふの感触はやはり格別で、とても癒《いや》される抱き心地だった。

「君が無事で本当によかった」

優しい眼差《まなざ》しが、私に向けられる。

アレンディオ様がこんなに早く助けに来てくれたから、私はこうして生きていられる。またこの人に会うことができた。

「助けてくれてありがとうございました」

彼は心の底から心配してくれたようで、私の頬を大きな手でなぞると目元を和ませる。

「怖かっただろう？　こんなものまで書かされて」

軍服の上着から取り出した一枚の紙。

それは、私が書いた離婚申立書だった。確かバッグに入れていたはずで、そのバッグは当然私の手元にはない。

「君が誘拐された場所に落ちていたそうだ」

そう言うと、彼は容赦なくそれを破く。

――ビリッ……！

「大丈夫。こんなもの、信じたりしない。脅されて、書かされたんだろう？」

私たちの周りには、すでに誰もいない。ぽつんと寂れた小屋の前、彼はビリビリに破いた離婚申立書を風に乗せて捨てた。

あぁ、きれいな紙吹雪が舞っている。

私が、このひと月の間ずっと渡そうとして渡せなかったものが……。

「ソアリス、怪我《けが》はないか？　気分は悪くないか？」

彼は私の肩や髪、頬に触れて無事を確認した。その目や声音からは、心の底から案じてくれたのが伝わってくる。

「君が無事で本当によかった……！」

「ちょっ、あの」

頬やこめかみに次々とキスをされ、これはこれで別の危機に襲われている！　真っ赤な顔で抵抗するも、力で敵《かな》うわけはなく、目を閉じて俯くことしかできなかった。

「すまなかった。将軍でいる限り、俺だけじゃなく家族にも危険がつきまとう。それがわかっていながら、ソアリスに護衛をつけるのを躊躇ってしまった。君が俺との暮らしを窮屈に思うのではと……。だが、そのせいでソアリスを危険な目に遭わせてしまった」

悔やむ彼に、かける言葉が見つからない。

「あぁ、ソアリス。かわいそうに。もっと早く助けてやれず本当にすまなかった」

赤い線のついた手首を持ち上げ、彼はそこにも唇を当てる。

「っ!?」

羞恥心で意識が遠ざかり、私は彼に殺されるのではと思った。

でも、どうしても今伝えなきゃいけないことがある。もうこれ以上、先延ばしにはできない。しちゃいけない。

「あの」

どきどきと激しく心臓が鳴る。

罪を告白するような、そんな気分だった。

「私、…………ました」

必死に声を振り絞ると、彼は心配そうな目を向けた。

「ん？　どうした。どこか痛むのか？」

アレンディオ様は顔を近づけて尋ねる。

私は大きく息を吸い、今度ははっきり聞こえるように真実を告げた。

「離婚申立書は私が書きました。あなたに渡すために、ずっと持っていたものなんです……！」

◇◇◇

私が書いた離婚申立書は、予想外のタイミングでアレンディオ様の目に触れてしまった。

彼が戻ってきて、約ひと月。私は未《いま》だ自分の気持ちがわからないでいる。

それでも、こうして離婚申立書が見つかった以上、話し合いを先延ばしにすることはできなかった。

「「……」」

邸へ向かう馬車の中。アレンディオ様と私、そして騎士服を着たユンリエッタさんが同乗している。

ユンリエッタさんはもともと騎士で、私の護衛を兼ねて世話係をしていたと聞かされた。どうりで身のこなしが軽いと思っていたら、武門の家系のエリート騎士だという。

そんな人に世話をしてもらっていたなんてとどきりとしたけれど、今はそれどころじゃない。

「説明、してもらってもいいだろうか……？」

私が離婚申立書を用意していたと知ったアレンディオ様は、長い間放心状態に陥っていた。

そこにユンリエッタさんが現れて、私たちを馬車まで連れて行ってくれたのだ。

『アレン様が壊れて奥様に襲いかかったら大変ですから、私も同席させていただきます』

ユンリエッタさんは気まずい空気の中、私たちの仲裁役としてここにいてくれている。

アレンディオ様はようやく正気に戻ったらしく、正面に座る私をまっすぐに見て説明を求めた。

私は本心を包み隠さず、彼に伝えようと覚悟を決める。

「離婚申立書は、アレンが戻ってくると聞いたときに私が自分の意志で用意しました。あのとき私は、十年間ずっとあなたに嫌われていると思っていましたから」

「そういえば、そうだったな」

十年前のそっけないアレンディオ様。まだ子どもだった私は彼の態度に傷つき、心の距離を置こうとした。

「私たちの結婚は、お金と家柄を引き換えにすることで成立した契約婚です。それが、この十年の間にすっかり形を変えました。ヒースラン伯爵家は再興し、リンドル子爵家は没落。英雄と称《たた》えられる将軍になって戻ってきたあなたには、もう私と結婚している理由なんてないと思いました。私たちの間に一般的な夫婦関係は存在しませんでしたから、離婚するのが一番いいと思ったのです。それに、命を賭して戦ったあなたには、私との離婚がご褒美だとも……」

遅かれ早かれ、彼から離婚を切り出されるとも思っていた。それなのに、アレンディオ様は予想外の行動をとった。

「まさかあなたが私との再会をあれほど喜ぶなんて、考えてもみませんでした。私は驚いて、混乱して、何が起こっているのかわからずに……離婚申立書を渡す機会を失いました」

アレンディオ様は何も言わなかった。

ただじっと、私の話に耳を傾けている。

「あなたが私を好きだと言ってくれて、改めて求婚されてうれしかったのは本当です。けれどやっぱり、私に将軍の妻は務まらないという恐怖心が強くなって……。私は何の役にも立たなくて、しかもこれからもリンドル家がらみで迷惑をかけるんじゃないかって、不安になったんです」

ここで私が泣くのは違うと思ったから、必死で涙を堪える。

アレンディオ様は悲しげに目を伏せ、やはり何も言わなかった。

「あなたには、私よりもっとふさわしいご令嬢がいると思います。私には、あなたに差し上げられるものが何一つありません。私では、あなたを幸せにしてあげられない。だから――」

馬車はどんどん邸へ近づいていき、窓から見える空は茜《あかね》色に染まっていた。

「少し、時間をくれないか？」

もう邸に到着するという頃になり、ずっと黙っていたアレンディオ様がそんな風に許しを乞う。

胸がずきりと痛み、でもそれに気づきたくなくて、私は平静を装い「はい」とだけ答えた。

しばしの沈黙の後、アレンディオ様は躊躇いがちに尋ねる。

「離婚申立書を渡せば、俺がおとなしくサインすると思ったのか？」

意外な言葉に、私は少しだけ首を傾げる。

「アレンは、優しいですから……」

サインしてくれると思っていた。

目を瞬かせる私を見てその気持ちを察した彼は、苦しげに目を細める。

「俺がサインしたくないと言って譲らなければ、どうするつもりだったんだ？」

「それは……」

「まさかほかに好きな男がいるのか？　そいつと結婚の約束をして……」

「そんな人はいません！　私は、そんなつもりで離婚申立書を用意したわけでは」

ただ、あなたに幸せになってもらいたかった。

どこまでも優しいあなたに、心から笑える幸福な家庭を築いて欲しいと願っている。

「そうか」

安堵《あんど》した様子で息をつく彼の姿に、私は胸がぎゅっと締めつけられるような気がした。

呟くように「危うく相手を斬りに行くところだった」と聞こえたのは気のせいだと思いたい。

沈黙していると、アレンディオ様が姿勢を正してこう尋ねた。

「最後に一つだけ。ソアリスは、俺と離婚したい？」

まっすぐに向けられた蒼《あお》い瞳。責められているわけではない。ただ、率直な気持ちを求めるアレンディオ様。

けれど私はいろんな事が頭の中をぐるぐると巡り、言葉に詰まってしまった。

アレンディオ様のことは大事だ。でも、迷惑をかけたくない。彼の足枷《あしかせ》になりたくない。どうしたらいいのか、わからない。

それに「将軍の妻」なんてやっぱり私には荷が重い。

下を向いたまま、私は言った。

「わかりません」

「………………」

その後、私たちが目を合わせることはなかった。こんなに重苦しい雰囲気は初めてだ。

邸に着くと、彼は黙って馬車を降りていく。

私は俯き、膝の上でぎゅっと握った手をただ見つめていた。

「奥様、どうぞ」

ユンリエッタさんが先に降り、私に向かって手を差し伸べてくれる。

立ち上がるのも億劫《おっくう》だったけれど、降りないわけにいかず。私は「ありがとう」と言ってその手を取り、ゆっくりと馬車を降りた。

「…………どうして気づかなかったのかしら。ユンリエッタさんの手は、こんなにも騎士の手なのに」

「光栄です」

柔らかく細い手ではあるけれど、指先の皮や柄に触れる部分はとても硬かった。私とは全然違う、騎士の手だ。

「奥様、身体が冷えています。湯の準備をいたしますね」

騎士姿のユンリエッタさんが湯の準備だなんて。その気遣いに感謝して、必死で笑顔を作る。

「まったく、アレン様にも困ったものですね」

もうアレンディオ様の姿は見えない。

今までに一度だって、こんな風に一人で行ってしまうことはなかった。これを淋《さび》しいと思う資格は、私にはないのに。

「……嫌われちゃったかしら」

呆れられても仕方のないことをした。

私は、自分の気持ちを口に出すのが怖くて逃げたんだから。ただ一言、「そばにいたい」と言えばよかったのに。

一方的に守られる関係が怖くて、物わかりがいいふりをして、アレンディオ様に決断を任せてしまった。

「この十年で大人になったつもりだったのに、私ったら成長していなかったみたい」

でもユンリエッタさんはにっこり笑って励ましてくれた。

「大丈夫ですよ。アレン様が奥様を嫌うだなんて、ありえません」

彼を傷つけてしまった。

これほどまでによくしてもらって誠実に愛情を注いでくれたのに、その優しさを裏切ってしまった。

本当はわかっている。自信がないとか不安だとか、そういうのは全部言い訳で。「それでも君がいい」って、言って欲しいだけ。

自覚すると猛烈に恥ずかしくなってきた。

「私ったら、とんだワガママ女！　もう生きていけない！　この世から消え去ってしまわないと！」

「奥様!?　落ち着いてください！」

両手で頭を抱え、その場にしゃがみ込んだ私を見て、ユンリエッタさんが慌てて背中を撫でてくれる。

「ワガママでいいのです。奥様は十分に我慢なさってきたのですから。ニーナさんもエリオットさんも、しっかり者のお姉様のおかげで路頭に迷わずに済んだとおっしゃっていました。自分たちがこうして仲良く暮らしていられるのは、全部お姉様のおかげだと」

「二人がそんなことを？」

ユンリエッタさんは静かに頷く。

「それに奥様のワガママなんて、かわいいものです。私なんて、婚約者を追いかけて戦場まで行ったんですよ？」

戦場まで⁉

唖然《あぜん》とする私を見て、ユンリエッタさんは笑みを深めた。

「婚約者から、結婚はやめようっていう手紙を受け取ったんです。『いつ帰れるかわからないから』って。私は腹が立って腹が立って、顔を見て文句を言わなきゃ気が済まないって思いました。それで異動願を出して、戦場へ乗り込んで大喧嘩してやりましたよ」

「えええ⁉」

武門の家のお嬢さんとはいえ、女性騎士はかなりめずらしい。王宮勤めではなく戦場へ行くなんて、凄まじい気概に驚いてしまう。

「それで、どうなったんですか？」

「ふふふ、今もまだ冷戦中です。彼ったら『一度決めたことを覆せない』とか『君にはほかにいい人がいるはずだ』とか言って、逃げてばかりいるんですよ。本当の戦争は終わったのに、私たちの勝負はまだついていません」

こんな美人に追いかけられて、ものすごく幸せな人だと思うんだけれど……。

「ね？　私の方がワガママでしょう？　自分のことを思いやって婚約解消を申し出てくれた彼の気持ちを全部無視して、戦場で隣に立ったのですから。『守られているだけの女と思うな！　あなたが我を通すなら、私も好きにさせてもらう！』って宣言したときの、彼の引き攣った顔は本当に見ものでした」

すごい情熱だわ……！

唖然とする私の前で、ユンリエッタさんは面白くて堪らないという風に明るく笑い飛ばした。

「ワガママを言わないと、鬱憤が溜《た》まります。奥様は奥様のお気持ちを、アレン様に伝えていいのです。それが間違っていたら謝って、二人で新しい道を探せばいいのです。アレン様はきっと、今は反省しておいでですよ」

「反省？」

それは私がするべきものなのでは。

「奥様がそれほどまでに悩んでおられるのに、自分は奥様と一緒にいられる喜びで浮かれていたのですから。仕事なんてルード様に押しつけておけばよかったのですよ！　まだ戻ってきてひと月なのに、ご自分の気持ちを奥様に押しつけるからこんなことになったのです。狙った獲物は、じわじわと時間をかけて追い詰めなくては逃げられるのは当然でしょう」

「あの、獲物っていうのはこの場合私のこと？」

「女はワガママな方がいいのです。あまりに易々《やすやす》と手に入っては、今後の力関係に影響が出ますよ？　アレン様なんてどうせすぐ復活してきますから、せいぜい振り回して、これからしっかり幸せにしてもらいましょうね！」

「ユンリエッタさんったら」

思わずクスリと笑ってしまった。

「でも私、アレンを傷つけてしまった。あの人が帰ってきてから全然だめで、冷静じゃいられなくて……。アレンを大事に想っているのに、近づいてみたくなったり逃げたくなったり、自分が自分じゃないみたいでおかしいの」

泣き言を繰り返す私に、ユンリエッタさんは何でもないことのように明るく笑った。

「恋をすると人は皆おかしくなるのですよ！　アレン様なんて規則も常識も何もかもすっ飛ばして、王女宮へ乗り込んで奥様を攫ったではありませんか。恋はそういうものなのです」

「こ、恋……？」

そう定義づけられると、急に羞恥心がこみ上げる。

私が、アレンディオ様を好き？

これが恋？　恋って、もっと楽しくてふわふわしたものじゃないの？　こんなに苦しいなんて、聞いていない。

「離婚申立書くらい、何でもありませんよ。私、アレン様にはずっと並々ならぬシンパシーを感じていたんです。あの方も私に匹敵するくらい、しつこくて粘着質な愛情を持っている人に違いありません」

すごい言われようだ。優しいと、しつこくて粘着質は違うと思うんだけれど……。

なぜか、ユンリエッタさんの言葉には説得力がある。

「だから、絶対に奥様を嫌いになんてなりませんよ。大丈夫、すぐにまた追いかけてきます！」

そう言うと、彼女は満面の笑みで私の手を引いた。

「さぁ、お部屋に参りましょう。ニーナ様とエリオット様も心配しておいでですよ？　無事な姿を見せて、安心させてあげてください」

すっかり日が暮れた空。ランプの灯《あか》りが、張り詰めた気持ちを和らげてくれる。

ヘルトさんや使用人たちに迎えられた私は、ようやく長い一日を終えることができたのだった。

【エピローグ】 英雄将軍は妻を逃がさない

誘拐事件から数日が経《た》ち、私は仕事を休んでずっとアレンディオ様のお邸《やしき》の中にいた。

翌朝から熱を出し、寝室の住人になってしまったことが理由だ。

ユンリエッタさんが毎日そばにいてくれて、ニーナとエリオットは私のことが心配だからと言って未《いま》だここに滞在している。父も気にしてくれていたけれど、商会の仕事を放置するわけにいかないので田舎に帰ってもらった。

医師の見立てではただの疲労なので、大事には至らないしね。

アレンディオ様とは、あの日以来まだ一度も会えていない。

事件の取り調べや貴族院への根回しなど、通常業務に上乗せでやらなければいけないことが発生したため、邸にすら戻れない日々が続いている。

『少し、時間をくれないか』

彼は私にそう言った。

どういう結果になるのか、私にはわからない。

もう愛想を尽かされたかもしれないという気持ちと、まだ好きでいてもらいたいという願望がせめぎ合い、私の胸の中はずっとモヤモヤしていた。

「会いたい……」

都合のいいことを言っている。自覚はある。

でも、熱を出したおかげで、アレンディオ様とのことをゆっくり考える時間が持てたのは事実だった。私はベッドの上で、熱に浮かされながらずっと彼のことを思い出していた。

十年ぶりに会った彼が、別人のように変貌していたこと。王女宮へ乗り込んできた彼に、力いっぱい抱き締められたこと。いきなり連れ去られ、この邸で一緒に暮らそうって言われたこと。

将軍としての威厳を初めて目の当たりにしたパレードで、注目を浴びてとても恥ずかしかったこと。

十年分の贈り物を用意してくれて、私のために嘘《うそ》をついてくれたこと。

そして、執務室で改めて求婚してくれたこと。

いつだってあの人は私のことを想《おも》ってくれていた。

たった一ヶ月。あの人が帰ってきて、まだ一ヶ月しか経っていないなんて嘘みたい。

これまではそっけない十五歳の彼の顔が朧《おぼろ》げに記憶にあるだけだったのに、今は柔らかな笑みを浮かべる顔がすぐに思い出せる。

私のことを好きだと、まっすぐに愛情を伝えてくれた蒼《あお》い瞳が頭から離れなくなっていた。

ベッドの上で、私はメッセージカードを毎日眺めている。

五年前から毎年誕生日に贈り物と一緒に届いていた、アレンディオ様からの言葉。くすんで色が変わっているのは五年前のもので、もう掠《かす》れてグレーになってしまったインクを指でなぞると少しだけ胸が痛い。

でもそれと同時に、愛《いと》おしさや気恥ずかしさ、くすぐったいような思いを抱く。

『勝手をしてすまない。君が誇れるような男になったら、必ず迎えに行く』

史上最年少で司令官に出世した彼は、本気で私を迎えに来てくれるつもりだった。ずっと、私のことを覚えていてくれた。

いずれのカードにも、誕生日おめでとうの文字と一緒に恋人に贈るような言葉が書かれていて、一体あの人はどこでこんなセリフを覚えたのかしら。

『君の髪に触れられるこの銀細工が羨ましい。ひと目でいいから会いたい』

二十二歳の彼は、まるで絵物語の王子様みたいなキザな言葉を書いて送ってきていた。

『愛おしいソアリスが、健康で穏やかに過ごせるように祈る』

二十三歳の彼は、まさかこのメッセージと共にキノコの化け物みたいなぬいぐるみが届いているとは思っていなかっただろうな。

『翡翠《ひすい》は恋心を成就させるらしい。これがなくとも君を得た俺は幸せ者だ』

ヘルトさんによると、ブレスレットを贈るのは束縛心の表れだと言われているらしい。本当のところはどうなのかしら。

『もうすぐ帰れる。戻ったら、君に一番に会いに行く』

会えないまま十年が経過した私たち。これは、たった四ヶ月前のメッセージだ。宣言通り、アレンディオ様は私に真っ先に会いに来てくれた。

過ぎてしまった時間と、こんな形で向き合うことになるなんて。私のことを心から想ってくれていた、アレンディオ様の一途《いちず》さにはただただ感服だった。

きっとほかの人との政略結婚だったら、戦地から贈り物ではなく離婚届が送られてきていただろう。彼は私への気持ちだけで、二人の関係を保ち続けてくれていた。

十年。自分のことで必死だった私と違い、想い続けてくれていた彼にとっては途方もなく長い時間だったと思う。

五枚のメッセージカードは、一つの封筒に入れて大切に保管することにした。

かけがえのない私の宝物だ。

そういえば、熱が下がってすぐ、ルードさんが私に会いに来てくれた。

『様子を見に行けと、アレン様が……。いえ、特に命じられたわけではありませんが、今の時期なら桃が熱さましにいいらしいとか、どこそこの茶屋で売っているハーブティーが滋養強壮にいいらしいとか、会話の端々にそんなことを挟んできまして』

私が熱を出していると報告を受けたアレンディオ様は、しきりにルードさんにそんなことを言っていたという。

『本当に忙しくて、決して奥様を放っておいているわけではありませんからね？』

必死にフォローしてくれるルードさんを見て、申し訳ないけれどクスッと笑ってしまった。

『大丈夫です。アレンが優しいことは、誰よりも私が知っていますから……』

目の下にクマを作っているルードさんも忙しいだろうに、ここまで来てくれたことにお礼を言ってすぐに城へ戻ってもらった。差し入れとして焼き菓子を持って帰ってくれたので、アレンディオ様の口にも入ったらいいなと思う。

帰り際、ルードさんは部屋の前で「お加減も、お心も大丈夫そうでよかったです」と笑った。

私がもっと落ち込んでいると思っていたのかもしれない。

微笑《ほほえ》んで返すと、そのとき彼はとてもホッとした顔をした。「アレン様が使いものにならなくなったら困りますので」という呟《つぶや》きに似た言葉に、私は苦笑するしかなかった。

窓際でぼんやりと外の様子を眺めていると、どうしたって彼のことを思い出す。

『ソアリスは、俺と離婚したい？』

アレンディオ様の質問に、私はあのときちんと答えることができなかった。「わかりません」と、逃げてしまった。

英雄将軍の名声に臆して、自分にできることは何もないと最初から諦めてしまっていた。

彼の想いや誠実さに応えるなら、逃げるのではなく自分が何をしてあげられるのかを考えるべきだったのに。

離婚という彼の望まないものを突きつけるのではなく、これからどうしたらいいかをほかでもないアレンディオ様に相談すればよかったんだ。

自分一人でどうにかしようなんて、そこがそもそも間違っていたんだわ。心配してくれる人がいる分、助けになってくれる人もいるはずなのに。

十年離れ離れだった私たちは、父の言ったように幸いにもどちらも生きている。

私はこれからまた十年かけて、彼にふさわしい妻になれるように努力したらいい。

それほど長い時間を共に過ごせれば、今は何もない私にだって、アレンディオ様のために何か一つくらいしてあげられることができているかもしれない。

ベッドの上で反省した私は、秘かに決意していた。

今さらって言われるかもしれない。もう終わりにしようって、彼は決めているかもしれない。

でも、どうしても自分の口から伝えたいことがあった。

アレンディオ様が会いに来てくれたら、そのときは――

「ソアリス様。今日はお身体《からだ》の調子もよさそうなので、バラ園を歩かれてはいかがでしょうか」

メイド服を着たユンさんが、そう提案してくれた。

昨日まで一歩も寝室から出ていない私は、喜んでそれを受け入れる。

ユンさんはあの事件以来、私のことを名前で呼ぶようになった。私も彼女のことをユンさんと呼ぶ。距離が近づいたみたいで、ちょっとうれしい。

シンプルなワンピースに着替え、私はバラ園へと向かう。

「では、私はここでお待ちしております」

「ありがとうございます」

木のアーチをくぐり、バラ園の中へ入ろうとする。

入り口にあった立て看板は、約束通り撤去されていた。アレンディオ様が私の願いを聞いてくれたらしい。

一人でバラ園を歩いていると、長袖一枚でちょうどいい気候だった。甘い香りが鼻を掠め、とても癒《いや》される。

つい数日前に誘拐されたなんて嘘みたいだわ。それくらい平和で、でもここにアレンディオ様がいないことが淋《さび》しい。

小路《こみち》に沿って奥まで歩くと、黄色いバラが満開だった。この黄色いバラは棘《とげ》が少ない品種なんだと、ヘルトさんが言っていたのをふと思い出す。

花の下にそっと手を添えてみると、柔らかでずっと触れていたくなる。庭師のジンさんに頼んで、何本か部屋へ持って帰れるようにしてもらおうかしら。

そんなことを考えていると、背後から名前を呼ばれてドキッとした。

「ソアリス」

聞き覚えのある、低い声。

振り返ると、そこには紺色の隊服を着たアレンディオ様がいた。

「アレン……？」

帰ってくるなんて聞いていない。

てっきり、あと数日は会えないものだと思っていた。

「ユンリエッタから、ソアリスがここにいると聞いて追ってきた」

そう話すアレンディオ様は、その腕に溢《あふ》れんばかりのユリの花束を持っている。真白い花が盛大に咲き誇っていて、紫色の艶のあるリボンで纏《まと》められていた。

驚いていると、押しつけられるようにそれを渡される。

反射的に受け取ってしまい、私は目を瞬《しばたた》かせた。

「…………」

私はユリを、彼は私を見たまま何も話さない。

たっぷりと時間をかけて、ようやく飛び出したのは「待たせたか？」という普通の言葉だった。

「えっと、待たせたとは？」

「この間の返事だ」

ついにこのときが、と身構えているとアレンディオ様はまっすぐに私を見下ろして尋ねた。

「ソアリスは今、幸せか？」

一体何のことだろうと思いつつも、私は「はい」と答えた。

「そうか」

質問の意味がわからず、けれど何か言わなくてはと思ってしまって今度は私から口を開く。

「幸せですよ、私。色々あったけれど、仕事も好きで、友人にも恵まれて。私の幸せは、アレンが戦って守ってくれたんだなって今ならわかります」

自分のことに必死になっていられたのは、彼が戦場でがんばってくれたから。

「王女宮から見える街も、人も、草木も、全部あなたが守ってくれたんだなぁって、そう思います」

「俺一人の力じゃない」

謙遜する彼に向かって、私は少しだけ笑ってみせた。

「それでも私は、これからはきれいな景色を見るたびに、素敵なものを知るたびに、誰かと笑い合うたびに、すべてあなたが守ってくれたんだって思い出すのだと思います」

これから先どうなろうと、きっと私はあなたを忘れられない。

何か繋《つな》がりを見つけ出し、思い出してしまうと思った。

そんな私に向かって、アレンディオ様は少し不機嫌そうな声で言う。

「俺は、ソアリスの思い出になりたくて将軍になったわけじゃない」

真剣な眼差《まなざ》しに、心臓がどきんと跳ねる。

「俺は聖人じゃない。崇《あが》められるような高潔な精神なんて持ち合わせていない。ソアリスと一緒に生きていくために、必死で剣をふるったんだ。強くなって、立派になって、ソアリスに誇りに思ってもらえる夫になると、ただそれだけを思って」

真摯な想いに、胸が詰まるように苦しくなる。

しかしこの後に彼が口にしたのは、とんでもない報告だった。

「さっき将軍を辞めてきた」

「えええ⁉」

どういうこと⁉　辞めてきたって何⁉　将軍って辞められるの⁉

限界まで見開いた目は、確かに辞めたと言ったアレンディオ様を映している。

「将軍の妻は、荷が重いんだろう？　ならば俺が将軍でなくなればいい。別に役職にこだわっているわけじゃないんだから。ソアリスには、俺と一緒にいて幸せだと思ってもらいたいんだ」

「で、でもそんな、将軍を辞めるだなんて」

彼は腕組みをして、少し意地悪い笑みを浮かべて言った。

「はっ、議会連中の承認はこれからだが、辞職願いには国王陛下のサインをもらっている。俺はもう将軍ではなく、ただの男だ」

いや、そんなバカな。ルードさんが失神していないだろうかと、そんな心配が頭をよぎる。

「離婚について真剣に考えたが、ソアリスの願いでもこれだけは聞いてやれない。絶対に離婚だけはできない。君を手放すくらいなら死んだ方がマシだ。俺はソアリスに憎まれても、離婚届だけは出さない」

はっきりとそう言い切ると、アレンはふっと目元を和らげいつもの優しい顔になった。

「俺は君の好きな花も知らなかった。だから、まだまだソアリスのことが知りたい。家族想いで、仕事が好きで、賑《にぎ》やかな友人に囲まれて笑っているソアリスを知って、前以上に好きになった。自分のことより俺に幸せになれと言ってくれる君を、ますます大事にしてやりたいと思ったんだ。どうか俺のそばにいて欲しい。それに、英雄とか将軍とかそんなものではなくアレンディオというただの男をソアリスに知ってもらいたい」

どこまでもまっすぐな人だと、そう思った。

ユリの花束を抱えた私は、泣きそうになって顔を歪《ゆが》める。

「俺の気持ちは変わらない。ソアリスが俺に褒美をくれると言うのなら、俺は君の一生を貰い受けたい。どうかアレンディオという一人の男を好きになれるよう、歩み寄ってくれないだろうか？」

将軍の妻ではなく、アレンディオ様の妻。

自分自身を見て欲しいという彼の言葉に、私は胸が苦しくなった。

「ごめんなさい……！」

「!?」

「あ、違いますよ!?　その、これまで私が間違っていたということで、ごめんなさいと」

一瞬だけ絶望を滲ませたアレンディオ様だったけれど、すぐにホッとした顔になる。

「私も、一緒に、いたいです。あなたと、幸せになりたい」

詰まりながら伝えた言葉。たったそれだけを伝えるのに、胸がいっぱいでうまく言えなかった。

「今度こそ、あなたの妻になりたい」

待っている間、ずっとそう伝えたかった。迷ってばかりでこんなに遅くなってしまったけれど、ようやくここから始められるような気がした。

柔らかな日差しが、アレンディオ様の漆黒の髪に降り注ぐ。

彼は私の言葉に頷《うなず》き、うれしそうに目を細めて微笑んでくれた。

「実家のことなら心配しなくていい。リンドル商会はスタッド商会の傘下に入ることが決まった」

「え？」

なんと水面下で、業務提携の話が進んでいたらしい。

しかもアレンディオ様が報奨金をスタッド商会に出資したそうで、これからは商会の売り上げの一部が還元されるという。

「つまりは離婚しようがしまいが、リンドル商会に何かあれば助けることには変わりない。ソアリスは実家が迷惑をかけると心配していただろう？　離婚しても商会と出資者の立場は残るんだから、何も変わらない。君が俺から離れる理由はもうないよ」

予想の斜め上をいく解決策に、私はもう何も言えなかった。

さらにアレンディオ様は、今後の仕事についても「ちゃんと考えている」と自信満々に言う。

「さすがに無職はまずいと思って、街の警吏隊に入るための推薦状をもらってきた」

「はぃ!?」

「知り合いに尋ねたら、なるべく身分の高い人に推薦状を書いてもらえと言われたから、国王陛下にサインしてもらってきた」

なぜそうなるの!?　国王陛下は一体何を考えているの!?

そう思っていると、アレンディオ様はあははと笑って説明してくれた。

「陛下は俺が出す書類はほとんど見ずにサインをする。だから俺が辞職願を出したことも、推薦状をもらおうとしたことも気づいていない。でもサインはある。大丈夫だ」

「大丈夫なわけないじゃないですか！」

その自信はどこから来るの⁉　だいたい、将軍が街の警吏隊に転職だなんて面接をする方が気絶する！　絶対に入隊させてもらえないと思う！

「なんて無茶なことを……」

開いた口が塞がらない、とはこのことだ。

茫然《ぼうぜん》とする私を見て、アレンディオ様はニヤリと笑う。

「そうだろう？　こんな無茶な男に添えるのは、川で魚釣りをしていた金庫番のソアリスくらいだと俺は思う」

もうその話は忘れてくれないかしら。

大きなため息をつくと、彼はまたうれしそうに笑った。

そして、私の髪を撫《な》でて、幸せそうに目を細める。

「ところでこれからの俺たちなんだが、婚約ということでいいだろうか？」

またも放たれた予想外の言葉に、私は思わず聞き返す。

「…………婚約？」

アレンディオ様は口元に私の髪を引き寄せ、恥ずかしげもなく口づけを落とす。

「このあいだ求婚しただろう？　今ソアリスがそれを受け入れてくれたから、婚約した状態とみなそうと思うんだ」

「は、はい？」

「俺たちには互いを知る時間が必要だと思う。ゆっくりと愛情を育てる時間が」

ええ、それは理解できるけれど……。いや、やっぱり理解できない。もう結婚していますよね!?

思考停止に陥った私に、彼はなおも説明を続ける。

「今日から式を挙げるまで、俺たちは婚約期間だと思って暮らそう。そうすれば、ソアリスの心の準備もできると思うんだ。いきなり夫婦だという現実を押しつけるのは、ソアリスの心理的負担が大きいと思って。だから今日から俺たちは婚約者だ」

これはもう、一度すべてを飲み込んで後々考えよう。そうしよう。

好きな人が幸せそうにそう言うのだから、もうこれは受け入れるしかない。

「最初からやり直そう。婚約者殿、これからよろしく」

ぷっと噴き出した私は、彼に付き合うことにした。

「こちらこそ、よろしくお願いいたします」

緊張の糸が切れてくすくす笑っていると、彼は自然な所作で私を腕の中に閉じ込める。優しく包み込むように抱き締められて、速くなる鼓動が聞こえてしまうのではと心配になった。

「アレン？　あの」

長い髪に顔を埋めるアレンディオ様。深く息を吸ったと思ったら、感極まったように呟いた。

「………幸せだ」

そんな風に言われると、じわりと涙が滲んでしまう。アレンディオ様が帰ってきてから、私の涙腺は壊れているのかもしれない。

「私もです」

涙声でそう返すと、目を閉じて温《ぬく》もりを堪能した。抱えていたユリの花がすっかり潰れてしまっているけれど、もうしばらくこうしていたい。

「ソアリス」

耳元で彼の声がする。声だけで愛されていると実感できる。

この幸福感は、一体何と言うんだろう。

「ただいま」

「おかえりなさい」

妻としての義務感ではなく、心からそう伝えることができた。

私たちがすれ違ってしまった十年が、ようやく終わった気がした。

見つめ合うと、自然に口元が弧を描く。

アレンディオ様と一緒に、これからを作っていこう。

何があっても、この人が帰ってくる場所になりたい。そう胸の中で誓い、彼を見上げて微笑んだ。

ところがアレンディオ様は、蒼い瞳を輝かせて尋ねる。

「婚約者だから、キスしてもいいか？」

突然の申し出に、私はひゅっと息を呑《の》む。

「できません、そんなこと！　いきなりは無理です！」

「そうか」

「そうですよ！」

「では、これで」

彼は流れるような所作で、私の額にキスをした。これだけでもいっぱいいっぱいなのに、蕩《とろ》けるような甘い笑みを浮かべたアレンディオ様は止まらない。

「やっぱり無理だ。ソアリスがかわいいのが悪い」

「っ!?」

唇に柔らかいものが触れる。初めてのキスは、驚いて目を閉じることもできなかった。

唇が離れると、アレンディオ様は感極まったように目を細め、再び私を抱き締める。

「あぁ、幸せすぎるなこれは」

「…………そうですね」

頼もしく温かい腕の中が心地よく、離れがたくてつい身を任せてしまう。

ここにいてもいいのだと実感し、またじわりと涙が滲んだ。

穏やかな光が降り注ぐ庭園で、私たちの抱擁は辞職願を発見したルードさんが乗り込んでくるまで続くのだった。

番外編　補佐官の将軍観察記

眩《まぶ》しいくらいに、月明かりの降り注ぐ夜のこと。

ノーグ王国騎士団は、帝国軍の侵攻を防ぐべく国境付近に陣を敷いていた。

「こんな、ところで……、死ぬのはごめんだ」

おびただしい量の鮮血で染まる廊下を、一人の騎士が歩いていく。

ここは敵国の砦《とりで》で、王国騎士団の第三隊は一時間ほど前に奇襲を仕掛けた。

手柄に目がくらんだ上官の失策により、散り散りになった仲間の生存は期待できず、第三隊は壊滅状態に陥っている。

この頃、騎士団はまだ完全な実力主義に切り替わっておらず、上層部は家柄や資金力で選ばれた貴族家に所縁のある者が大半だった。

(つくづく運がないな、私は)

ルード・ディレイン。二十歳になったばかりの彼は、身分だけが一丁前の愚鈍な上官のせいで孤軍奮闘するはめになっていた。

薄暗い砦を、刃こぼれして役立たずになってしまった剣だけを手にして歩く。

(味方は、あと何人生き残っている……？　あのアホを殴って気絶させてでも、止めるべきだった。敵の砦に奇襲など、手柄を立てるどころか第三隊は全滅だ)

左足を引きずり、ここに乗り込んでから知り得た情報を元に脱出経路を探る。

ときおり、王都に残してきた婚約者の勝気な顔が頭に浮かび、そのたびに後悔が押し寄せた。

(ここで死んだら、ユンさんがキレるだろうな)

アカデミー在学中に出会った、風変わりな貴族令嬢。ユンリエッタは名家の娘でありながら、継ぐ爵位もないルードと婚約した稀有《けう》な女性だ。

辺境伯爵家の次男として生まれたルードは、家を継ぐ兄の傍らで日陰の道を歩むよう両親によって決められていた。

どこまでいっても、兄のスペア。頭脳も剣の腕も何もかもが兄より優れていても、自分が家を継ぐことはない。冷遇されることに耐え切れず、武功を求めて戦地へ赴いたが、類《たぐい》まれなる剣才を以《もっ》てしてもくすぶり続けて二年が経《た》つ。

旅立つ日、彼女は笑って言った。

『せいぜい、手柄を立てて帰ってきてくださいな。手ぶらで帰ってきたとしても、それを負い目に私に尽くしてくだされればそれでいいですし、とにかくお帰りをお待ちしています』

同じく騎士団で王女の護衛についていた彼女は、一言も「行くな」と言わなかった。ただ、その目は「思いとどまってくれ」と、「行ってくれるな」と何度も伝えていたように思う。

(たった二十年の人生で、最期がこれか)

薄笑いを浮かべたルードは、どうしようもない虚無感でいっぱいだった。

上官たちは、すでに敗走しただろう。

彼らの独断で行われた奇襲作戦に、援軍は見込めない。

「バカバカしい」

何のために戦場へ来たのか。上官に使い捨てられるために、この二年間生き長らえてきたのかと、すべてがどうでもよくなった。

(ここで戦って散るのもいいか)

投げやりに、そんなことを思う。

ところがそのとき、砦の二階部分にある物資の貯蔵庫らしき扉が目に入った。

簡素な錠を剣の柄《つか》で叩《たた》いて壊すと、木製の扉がギィと軋《きし》みながらゆっくりと開く。中へ入ってみれば、そこにはルードの背丈ほどの大きな樽《たる》が所狭しと並んでいた。

「酒……？」

何か武器はないかと目を凝らすも、樽につけてあるタグを切るための小刀があるくらいで、この貯蔵庫に役立ちそうな物はない。

壁際には、扉のない窓。下を覗《のぞ》くと、月明かりを反射した川が煌《きら》めいていた。

（ここから飛び降りて、果たして無事でいられるか？　傷を負った足で、どこまで行ける？）

かといって、このままここで隠れていても敵兵に斬られるだけ。それならば、とルードは飛び降りる覚悟を決める。

（たった今、散るのもいいかと思ったばかりなのに）

どうやら自分はまだ抗《あらが》うようだ、と他人事《ひとごと》のように思う。諦めの悪い自分に呆《あき》れるも、助かる可能性が少しでもあるならそれに賭けたくなった。

ルードは刃こぼれした剣を鞘《さや》に仕舞うと、乾いた返り血で赤く染まった手を窓にかける。

だがその瞬間、廊下の方から男たちの叫び声と斬り合う音が聞こえてきた。

しかもそれは、だんだんこちらに近づいてくる。

（しまった、血の跡でここがバレたか）

ルードは、扉の方を振り返った。

――バンッ!!

薄暗い貯蔵庫に、木の扉が大きな音を立てて開く。外れた蝶番《ちょうつがい》が勢いよく床を転がり、中へ入ってきた男の靴先がそれに当たってカツンと鳴った。

「いた……！」

男は、獲物を見つけた獣のようにぎろりと目を光らせる。同じ隊服を着た彼は、血濡《ちぬ》れの剣を手にした漆黒の髪の騎士だった。

「ルード・ディレイン、だな」

低い声に鋭い目。

一度見たら忘れられないほどの美しい男は、返り血を浴びた状態で妖しげに笑う。

「アレンディオ・ヒースラン、中尉？」

面識はあるが、それほど親しいという間柄ではない。第一隊のアレンディオは、もうすぐ司令官に出世すると噂《うわさ》だ。二十一歳にして軍の幹部に加わろうという男が、こんな場所にいていいはずがない。

しかも、彼が放った「いた」とはどういう意味なのか。彼の目当てがなぜ自分なのかわからず、ルードは困惑する。

アレンディオは殺気をそのままにルードに近づき、真正面に立つと静かに向かい合った。

じっと見つめ合うこと数秒。美貌の男は、思い詰めたように口を開く。

「妻への最初の贈り物は、何がいいと思う？」

静寂が二人を包む。

黙って返答を待つアレンディオだったが、混乱を極めたルードからは意味のある言葉は出てこなかった。

「…………………は？」

今、この状況で、なぜそんなことを？　ルードは、予想外のことに呆気《あっけ》に取られて動けない。

ところが、目の前の男はまるでルードの理解力がないかのような反応を見せた。

「だから、妻への最初の贈り物は何がいいかと相談しているんだ」

どうやら聞き間違えではないらしい。

再びしばし沈黙した後、ルードは声を荒らげた。

「今そんな話している場合ですかぁぁぁ!!」

思わず大声を上げてしまったことを後悔し、すぐさま扉を閉めに向かう。鍵も蝶番も壊れているので、無理やり扉を枠に押し込んだ。

振り返れば、返り血を浴びてもなお美しい男が自分を見つめている。無性に苛立《いらだ》ったルードは、露骨に眉を顰《ひそ》めて責めるように言った。

「なぜこんなところにヒースラン様がいるんですか！　第一隊は夜番ではないですよね!?」

アレンディオは、頬についた返り血を袖で拭いながらさらりと返事をする。

「なぜっておまえを探しに来た。昨日、食事のときにエイデルやニコルと恋人への贈り物について話していただろう？　おまえはそういうことに詳しいと彼らが言っていた」

「いや、だからってここへ？」

ルードは呆れかえり、目を眇《すが》める。

奇襲に出かけた第三隊を追ってきた理由が、よりによってそれか。平然とそれを口にしたこの男の神経がわからない、とルードは思う。

アレンディオは、そんなルードの反応を意に介さず話を続ける。

「司令官になれば、妻に贈り物ができる。淋《さび》しい思いをしている妻が、本当に喜ぶ物を贈りたい。だから詳しい者に何がいいかを聞こうと思い、それで軍議が終わった後におまえを探したんだが、砦へ攻め込んだと聞いて」

ルードは思った。

この男はどうかしている、と。

ところが、そんなルードの呆れを感じ取ったアレンディオはあることに気づいた。

「確かに今ここで相談はできないな。商人が持ってきたリストがない」

「それがあったら、ここで話すつもりですか⁉」

あまりに堂々としたその態度に、まるでこちらがおかしいのかとさえ思えてくる。

顔を引き攣《つ》らせるルードだったが、アレンディオは窓の外に目をやると逃走経路について思案を始めた。どこまでもマイペースな男だった。

「何にせよ、おまえが生きていてくれてよかった。すぐにここを出て、陣で話を詰めたい。…………よし、ここから飛び降りるぞ」

「この高さで、躊躇《ためら》いはないんですか？」

敵に斬られて死ぬよりはマシだが、飛び降りて無傷かというとそうでもない。普通なら、絶対に遠慮したい高さだった。

アレンディオはニッと笑うと、長い足を窓枠にかけてそこへ上る。

「飛び降りて下流へ泳げば、途中の村で馬を借りられるだろう？　それに俺はまだ死ねない。生きて帰ると妻に約束した。だいたい、まだ贈り物が決まっていない」

「何かいい感じに言ってますけれど、やってることが無茶苦茶ですからね？」

心地よい風が吹き込んでいて、一瞬だけここが死地だと忘れそうになる。

ルードはため息をつくと、自分も飛び降りるために身を乗り出した。

「まったく、死んでも知りませんよ」

「あぁ、そこはもう運だな。それに俺としては、陣に戻ってからの方が実は心配だ。勝手に敵の砦に乗り込んでこのざまだ、懲罰を避ける方法をどうにかして考えたい」

こんな無謀なことをしておきながら、後始末のことも頭にはあるのか。と、ルードは少し驚いた。

アレンディオはそんなルードを見て、にやりと口角を上げる。

「ただ、俺よりおまえの方が処世術は知っていそうだ。頼りにしている」

その言葉に、ルードは思わず笑いが漏れた。

「ははっ、そうですね。あなたよりは、うまく立ち回れると思います」

隊服の内ポケットには、砦に忍び込んでから得た敵の通信記録がある。

これがあれば敵の動きを読むことができ、懲罰は免れるだろう。もっとも、それは生きて戻れればの話なのだが。

左足を庇《かば》うルードは、アレンディオの手を借りて飛び降りる姿勢に構える。

ロクに互いを知りもしないのに、このときルードはなぜか大丈夫だと思えた。

「ヒースラン様。一つ要望を出せるなら、なるべく強く壁を蹴ってください。砦の真下には、侵入妨害用の杭がある可能性が高いので」

アレンディオは無言で頷《うなず》く。

そして次の瞬間、ルードの腰を抱えると思いきり床を蹴って二階から川めがけて飛び降りた。

二人が下流に辿《たど》り着いたのは、十五分後。全身あざだらけになった二人は川から這《は》い上がり、どうにか自陣へと帰ることができたのだった。

◇◇◇

「と、まぁこんなことがあったのです」

ヒースラン伯爵邸のサロンにて、補佐官のルードは笑顔で話を締めくくる。

ソアリスが、アレンディオとやり直すと決めてから二週間。

結婚しているのに婚約中という不思議な状態は、始まったばかりである。

空が鮮やかな茜《あかね》色に染まる時間、アレンディオより一足先にヒースラン邸へと着いたルードはソアリスからお茶に誘われ、昔話をしていた。

(話せる部分だけ話したら、案外あっさりした内容でしたね。アレン様が、先に逃げ帰っていた私の上官に決闘を挑んで半殺しにした話はしないでおきましょう)

盛装を纏《まと》った彼は、騎士には見えない柔和な笑みを浮かべている。

対するソアリスは、まるで自分が悲惨な目に遭《あ》ったかのように顔を蒼褪《あおざ》めさせていた。

「なんていう無茶なことを……！」

「あはははは、人生どこで何があるかわかりませんよね〜。まぁ、おかげさまで私はこうして生きていられますので、アレン様には一生をかけて恩を返そうと思っています」

「お二人がご無事でよかったです……」

はぁと息を漏らしたソアリスは、紅茶の入ったカップに口をつける。この十年の間、夫に何があったのかこれ以上は聞くまいと思いながら。

「アレン様は、基本的に物事を深く考えるより行動するタイプなのですが、奥様への贈り物だけはどうしても考えすぎてしまうようでして」

司令官になったアレンディオは、ルードの助言を参考にして妻への贈り物を選んでいた。最初の年は、雪がかなり多く降ったのでショールと手袋に決めたという。

「それにしても、まさか黒曜石の魔除《まよ》けがあんなに恐ろしい見た目だとは思いませんでした」

「私もあれはびっくりしました。触り心地はとてもいいんですが、見た目は未《いま》だに慣れません」

二人の頭には、黒曜石の目がきらりと光る不気味なぬいぐるみが浮かぶ。

「あの年は、星占術が流行《はや》っていたと商人から聞きまして。ならば、魔除けがよいのではということになったのです。あんなものだと知っていれば絶対に選びませんでしたが」

自分がついていながら申し訳ない、とルードは眉尻を下げる。

「ふふっ、そんなにあれこれ相談に乗ってもらったのに、私が目にするのがこんなに遅くなってしまうなんて申し訳ありませんでした」

「いえ、事情は存じておりますのでお気になさらず」

送られてきたタイミングで、あれを受け取っていたらどう思っていただろう。今となっては、笑い話の一つになっている。

「来年もまた、アレン様は悩むのでしょうね」

「あら？　でも有能な補佐官様が協力してくださるのでしょう？」

「そうですね、いっそのことアレン様に手作りでもさせましょうか」

二人で笑い合っていると、ようやく邸へ帰ってきたアレンディオがサロンに顔を出した。

「楽しそうだな」

「アレン、おかえりなさい」

少し不機嫌そうにソアリスのそばに寄るアレンディオは、妻が立ち上がる前にその細い肩をぎゅっと抱き締めた。

「ど、どうしました!?」

「………………俺が一番にその姿を見たかった」

今ソアリスが着ているのは、空色の華やかなドレス。アレンディオが贈った衣装のうちの一つだ。

今日はこれから、王都で流行りの歌劇を観に行く予定になっている。

「歌劇なんて初めてで……。おかしくはないでしょうか？」

ソアリスが上目遣いでそう尋ねると、アレンディオはじっと妻を見つめて深刻な声音で告げた。

「おかしくはないが、問題はある」

「え」

「とても美しい。ほかの誰にも見せたくないくらいにきれいだ」

蒼い瞳から伝わる熱に、ソアリスは頬を染めて目を逸《そ》らす。

「アレン、あまりそういうことを言われると、何と言っていいか……」

これまで仕事しかしてこなかったソアリスは、口説かれ慣れていない。王国一の美丈夫から愛を囁《ささや》かれるなど、想像すらしたことがなかった。

社交辞令と割り切って「ありがとうございます」と笑顔で交わす余裕はなく、この二週間ほどは毎日何度も赤面することになっている。

ただし、やっと妻の心を得ることができたアレンディオに自分を抑えることなど到底できず……。

「恥じらうところも、何もかもがかわいいなソアリスは」

「っ!!」

こめかみにキスをされ、ソアリスはますます真っ赤になり必死で夫に抗った。

「ルードさんがいますから！　こんなところは人に見せるわけにはいきませんから!!」

言い訳に使われた補佐官は、いつも通りの笑顔でさらりと言ってのける。

「私のことはお構いなく。置き物と思ってください」

ぎょっと目を見開くソアリスは、絶望の色をその表情に滲《にじ》ませる。

そんな妻の耳元にわざと唇を寄せたアレンディオは、囁くように尋ねた。

「誰もいなければいい？」

「えっ!?　あの、えっと、それは、その……。また追って相談ということで……」

くすりと笑うアレンディオは、妻の反応を楽しんでいた。

だが、次第に涙目になっていくソアリスを見かね、ルードはつい助け舟を出す。

「アレン様。そろそろ出発した方がよろしいですよ。会場まで馬車で三十分ほどかかりますので」

その言葉を受けようやく妻を解放したアレンディオは、はぁとため息をついて言った。

「宰相め、将軍を辞められなかった償いが、歌劇《これ》じゃないだろうな」

国の象徴でもあり最強の戦力でもある男を易々《やすやす》と手放せるわけもなく、アレンディオは国王陛下や上層部の面々に泣きつかれ将軍職を続行することになった。

宰相は以前から懇意にしているが、アレンディオが振りまく殺気をどうにか抑えようと今宵の席を用意したのだ。

苛立ちを滲ませる夫を見て、ソアリスは慌てて宥《なだ》める。

「私はとてもうれしいですよ？　宰相様にお礼を伝えてくださいね？」

「ソアリスがそう言うなら」

アレンディオは妻の手を取り、スマートに席を立たせた。

廊下に出ると、二人が並んで歩く後ろ姿はとても自然なものに見えた。それに気づいたルードは、わずかに口元が綻ぶ。

会話の途中、妻が幸せそうに笑うのを愛《いと》おしそうに見つめるアレンディオ。たっぷりと甘さを含んだその瞳は、戦地にいた頃とはまるで別人かと思うほどの変わりようだった。

気配を消し、後ろからついて行くルードは安堵《あんど》の息をつく。

(明日は仕事が捗《はかど》りそうですね～。夫婦円満は何よりです)

待機していた馬車の前にやってくると、そこにはオレンジ色のドレスを着たユンリエッタや護衛たちが待っていた。

「おや、随分と華やかな装いですね。お美しい」

将軍の妻の護衛として、万一に備えて騎士服ではなく令嬢スタイルで付き従うことは聞いていた。

ふわりと膨らんだ袖の中には、令嬢らしからぬ武器が仕込まれているのだが、元婚約者はそんなことを感じさせない麗しい笑みを浮かべる。

「ありがとうございます。この姿ならば、化粧室にもうまく紛れ込めますので便利ですわ」

「頼もしい限りですね。……で、エスコート役のノーファはどうしました？」

勘のいい男はもうこの状況ですべてを察しているのだが、念のため尋ねてみる。

が、それに答えたのはユンリエッタではなく、馬車に乗り込む直前のアレンディオだった。

「ソアリスのドレスを、ユンリエッタに見立ててもらったんだ。礼は何が欲しいと聞いたら、ルードを貸せと言うからこうなった」

「何を気軽に補佐官を売ってるんですか」

じとりとした目を向けるも、アレンディオは口元に意地の悪い笑みを浮かべてさっさと馬車に乗り込んでいく。

盛装で来いと言われたのは、劇場で浮かないためではなくエスコートのためだった。

「嫌ですわ、ルード様ったら。売り買いではありません、所有権の貸し借りです」

「どっちも同じですよ、ユンさん」

元婚約者であり、部下であり、上官の妻の友人のようなポジションに収まっているユンリエッタは、目的のためなら手段を選ばない性格だ。

侯爵家の三女という生粋の貴族令嬢だが、ルードよりも狡猾《こうかつ》な面がある。

妖艶な笑みを浮かべた彼女は、ルードの裏をかくのが何より好きだ。

「たまには、こうして娯楽に興じるのもいいと思いません？　将軍夫妻に羨望の眼差《まなざ》しを送る者、敵意や嫉妬を向ける者、そんな人間鑑賞を楽しもうではありませんか」

「歌劇ってそういう娯楽でしたっけ？」

「ええ、そのように認識しております」

ユンリエッタは胸を張ってそう言い切る。

自分に拒否権がないことを悟ったルードは、観念してスッと右手を差し出した。

「参りましょうか、お嬢様。お足元にお気をつけください」

満足げに微笑《ほほえ》むユンリエッタは、夕日のせいもあり殊の外美しい。

その雰囲気は、かつて恋をしたときの彼女のまま。凛々《りり》しく堂々としたものだった。

(ほかの誰かと幸せになってくれたらと思ってきましたが、果たしてユンさんをどうにかできる男がそう易々と見つかるか)

馬車に乗り込むと、アレンディオが隣に座る妻の手をしっかりと握りながら幸せそうに目を細めている。まだ距離感に慣れず、逃げ腰のソアリスは真っ赤になって目を逸らしていた。

「アレン、近いです」

「そうか？　婚約者だからな。それに何かあったときのために近い方が安心だ」

「何かって、日常生活で一体何があると……？」

半ば呆れてそう問えば、アレンディオは真剣な顔つきで答える。

「ソアリスに惚れて近づこうとする者がいるかもしれない」

「そんな人はいません」

どうしても離れたくない夫と、少し離れて欲しい妻の攻防は、この二週間で何度も見た光景だ。

（いきなり距離を詰めると、また逃げられますよ？）

ルードは、仕方なくアレンディオを窘《たしな》める。

「アレン様、ここは引いてください。奥様に嫌われたくないでしょう？」

「うっ」

動き出した馬車は、護衛騎士に囲まれて王都の中心街へと向かう。

ようやく妻の手を離したアレンディオは、ふと思い出したかのように言った。

「婚約者同士は、観劇や夜会へ出かけるものらしい。ほかにも川沿いの国立庭園で散歩をしたり、二人で仲良く食事をしたりするものだと聞いた。今日はその通りにしてみようと思う」

夫の提案に、ソアリスは驚いて目を瞬《しばたた》かせる。

「え？　劇場を出るともう遅い時間ですよ？　いきなり全部をするのは無理だと思いますが……」

ルードもユンリエッタも、小さく頷いた。

「そうか。ならば、散歩と食事は次の休みにしよう。その頃には新しい衣装も出来上がっているだろうし。装飾品を扱う店に行くのもいいか」

「衣装はもう十分にいただきましたので大丈夫です。装飾品もたくさんありますよ？」

あからさまに残念がる夫を見て、ソアリスは苦笑いになる。

「アレン、そんなにたくさん贈り物をしていただかなくても本当に大丈夫ですから。おでかけも、ゆっくり一つ一つでお願いします」

「わ、わかった……。すまない、焦っていたようだ」

落ち込むアレンディオ。目を伏せ黙り込んでしまった姿を見て、ソアリスは慌てて補足した。

「いらないとか嫌だとかじゃないんですよ!?　その、私はもう逃げませんから……。これから先、何回も、何十回も誕生日や記念日はやってきますから機会はたくさんあります。今はただ、その、一緒にいてくれればそれでいいと思っていますから……」

だんだんと小さくなる声。恥じらい目を伏せた妻を見て、アレンディオは表情を柔らかくした。

「そうだな。これからは一緒にいられるんだな」

「はい。そうですよ」

「君に恋い焦がれてきた時間が長すぎて、つい気持ちを押しつけてしまった」

アレンディオはさりげなく妻の手を持ち上げると、それを口元に寄せて軽く口づける。

声にならない悲鳴に似た何かを発したソアリスは、今にも倒れそうな雰囲気だった。

(奥様、どうかお気を確かに……。もう諦めてください、アレン様のコレは奥様限定で発動する癖みたいなものですから)

ふと己の隣に目をやると、ユンリエッタが将軍夫妻のやりとりを穏やかな顔で見守っていた。近くで見守ってきた彼女からすれば、ようやくまとまった二人に対し保護者のような気分を抱いているのかもしれない。

その横顔を無言でじっと眺めていると、それに気づいた彼女が首を傾けにこりと笑う。

妖艶な微笑みに、思わずどきりと心臓が跳ねた。

「ルード様」

「何でしょうか」

平静を装うあまり、やや冷めた口調になる。

「ふふっ、楽しみですね。狩り」

「狩り⁉　人を狩らないでくださいね？　護衛ですからね？」

「冗談ですわ」

「あなたが言うと冗談に聞こえないんですよ」

窓の外には、薄紫色に染まりゆく空とレンガ造りの街並み。次第に色濃く染まっていくその景色を見ていると、季節の移り変わりを実感した。

補佐官としてやることは山積みで、日々は目まぐるしく過ぎていく。

「ひとまず、式を挙げる日取りを決めなくてはいけませんね」

ぽつりと呟いたその言葉に、誰からも返事が来ることはない。

「………寝てますね」

寄り添って瞼《まぶた》を閉じる将軍夫妻と、こっくりこっくりと船を漕《こ》ぐユンリエッタ。

ルードは内ポケットから手帳を取り出し、今後のことを思案し始めた。

ところがそのうちに、視界の端でふわふわと揺れる金の髪が気になり出す。彼は手帳に視線を落としたまま、片手でその頭を自分の肩にもたれさせた。

再び窓の外に目をやると、このわずかな間にすっかり陽《ひ》は沈み暗闇になっている。

ガタゴトと小刻みに揺れる中、手帳に視線を落とした彼は小さな声で淡々と告げた。

「何かあれば右側は任せますよ」

返事はなくてもいいと思った。

しかし、眠っているはずのユンリエッタから小さな声が発せられた。

「了解」

四人を乗せた馬車はゆっくりと王都の街を進み、華やかな衣装を着た人々で賑《にぎ》わう劇場のそばに到着するのだった。

あとがき

はじめまして、柊一葉と申します。

このたびは『嫌われ妻は、英雄将軍と離婚したい！　いきなり帰ってきて溺愛なんて信じません。』をお手に取ってくださり、誠にありがとうございます。

本作は、第七回アイリスＮＥＯファンタジー大賞にて金賞をいただいた大変思い入れのある作品です。

大好きな作品の多いレーベルさんで本作を刊行できたこと、とても感謝しています。刊行にご尽力いただいた関係者の皆様、ありがとうございました！

とにかく不憫なイケメンの話が大好きな私にとって、長年の片想いを叶えるべく奮闘するアレンは、かわいそうなのに笑えるヒーローでした。「書いていて楽しい」そんな作品ですので、読者の方にも思わず笑ってしまう一作になっていればうれしいです。

作中で最も悩んだ部分は、「いつ離婚申立書をアレンに渡すか？」でした。

ソアリスがアレンに離婚申立書を直接渡す、という方向で最初は考えていたのですが、話が進んでいくうちにアレンがあまりに健気にがんばるものだから、「直接渡されたら彼のメンタルは大丈夫なのか⁉」と心配になってしまい、最終的にこのような形にいたしました。

最初からとにかくすれ違いを重ね続けた二人が、ようやく想いを通わせて抱き合うシーンは「どうか末永く幸せに暮らして……‼」と願わずにはいられません。

アレンの拗らせがかなり目立っている本作ではありますが、ソアリスも家族のためにがんばってきて、自分の幸せについては相当に拗らせています。そのせいで二人のすれ違いが長引いてしまったわけですが、これからはアレンの広すぎる心と深すぎる愛の力で、幸せがたくさんやってくるのではないでしょうか？

魔除けのぬいぐるみが、本領を発揮してくれるだろうと期待します。ちなみに「このキノコは何で登場させたの？（笑）」とよく尋ねられますが、私にもよくわかりません。気づいたら、いました。

書籍化が決まったとき真っ先に思ったのが「キノコのビジュアル、どうなるんだろう？」という疑問でして、まさか憧れの三浦ひらく先生にこのような謎の物体を描いていただくことになるとは……！

表紙の中央にどーんと君臨していて、かなりの存在感を放っていて驚きました。見れば見るほどかわいく思えてくるから不思議です。

表紙をはじめ、カラーイラストも挿絵もどれも本当に美しく、三浦ひらく先生のイラストのおかげで、『嫌われ妻』の世界がとても鮮明にイメージできるようになってうれしいです。

アレンのソアリスを見つめる目がめちゃくちゃ優しい。でも、まったく気持ちが伝わっていないなんて！　最高に不憫でかっこいいです。

挿絵を順番に見ていくと、最後のシーンはアレンの努力が報われていて、特別にじんときます。

三浦ひらく先生、本当にありがとうございました。

読者の皆様にも、物語とイラストをたっぷりお楽しみいただければ幸いです。


なお、『嫌われ妻』に先行して、私が原作を担当する漫画『男運ゼロの薬師令嬢、初恋の黒騎士様が押しかけ婚約者になりまして。』がゼロサムコミックスさんより発売しております。作画は、麦崎旬先生。女神様のシナリオを外れてしまったせいで、男運がゼロになってしまった薬師令嬢が、失意の黒騎士様と勘違いから同居生活を始めるラブコメディです。『嫌われ妻』を気に入ってくださった方ならきっと楽しめると思いますので、ぜひぜひご注目ください。

それでは、最後になりましたが、皆様にとって楽しい読書ライフがこれからもやってきますように心からお祈りいたします。

『マリエル・クララックの婚約』

著：桃 春花 イラスト：まろ

地味で目立たない子爵家令嬢マリエルに持ち込まれた縁談の相手は、令嬢たちの憧れの的である近衛騎士団副団長のシメオンだった⁉　名門伯爵家嫡男で出世株の筆頭、文武両道の完璧美青年が、なぜ平凡令嬢の婚約者に？　ねたみと嘲笑を浴びせる世間をよそに、マリエルは幸せ満喫中。「腹黒系眼鏡美形とか‼　大好物ですありがとう！」婚約者とその周りにひそかに萌える令嬢の物語。WEB掲載作を加筆修正＆書き下ろしを加え書籍化‼

IRIS NEO

『家政魔導士の異世界生活
～冒険中の家政婦業承ります！～』

著：文庫《ふぐるま》 妖《よう》 イラスト：なま

A級冒険者のアレクが出会った、『家政魔導士』という謎の肩書を持つシオリ。共に向かった冒険は、低級魔導士である彼女の奇抜な魔法により、温かい風呂に旨い飯と、野営にあるまじき快適過ぎる環境に。すっかりシオリを気に入ったアレクだったが、彼女にはある秘密があって――。冒険にほっこりおいしいごはんと快適住環境は必須です？　訳あり冒険者と、毎日を生き抜く事に必死なシオリ（＆彼女を救った相棒のスライム）の異世界ラブファンタジー。

『虫かぶり姫』

著：由唯　イラスト：椎名咲月

クリストファー王子の名ばかりの婚約者として過ごしてきた本好きの侯爵令嬢エリアーナ。彼女はある日、最近王子との仲が噂されている令嬢と王子が楽しげにしているところを目撃してしまった！　ついに王子に愛する女性が現れたのだと知ったエリアーナは、王子との婚約が解消されると思っていたけれど……。事態は思わぬ方向へと突き進み⁉　本好き令嬢の勘違いラブファンタジーが、WEB掲載作品を大幅加筆修正＆書き下ろし中編を収録して書籍化‼

嫌《きら》われ妻《づま》は、英雄将軍《えいゆうしょうぐん》と離婚《りこん》したい！

いきなり帰《かえ》ってきて溺愛《できあい》なんて信《しん》じません。

2021年12月５日　初版発行
2022年１月26日　第２刷発行

初出……「嫌われ妻は、英雄将軍と離婚したい！いきなり帰ってきて溺愛なんて信じません。」

小説投稿サイト「小説家になろう」で掲載

著者　柊 一葉

イラスト　三浦ひらく

発行者　野内雅宏

発行所　株式会社一迅社
〒160-0022 東京都新宿区新宿3-1-13 京王新宿追分ビル5F
電話　03-5312-7432（編集）
電話　03-5312-6150（販売）
発売元：株式会社講談社（講談社・一迅社）

印刷所・製本　大日本印刷株式会社
ＤＴＰ　株式会社三協美術

装幀　AFTERGLOW

ISBN978-4-7580-9419-1

おたよりの宛て先
〒160-0022 東京都新宿区新宿3-1-13 京王新宿追分ビル5F
株式会社一迅社　ノベル編集部
柊 一葉《ひいらぎいちは》 先生・三浦《みうら》ひらく 先生